MW01687144

Anne Prédaille

HENRI TROYAT	*ŒUVRES*
La Lumière des justes :	
I. LES COMPAGNONS DU COQUELICOT	*J'ai Lu* 272***
II. LA BARYNIA	*J'ai Lu* 274***
III. LA GLOIRE DES VAINCUS	*J'ai Lu* 276***
IV. LES DAMES DE SIBÉRIE	*J'ai Lu* 278***
V. SOPHIE OU LA FIN DES COMBATS	*J'ai Lu* 280***
LA NEIGE EN DEUIL	*J'ai Lu* 10*
LE GESTE D'ÈVE	*J'ai Lu* 323*
LES AILES DU DIABLE	*J'ai Lu* 488**
Les Eygletière :	
I. LES EYGLETIÈRE	*J'ai Lu* 344****
II. LA FAIM DES LIONCEAUX	*J'ai Lu* 345****
III. LA MALANDRE	*J'ai Lu* 346****
Les Héritiers de l'avenir :	
I. LE CAHIER	
II. CENT UN COUPS DE CANON	
III. L'ÉLÉPHANT BLANC	
GRANDEUR NATURE	
L'ARAIGNÉE	
JUDITH MADRIER	
LE MORT SAISIT LE VIF	
LE SIGNE DU TAUREAU	
LA CLEF DE VOÛTE	
LA FOSSE COMMUNE	
LE JUGEMENT DE DIEU	
LA TÊTE SUR LES ÉPAULES	
DE GRATTE-CIEL EN COCOTIER	
Tant que la terre durera :	
I. TANT QUE LA TERRE DURERA	
II. LE SAC ET LA CENDRE	
III. ÉTRANGERS SUR LA TERRE	
LA CASE DE L'ONCLE TOM	
UNE EXTRÊME AMITIÉ	
SAINTE RUSSIE. Réflexions et souvenirs	
LES VIVANTS (théâtre)	
LA VIE QUOTIDIENNE EN RUSSIE AU TEMPS DU DERNIER TSAR	
NAISSANCE D'UNE DAUPHINE	
LA PIERRE, LA FEUILLE ET LES CISEAUX	*J'ai Lu* 559**
ANNE PRÉDAILLE	*J'ai Lu* 619**
GRIMBOSQ	*J'ai Lu* 801***
UN SI LONG CHEMIN	*J'ai Lu* D103**
Le Moscovite :	
I. LE MOSCOVITE	*J'ai Lu* 762**
II. LES DÉSORDRES SECRETS	*J'ai Lu* 763**
III. LES FEUX DU MATIN	*J'ai Lu* 764**
LE FRONT DANS LES NUAGES	*J'ai Lu* 950**
LA GRANDE CATHERINE	
LE PRISONNIER N° 1	*J'ai Lu* 1117**
PIERRE LE GRAND	
VIOU	*J'ai Lu* 1318**
ALEXANDRE Ier, LE SPHINX DU NORD	
LE PAIN DE L'ÉTRANGER	
IVAN LE TERRIBLE	
LA DÉRISION	

HENRI TROYAT
de l'Académie française

Anne Prédaille

Éditions J'ai Lu

1

En poussant la porte du bistrot, Anne pensa, avec une égale impatience, au petit vin blanc qu'elle allait boire et à l'homme qu'elle allait rencontrer. L'homme n'était pas là. Le vin blanc monta dans le verre. Chaque soir ou presque, en quittant le bureau, elle s'arrêtait chez « l'Ami Georges », le temps de se désaltérer. D'habitude elle buvait au comptoir. Cette fois elle prit son verre et s'assit à une table, au fond de la salle. Elle avança les lèvres vers la fraîcheur pierreuse et parfumée du muscadet. Une lampée rapide. Sa fatigue s'envolait. Elle déplia son journal et décida : « S'il n'est pas là dans dix minutes, je m'en vais. » Les dix minutes passées, elle fit signe à la serveuse. Un autre petit vin blanc. Deux, c'était sa dose. Elle en prendrait un troisième avec lui, à supposer qu'elle eût la patience d'attendre sa venue.

Des gens entraient, sortaient, discutaient avec le patron dans une amicale odeur de vinasse. Le bistrot heureusement n'avait pas cédé à la mode stricte et glaciale du métal, du verre dépoli et du néon. Vieillot et poussiéreux, avec son zinc en fer à cheval, il était un îlot hospitalier dans le mouvement fou de la ville.

6 h 15. Enfin il parut. Elle ressentit un petit choc et se contraignit à sourire. Avait-elle changé autant que lui, en trois ans? Les traits étaient les mêmes, et la couleur des yeux, et la forme du menton, mais le tout paraissait amorti, amolli, noyé. Pourtant il n'avait que trente-quatre ans, non, trente-cinq. Cinq ans de plus qu'elle. Comment l'eût-elle oublié? Ils s'embrassèrent. Assis à côté d'elle, il la contempla longuement et dit :

— J'ai l'impression de t'avoir quittée hier!

Elle mentit :

— Moi aussi, Marc.

— Toujours la même : séduisante, distante, mystérieuse!...

Anne haussa les épaules. Elle avait horreur de ces compliments passe-partout. Marc les jetait devant lui sans y penser, comme des grains de maïs dans une volière. En vérité, elle savait très bien quel genre de femme elle était. Ni belle ni laide. Mince, brune, aiguë, coiffée à la diable, habillée sans recherche, avec des yeux noirs trop grands.

— Comment va Pierre? demanda-t-il.

— Bien.

— Et Emilienne?

Anne vida son verre, le reposa et dit d'une voix sourde :

— Mily est en train de mourir d'un cancer généralisé.

— Quoi?

— Oui? L'année dernière on l'a opérée. Tout s'est très bien passé. Elle s'est rétablie complètement. Et depuis trois mois...

Il fronça les sourcils. Les coins de ses lèvres s'abaissèrent.

— C'est affreux! dit-il. Est-ce qu'elle s'en rend compte?

— Non. Heureusement. On lui parle d'hépatite virale.

— Elle souffre?

— Pas trop, grâce aux médicaments dont on la bourre du matin au soir.

— Pauvre Emilienne! Je n'arrive pas à le croire. Pierre doit être désespéré!... Tu te souviens, à Rome...

— Je n'ai rien oublié, dit-elle.

Elle marqua un temps d'arrêt. Sa poitrine était oppressée. La lumière, devant ses yeux, vibra, se liquéfia. Dominant son émotion, elle reprit avec vivacité :

— Et toi, qu'est-ce que tu deviens?

— Plus que jamais dans l'électronique industrielle. Un travail de dingue. Pour bien faire, je devrais me passer de dormir!

— Tu es à Paris pour quelque temps?

— Définitivement, j'espère!

— Mais le Canada alors?

— Trois ans de Montréal, ça suffit! La direction m'a fait revenir en France. De là, je rayonnerai un peu partout. Je suis arrivé la semaine dernière. Immédiatement, j'ai pensé à toi.

En entendant cette voix familière, tout à l'heure, au téléphone, elle avait, l'espace d'une seconde, perdu la notion du temps.

— Toujours célibataire? demanda-t-elle gaiement.

— Oui, et toi?

— Quelle question! dit-elle. Bien sûr!

Ils se regardèrent en silence. Contents l'un de l'autre.

— C'est bon de te retrouver, dit Marc. Tu sais, j'ai souvent pensé à toi, là-bas!

— Tu aurais pu m'écrire!

— Tu n'aurais pas lu mes lettres!

Elle ne répondit pas. Encore un vin blanc pour elle et un whisky sec pour lui. Assise coude à coude avec Marc, elle se réchauffait à cette amitié sans malice. Il lui prit la main.

— Il faut que je te quitte, dit-elle. Mily m'attend.

— J'aimerais bien la revoir.

— Viens dîner à la maison, mardi prochain.

— Tu crois que c'est possible?

Il sortit avec elle. Un pâle soleil d'octobre coulait sur les façades. L'air était doux. La plupart des passants ne portaient pas de manteau. La maison était à dix minutes à pied du bistrot. Ils prirent la rue de Seine en direction du quai. Anne marchait d'un grand pas garçonnier et descendait du trottoir, de temps en temps, pour aller plus vite. Marc ne la lâchait pas d'une semelle. Au coin de la rue Jacques-Callot, elle s'arrêta et dit :

— Alors, à mardi, Marc.

De nouveau il l'embrassa. Sur les deux joues. Elle retrouva, sans trouble, ce léger parfum de tabac et d'eau de toilette. Un serrement de main. Un regard franc. Il était son frère aîné.

Elle l'oublia en montant l'escalier. Trois étages aux marches tendues d'un tapis rouge usé jusqu'à la trame.

Louise se préparait à partir :

— J'ai fini le repassage, Mademoiselle. Le fer ne chauffe presque plus. Il faudrait le porter à l'électricien. Vous n'avez plus besoin de moi?... Alors, à demain...

Anne poussa la porte du salon. Assis derrière un petit bureau Louis XVI, son père, le crayon à la main, faisait des mots croisés. Le poste de radio, posé sur la commode, jouait en sourdine. France-Musique.

— Comment va Mily? demanda Anne.

— Très bien, dit-il distraitement. Elle est calme. Elle a dormi presque tout l'après-midi. Et au bureau, quoi de neuf?

— Rien. Carolus est malade. Cela me complique un peu la vie. Au fait, j'ai reçu un coup de téléphone de Marc. Il est de nouveau à Paris.

— Ah! oui?

— Je viens de le voir...

Le visage de Pierre s'illumina, comme touché par le rayon d'un projecteur. Il avait toujours eu de l'amitié pour son gendre. Peut-être même regrettait-il secrètement le divorce d'Anne. Il se leva et arrêta la radio.

Espérait-il une conversation? Sa grande figure lisse, aux yeux bleus, à fleur de tête, exprimait l'attente. Anne le laissa sur sa faim et passa dans la chambre. Des illustrés par terre. Elle les ramassa. Dans le lit à deux places trop vaste, ce petit paquet d'os et de chair, d'un jaune cireux, ces cheveux gris en désordre, ce regard noir brillant de douleur, d'exigence, de tendresse — sa mère. Une main de squelette se tendit vers elle :

— Ah! te voilà, Anne, ma chérie... Tout l'après-midi, ils m'ont laissée seule... Plusieurs fois, j'ai appelé... Personne...

— Mais papa m'a dit...

— Ton père dit n'importe quoi!... Il m'agace... Et Louise... Louise, oui, elle est venue, mais elle parle trop... Elle me casse les oreilles... Il n'y a que toi qui comprennes...

— Tu as lu un peu?

— Non. Ce roman que tu m'as donné m'ennuie... Et, les illustrés, je les connais par cœur...

Anne savait ce que sa mère attendait depuis des heures. Elle apporta une cuvette, un broc d'eau, une serviette, une éponge. Elle versait l'eau sur les mains de la malade, doucement. Emilienne, paupières closes, souriait de plaisir. Soudain elle dressa la tête et articula :

— Il faut absolument que tu dises à ton père de ne plus mettre son costume gris. Je ne peux pas le voir là-dedans. Il est... il est tout simplement ridicule!...

— Oui, oui, maman...

L'eau ruisselait avec un bruit de pluie. Cette fontaine, à Rome. Le rire de sa mère. Elle était si gaie! Elle se moquait de leurs voisins, au restaurant. Marc disait : « Emilienne, vous n'êtes pas sortable. Méfiez-vous. La moitié des Italiens comprennent le français! » Comme tout le monde, il était subjugué par la fantaisie d'Emilienne. Ils avaient été si heureux, tous les quatre, pendant leur bref séjour en Italie! C'était Mily qui avait eu l'idée de ce voyage pour ses vingt-six ans de mariage avec Pierre... Deux couples d'amis. Aucune différence d'âge. On courait les musées ensemble. Le soir, les jeunes étaient plus fatigués que les vieux. Anne s'amusait, alors, du ménage exemplaire que formaient ses parents. Jamais une dispute. Jamais un désaccord dans l'appréciation d'un tableau, d'un plat, d'une personne, d'une idée. Jamais un jour de séparation. On eût dit qu'ils ne pouvaient respirer l'un sans l'autre. Dans la rue, ils marchaient du même pas, flanc à flanc, bras dessus, bras dessous. A la maison, au moindre retard d'Emilienne, Pierre, l'air égaré, imaginait le pire. Elle avait un tel ascendant sur lui, qu'il n'entreprenait rien sans la consulter. A force de lui demander son avis sur tout, il l'avait incitée à l'intransigeance. Sans doute éprouvait-il un secret plaisir à être commandé par elle. Et, au vrai, l'autorité d'Emilienne faisait partie de son charme. Elle savait ce qu'elle voulait, mais son entêtement se nuançait toujours d'humour et de coquetterie. On lui cédait moins parce qu'elle avait raison que parce qu'il était impossible de résister à l'expression résolue et douce de son regard. Combien de fois Anne avait-elle entendu son père marmonner : « Qu'est-ce que je mets comme cravate, Emilienne? » Anne en riait avec sa mère. Aujourd'hui ce simple souvenir lui serrait le cœur.

Elle regardait ce visage émacié, aux orbites creuses, et mesurait la fuite du temps. Etait-il possible qu'en quelques mois tant de joyeuse vivacité se fût transmuée en une si laide rancœur? Vieillie jusqu'à l'os par la maladie, Emilienne avait oublié qu'elle était femme. Quand elle apercevait Pierre dans l'encadrement de la porte, elle avait un mouvement de rétraction. Comme si elle ne pouvait lui pardonner quelque chose : sa bonne santé peut-être, son visage plein, ses gestes, toujours les mêmes depuis trente-cinq ans. Il avait remis la radio en marche. Une musique héroïque traversait la cloison.

— Il m'embête! gémit Emilienne. Dis-lui d'arrêter...

— D'habitude tu aimes bien.. C'est du Vivaldi...

— Du Vivaldi, ça?... Ah! non, tu entends cette cacophonie?...

Anne emporta la cuvette, demanda à son père de baisser le son et, comme chaque soir, à 7 heures, prépara la seringue et l'aiguille pour la piqûre de morphine. Emilienne attendait cet instant avec impatience. C'était, pour elle, l'assurance d'une nuit tranquille. Elle rejeta elle-même les couvertures. Anne se pencha sur cette pauvre cuisse à la chair blanche, fripée, et choisit l'endroit. Un geste sec. Emilienne ne broncha pas. Quand ce fut fini, elle murmura :

— Tu devrais téléphoner au Dr Maurin de venir.

— Pourquoi? Tu es bien, là... Il ne te donnera pas d'autres médicaments...

— Tu crois?

Mily avait une intonation de fillette docile.

— Je vais m'occuper de ton dîner, dit Anne.

— Je n'ai pas faim...

Anne se rendit dans la cuisine et ouvrit le réfrigérateur. Pour exciter l'appétit capricieux de la malade, elle lui préparait toujours, le soir, de petits sandwiches amusants. Couper la fine croûte du pain de mie, disposer sur chaque tranche carrée un peu de jambon, une rondelle de tomate, une feuille de salade, relever l'ensemble d'une pointe de moutarde. Tout en travaillant, elle rouvrit le réfrigérateur, en tira une bouteille de muscadet, se versa un verre, le but à courtes gorgées. Pierre parut sur le seuil.

— Que t'a raconté Marc? demanda-t-il.

— Il voudrait beaucoup vous revoir, toi et maman. Je lui ai dit de venir dîner mardi, à la maison.

— Tu en as parlé à Mily?

— Pas encore.

— Quelle va être sa réaction?

— Je pense que cela lui fera plaisir. Elle l'aimait bien, Marc!

— Oui, mais elle ne supporte plus personne maintenant... A part toi et son docteur... Si tu savais comme elle a été méchante avec moi, cet après-midi!...

— C'est sa maladie, papa.

— Oui, bien sûr. Mais c'est difficile... Toi, tu n'es pas à la maison dans la journée, tu ne peux pas te rendre compte... Mily est tout simplement tyrannique... Ce matin, cette pauvre Louise en aurait pleuré... Nous avons une chance de l'avoir, celle-là!...

Machinalement Anne versa un verre de vin blanc à son père. Il le porta à ses lèvres, sans un mot. Elle but, elle aussi. Il poussa un soupir :

— Ah! mon Dieu! Mon Dieu! Quelle tristesse!

Elle disposa les sandwiches sur une assiette et se lava les mains. L'eau gicla sur sa jupe.

— Papa, dit-elle en s'essuyant les doigts à un torchon, tu devrais changer de costume.

— Pourquoi?

— Tu sais bien que Mily n'aime pas te voir dans celui-ci. D'ailleurs il n'est plus de saison.

— C'est vrai. Mais que veux-tu que je mette?

— N'importe quoi. Mets ton gilet de laine marron.

— Bon, j'y vais...

Comme dessert, pour la malade, il y avait une pomme au four, avec de la gelée de groseille. Pierre reparut dans la cuisine, le torse moulé dans son gilet marron. Un peu de ventre, les épaules larges, l'œil naïf et tendre.

Anne apporta le plateau à sa mère et l'aida à s'asseoir dans son lit, le dos soutenu par des oreillers. Entré derrière elle, Pierre attendait le verdict. Emilienne le toisa et ne dit rien. Avait-elle seulement remarqué qu'il s'était changé? Soulagée par la piqûre, elle avait un visage pacifié. Elle porta un sandwich à sa bouche. Ses dents mordirent faiblement dans la mie. Elle secoua la tête pour déchirer le morceau. Un flux rose monta à ses joues. Elle mâcha longuement.

— Tu aimes? demanda Anne.

— Oui, dit Emilienne. C'est très bon.

Pierre s'assit au bord du lit. Il regardait sa femme de biais, amoureusement, sans qu'elle y prît garde.

Puis il s'allongea à demi près d'elle, avec une précaution maladroite. Ses pieds pendaient dans le vide, sa tête s'enfonçait dans l'oreiller. Anne se demanda s'il avait conscience de l'état où se trouvait sa mère. Par moments, elle avait l'impression qu'il ne croyait pas Emilienne gravement atteinte, mais simplement fatiguée. Il se laissait aller devant la malade à des gestes d'homme. Soudain il lui prit la main et la porta à ses lèvres. Un baiser appuyé, prolongé. Comme autrefois. Emilienne fronça les sourcils. Il reposa la main sur la couverture.

— Anne a revu Marc, cet après-midi, dit-il.

Le visage d'Emilienne resta impassible. On lui parlait d'un monde englouti.

— Ah! murmura-t-elle avec indifférence. Il est à Paris?

— Oui, dit Anne.

— Et qu'est-ce qu'il devient?

— Toujours pareil.

— Ça fait combien de temps, déjà?... Trois ans?... Quatre ans?...

— Trois ans, maman. Je l'ai invité à dîner.

Le regard d'Emilienne se fixa sur Anne avec curiosité, comme si subitement elle reprenait intérêt à la vie de ses proches.

— Tu as bien fait, dit-elle. Ce soir-là, je me lèverai...

Puis son regard s'éteignit. De nouveau elle ne pouvait plus penser qu'à elle-même. Son mal lui tenait lieu de famille. Elle repoussa son assiette, où restait un sandwich. Même la pomme au four ne la tentait pas.

— Vous devriez vous dépêcher de dîner, dit-elle. Sinon vous allez manquer le début de la pièce.

— Quelle pièce? dit Anne.

— Comment?... Je te l'ai dit, ce matin... On donne *les Joyeuses Commères de Windsor*, à la télévision... Il paraît que ce sera magnifique...

Le poste de télévision était installé sur une table

roulante, dans un coin. Son gros œil opaque, cyclopéen, reflétait la lumière de la lampe de chevet.

— Veux-tu que je te mette les informations, en attendant? demanda Pierre.

— Non, pas les informations... Anne, ma chérie, passe-moi le bassin...

Pierre sortit, laissant Anne dans la chambre. Elle le rejoignit, peu après, à la cuisine. Ils dînaient là pour simplifier le service, sur la table à dessus de formica. Jambon, salade. Pierre mangeait de bon appétit. Anne songea qu'elle eût pu lui donner le même menu trois cent soixante-cinq jours par an sans qu'il y trouvât à redire. Assis devant elle, entre le réfrigérateur et l'évier, il savourait cette fade charcuterie comme un succulent foie gras. Avait-il seulement le goût de ce qu'il mangeait, de ce qu'il vivait? Ne se laissait-il pas, en toute occasion, porter par l'habitude? Il but un grand verre de vin et marmonna :

— Tu as entendu ce qu'a dit Mily?... Elle compte se lever pour recevoir Marc. Elle a une telle volonté! Elle y arrivera!...

— Non, papa.

— Pourtant elle va déjà mieux...

— Parce que, depuis deux jours, je lui fais une piqûre de plus.

Il baissa le nez. Visiblement la franchise de sa fille le dérangeait dans ses illusions. Il ne pouvait supporter la maladie d'Emilienne qu'à condition de la croire guérissable. Anne ramassa les assiettes et les porta sur l'évier. Pierre rêvassait, le dos appuyé au réfrigérateur. En face de lui, le grand placard laqué blanc était resté ouvert. A l'intérieur, des casseroles étaient pendues, par rang de taille. Le couvercle de la bouilloire était cabossé. Louise avait oublié son parapluie accroché par le manche au radiateur. Tout était calme. Pendant qu'Anne débarrassait la table, la voix de sa mère retentit, lointaine, irritée :

— Vous venez? C'est l'heure!...

Ils se précipitèrent. Au passage, Anne prit, dans le salon, ses laines de couleurs et son canevas. Elle travaillait, depuis plus de six mois, à une tapisserie dont elle avait, elle-même, tracé le dessin et choisi les tons. Rien ne la délassait comme cette occupation méticuleuse et captivante. Elle attira une chaise. Pierre alluma le poste de télévision et se carra dans un fauteuil, à côté de sa femme. Sur l'écran éclairé, apparurent des acteurs aux costumes extravagants. Les visages étaient déformés en longueur. Emilienne se plaignit :

— C'est toujours la même chose! Louise a dû dérégler le poste en faisant le ménage! Elle est impossible!...

— Je vais arranger ça, dit Pierre.

Il tourna quelques boutons, au hasard. L'image se déchira, se rétrécit, sautilla, disparut.

— Tu n'y connais rien! dit Emilienne. Laisse faire Anne.

Il regagna sa place, penaud et vexé. Anne manœuvra les boutons, à son tour, avec la douceur précise d'un horloger. L'image revint. Le son s'amplifia. Falstaff entra en scène. Il était truculent, grossier, poltron, bavard, la trogne rubiconde et le ventre rebondi. Emilienne suivait la pièce avec une extrême attention. Pierre lui serrait le bout des doigts. Il ne pouvait regarder un spectacle sans tenir la main de sa femme. C'était entre eux une coutume, un rite, qui peut-être, pensa Anne, ne correspondait plus à rien. Dans la pénombre phosphorescente, les meubles faisaient cercle : ils n'avaient pas bougé depuis trente ans. Anne avait toujours connu cette commode Louis XVI au marbre écorné, ces deux bergères avachies, ce fauteuil à dossier médaillon, tendu de velours crème, ce tableau représentant une femme qui se coiffait devant une fenêtre ouverte.

— Tu es bien, maman? chuchota-t-elle.

— Très bien, répondit Emilienne. Mais comme ces acteurs sont bruyants, comme ils se démènent!...

Elle ferma les yeux, épuisée. L'instant d'après, selon son habitude, elle dormait. On eût dit que plus elle se promettait de plaisir d'une émission de télévision, moins elle résistait à l'effet hypnotique des images. Une mèche de cheveux pendait sur son front. Sa respiration était calme. Anne observa son père. Lui aussi semblait gagné par la somnolence. Sa tête s'inclinait sur sa poitrine. Puis il se ressaisissait, comme traversé par une décharge électrique, écarquillait les prunelles, tendait le cou. Il lutta ainsi durant tout le premier acte. Au deuxième acte, pendant la tirade de Gué, bourgeois de Windsor, il sombra définitivement, les paupières closes, la lèvre molle. Falstaff et ses comparses continuèrent à vociférer et à gesticuler sur l'écran, face à cette double absence. Anne se demanda s'il n'eût pas fallu baisser le son. Mais le moindre mouvement risquait de réveiller sa mère. Elle resta assise, tirant l'aiguille à travers les trous du canevas. De larges ramages stylisés, aux teintes pâles. Quand la tapisserie serait terminée, elle en recouvrirait le fauteuil d'Emilienne. Sa mère vivrait-elle jusque-là? Elle se posa la question, et ce fut comme si une planche pourrie cédait dans sa poitrine. Détournant les yeux de l'écran, elle regarda ses parents assoupis, côte à côte. Un profil pâle, décharné, et, plus loin, un profil robuste, coloré, vivant. L'un de ces êtres n'était déjà presque plus de ce monde et l'autre ne se rendait pas compte du vide qui l'attendait. « Que vais-je faire de lui, lorsqu'elle ne sera plus là? » se dit-elle avec angoisse.

2

Assis, tout habillé, au bord de la baignoire, Pierre considérait ses chaussures noires avec réprobation : elles étaient décidément trop ternes. Certes, il aurait pu dire à Louise de les cirer. Mais donner un ordre, quel qu'il fût, était au-dessus de ses forces. S'il aimait être servi, il détestait commander. Il lui semblait qu'en imposant sa volonté à autrui il outrepassait ses droits et blessait un être faible dans sa dignité humaine. Du moins était-ce l'excuse qu'il se donnait pour fuir les responsabilités domestiques. Quand elle était encore en bonne santé, Emilienne le plaisantait sur son incapacité à se faire obéir. Il prit une chaussette sale qui traînait et en frotta ses chaussures jusqu'à les faire briller. N'était-ce pas plus simple ainsi? Puis il se regarda dans la glace, au-dessus du lavabo. La fraîcheur de ses joues, rasées de près, le combla d'aise.

Il faisait très beau, ce matin. Une envie de grand air et de mouvement lui fouetta le sang. Emilienne s'était assoupie, peu après le départ d'Anne pour le bureau. Il avait lu le journal en détail, à son petit déjeuner. Le docteur ne viendrait qu'à midi. Puisqu'on ne pouvait laisser la malade seule, autant que Louise restât auprès d'elle; lui, il ferait les courses...

Enchanté de sa résolution, il passa dans la cuisine : Louise astiquait un pot en argent dont on ne se servait jamais. « Elle aurait mieux fait d'astiquer mes chaussures », pensa-t-il avec irritation. Il voulut même le lui dire. Mais, au moment de manifester sa mauvaise humeur, il se contenta d'annoncer à la femme de ménage qu'il allait la remplacer pour les achats.

— Ah! bien, Monsieur. Voilà la liste, dit-elle en lui remettant un bout de papier sur lequel Anne avait griffonné quelques mots. Il faut un filet de sole pour Madame et une daurade. Mais assez grosse, la daurade : qu'il en reste pour le dîner...

— Je me débrouillerai. Madame dort pour l'instant. Vous jetterez un coup d'œil dans sa chambre, de temps à autre.

— Bien sûr, Monsieur.

Elle lui tendit un sac à provisions en plastique noir. Il le prit à contrecœur et l'abandonna lâchement dans l'entrée, sur la console en bois dont la dorure s'écaillait.

L'animation de la rue de Seine le divertit. Passionné de « petite histoire », il connaissait le passé de la plupart des maisons du quartier. Là où les autres ne coudoyaient que des contemporains anonymes, il saluait des morts illustres. La reine Margot dans ses jardins, Armande Béjart, veuve oublieuse de Molière, Baudelaire livide et sec, le regard fou, spectre fascinant et fasciné, George Sand, vêtue en homme, avec de grosses fesses et un œil d'almée... Comme d'habitude, il fit une visite à la librairie du Colombier, où régnait, fantôme parmi les fantômes, la transparente Mme Giraudet. Cette femme n'avait pas d'âge. Blanche de peau, de cheveu, de jabot, de regard, elle semblait placée là moins pour vendre des livres que pour renseigner des lecteurs. Spécialiste du Vieux Paris, elle ignorait sereinement le tumulte de la vie littéraire pour se consacrer à la musicale rumeur des temps révolus. Pierre lui demanda si elle avait pu se procurer ce livre d'un Anglais sur le Paris de la chute de l'Empire : *Paris, during the interesting month of July 1815*.

— Pas encore, monsieur Prédaille. Mais j'ai bon espoir. Un de mes correspondants, à Bordeaux, croit être sur la piste. Et comment va votre femme?

— Ni mieux ni plus mal. Si vous trouvez d'autres ouvrages curieux sur le Paris de l'Empire vu par des étrangers...

— Je cherche, je cherche... Vous ne seriez pas tenté par un petit agenda de la Révolution?

Il feuilleta le petit agenda, hésita, compulsa d'autres livres et finit par quitter Mme Giraudet, les mains vides.

A mesure qu'il remontait vers le boulevard Saint-Germain, les marchands de tableaux et les antiquaires cédaient la place aux magasins d'alimentation. Au coin de la rue de Buci, une cohue de ménagères se pressait devant les étalages. Tout à coup il n'y avait plus au monde que des femmes préoccupées de nourrir leur famille. L'air renfrogné et le cabas au poing.

Des camions embouteillaient le carrefour. Pierre marchait lentement sur le trottoir, dans le bruit et la bousculade. Une crémerie géante l'enveloppa dans l'odeur de ses trente-six fromages. Sa faim se réveillait. Il songea à des plats rares. Un maître d'hôtel se penchait sur son épaule. Il y avait si longtemps qu'il n'était allé au restaurant avec sa femme! Premier arrêt, la boulangerie. Il acheta une baguette de pain frais. Si Emilienne avait été auprès de lui, elle aurait immédiatement détaché le croûton pour le croquer. Sa manie de grignoter entre les repas. Comme si toute nourriture lui paraissait meilleure lorsqu'elle la goûtait en dehors des heures prescrites. A table, elle refusait le vin, mais, une minute après, elle lui prenait son verre pour y boire. Que de fois ils avaient fait des courses ensemble, dans cette même rue, le dimanche! Leur promenade s'achevait toujours par une visite au fleuriste. Emilienne achetait des brassées de fleurs rustiques. « C'est beaucoup trop! disait-il. Que vas-tu faire de tout ça? » A leur retour, elle répartissait cette moisson de couleurs dans les vases, avec une dextérité silencieuse. Un printemps, un été, un automne de joie explosaient soudain dans l'appartement. Et sa passion du bridge! On se réunissait souvent, le dimanche, tantôt à la maison, tantôt chez les Clardieu. Deux ou trois tables. Tout l'après-midi, les cartes à la main. Parfois même on jouait tard dans la nuit. Un souper froid, entre deux parties. Emilienne détestait perdre. Pourtant elle n'avait aucune notion de l'argent. Elle était désordonnée de nature. Mais, une fois par mois, elle entreprenait de grands rangements. Après quoi, elle ne retrouvait plus rien.

Il y avait foule, à la poissonnerie. Pierre prit place dans la queue. Son regard glissait sur cette jonchée de poissons morts, étalés côte à côte, le ventre pâle, l'œil rond, la bouche ouverte. Des vendeurs gueulards, aux mains rougies, s'agitaient parmi la marée. Juste devant Pierre, une femme acheta des coquilles Saint-Jacques. Il l'observa discrètement. Grande, mince, élégante, les cheveux gris cendré, vêtue d'un pantalon et d'un blouson beiges. Son profil était d'une finesse émouvante. Elle quitta le magasin d'une démarche souple, comme coulée.

— A vous, monsieur. Vous désirez?

Pierre tressaillit et consulta son papier, machinalement :

— Un filet de sole et une daurade.

Il acheta encore du café, une salade, une bouteille d'eau minérale et une bouteille de vin. Mais il ne pouvait tout porter. Il regretta de n'avoir pas pris le cabas. Son pain s'était cassé en deux. Le marchand de vin compatissant lui donna une caisse en carton. En ressortant dans la rue, il se heurta à la femme aux coquilles Saint-Jacques, dans son ensemble beige. L'inconnue passa devant lui, indifférente, lisse, royale.

Il rentra à la maison, les bras bêtement chargés et la sueur au front. Sur le palier du troisième étage, il songea brusquement qu'il aurait pu rapporter quelques fleurs à Emilienne. Cela lui était sorti de la tête, dans le tumulte de la rue. Impossible de retrouver la clef dans sa poche. Une épaule plus haute que l'autre, il se fouillait en se contorsionnant. Il finit par déposer ses paquets pour ouvrir.

— Le docteur est là, dit Louise.

— Comment? s'écria Pierre. Il ne devait venir qu'à midi!

Il frappa à la porte de la chambre. Un tapotement léger, selon son habitude. La voix d'Emilienne lui répondit, étrangement claire et vaillante :

— Entre!

Elle était toujours gaie lorsqu'elle recevait son médecin. Le Dr Maurin, assis à un guéridon, rédigeait son ordonnance. C'était un homme jeune, à l'air fatigué, avec des lunettes, des favoris blonds et un début de calvitie. Emilienne trouvait — Dieu sait pourquoi — qu'il avait une « distinction folle » et « beaucoup de charme ».

— Pourquoi étais-tu sorti? demanda-t-elle, tandis qu'il serrait la main du docteur.

— J'ai fait les courses pour le déjeuner.

— Quelle drôle d'idée!

Assise dans son lit, les épaules couvertes d'un châle de laine blanche, elle le regardait avec une telle acuité, qu'il se sentit rougir. Depuis trente-cinq ans, elle lisait ainsi dans sa tête. Puis elle sourit, et il fut soulagé.

— Docteur, dit-elle, nous avons un dîner, mardi prochain à la maison, avec des amis. Croyez-vous que je pourrai me lever?

— Mais oui, Madame, dit le médecin. Pourquoi pas?...

— Vous ne me supprimez pas les piqûres, au moins! Elles me font tellement de bien!

— Soyez tranquille.

— Quand revenez-vous?

Elle avait une voix mélodieuse, un peu voilée. Une pauvre coquetterie de malade éclairait son visage maigre. En raccompagnant le Dr Maurin, Pierre l'interrogea, dans le vestibule :

— Vous pensez vraiment qu'elle pourra se lever, mardi?

— Franchement non, dit le médecin. Mais, si elle le souhaite, ne l'en empêchez pas. Même pour cinq minutes.

Pierre était consterné. Pourtant il ne s'attendait pas à une autre réponse. Quand il retourna auprès d'Emilienne, elle dit :

— Il est vraiment adorable! Tu sais qu'il m'a fait lui-même ma piqûre?

Anne parut sur ces entrefaites. Pierre en éprouva un sentiment de délivrance. Sa fille lui donnait l'exemple du courage dans la dissimulation. Avec elle, le mensonge quotidien devenait facile. On ne réfléchissait pas, on se laissait porter par les règles du jeu. Emilienne répéta, les yeux brillants, ce que le docteur lui avait dit. Anne feignit de s'en réjouir :

— Tu vois bien, Mily, que tu vas mieux! C'est d'ailleurs normal. Seulement le lit t'a affaiblie.

Elle était très pressée : un rendez-vous à deux heures et demie, au bureau. Louise apporta le plateau de la malade. Un filet de merlan poché.

— Il n'y avait plus de filets de sole, expliqua Pierre fautif. Alors j'ai pris ça...

Aucune des deux femmes ne protesta. Comme toujours, il avait eu tort de s'inquiéter. Cette sotte habitude qu'il avait d'enfler le moindre contretemps aux dimensions d'une montagne! Pendant qu'Emilienne déchiquetait son poisson, Pierre et Anne passèrent dans le salon. C'était là qu'ils prenaient toujours leur déjeuner, sur la table ronde, près de la fenêtre. La salle à manger, ouvrant par une baie rectangulaire sur cette pièce, ne servait plus depuis la maladie d'Emilienne. Les six chaises à dossier de cuir fauve, alignées contre le mur, évoquaient un temps heureux et à jamais révolu.

Louise s'était surpassée. Sa daurade au four embaumait la bouche. Pierre but un grand verre de vin blanc, se resservit de poisson et dit :

— Anne, je me demande s'il faut que j'aille là-bas, à 5 heures. Je téléphonerai pour dire que je suis malade.

— Ah! non. Clardieu s'est donné assez de mal pour t'obtenir ce rendez-vous à la S.E.P. Tu n'as pas le droit, par égard pour lui, de te décommander à la dernière minute. D'autant plus qu'on te proposera peut-être quelque chose de très intéressant.

— Ça, j'en doute!

— Comment peux-tu savoir d'avance?

Il sourit tristement. Cela faisait six mois qu'il cherchait en vain une situation. Personne ne voulait d'un homme de son âge. Sa dernière place, il l'avait perdue parce que la société d'Organisation et de Statistique qui l'employait à mi-temps avait fermé ses portes. Heureusement, Emilienne avait quelque argent de côté, provenant de l'héritage de sa mère. On vivait tant bien que mal sur les revenus de ce capital, investi moitié en valeurs, moitié dans un immeuble de rapport. Et puis Anne avait été augmentée au début de l'année.

— Tu sais, papa, reprit-elle, je trouve que, ces derniers temps, tu te laisses aller. Tu ne peux pas rester ainsi à ne rien faire!

— Mais, voyons, ma chérie, dit-il avec douceur, je suis un homme fini.

— Toi? Tu es en pleine forme!

— D'apparence, peut-être... Mais à l'intérieur... Je me sens vieux, fatigué, usé... Depuis la maladie de Mily, je n'ai plus de goût à rien...

Il éprouvait un plaisir malsain à se plaindre devant sa fille. Il se déshabillait, il aérait ses plaies secrètes. La colère d'Anne était sa récompense :

— Je t'en prie, papa! Ne te fais pas plus misérable que tu n'es! Moi aussi, je suis inquiète, malheureuse! Mais je lutte...

— C'est le propre de la jeunesse.

— Il faut absolument que tu ailles à ce rendez-vous.

— Bon, bon, j'irai...

Il hésita et ajouta faiblement :

— Comment dois-je m'habiller?

— Comme tu es là, c'est très bien ! Ah! Je ne dînerai pas à la maison, ce soir.

Il l'observa, étonné :

— Où vas-tu?

— Au concert, avec des amis.

— Mais la piqûre de Mily?

— Je serai là à 6 heures et demie, comme d'habitude.

Elle lorgna sa montre et conclut :

— Je file.

— Tu ne prends pas un fruit? dit-il.

— Pas le temps!

Il la regarda se lever, vive, fine, comme un ressort d'acier qui se détend. Quelle énergie dans ce corps

fluet! La voix d'Emilienne retentit derrière la porte :
— Anne, ma chérie, viens arranger mes oreillers.

— Exactement ce que je craignais, dit-il. Un fixe dérisoire! Un pourcentage infime sur les ventes! Si encore j'avais une expérience quelconque de la papeterie en gros! Mais j'ai tout à apprendre dans ce métier! Ils ont beau dire, c'est presque du porte-à-porte! J'ai remercié, j'ai refusé...

— Tu as eu raison, dit Emilienne.

Anne, qui venait de faire la piqûre de sa mère, n'approuva ni ne blâma la décision. Il n'en demandait pas plus. Sans doute eût-il été bien embarrassé si la situation qu'on lui proposait avait été acceptable. Il ne redoutait rien tant que le changement. Toujours un mauvais *statu quo* lui avait paru préférable à une séduisante aventure. Son vrai métier, c'était d'entourer Mily. Comment Anne ne le comprenait-elle pas? Mais elle le comprenait. Elle lui souriait. Victoire! il l'eût embrassée.

— Il faut que tu téléphones à Clardieu, dit-elle en rangeant la seringue.

— Tu crois que c'est nécessaire?

— Indispensable. C'est lui qui t'a recommandé à la S.E.P. La moindre des choses est de l'informer du résultat de ta visite.

— Tu as raison, dit-il. Je le ferai demain.

— Pourquoi pas ce soir?

— Il ne doit pas être chez lui.

— Essaie.

Il obéit. A l'autre bout du fil, une voix de contralto, à l'accent espagnol, répondit que ni Monsieur ni Madame n'étaient encore rentrés et que d'ailleurs ils ne dîneraient pas à *la casa*. Pierre se réjouit du sursis : sa conversation avec Clardieu ne pouvait être que délicate. Clardieu était de ces gens qui ont la manie de vouloir rendre service alors même qu'on ne leur demande rien. Il reprocherait à Pierre ne n'avoir pas su défendre son point de vue, il lui promettrait d'intervenir sous quarante-huit heures auprès du président-directeur général de la S.E.P., ou bien encore il s'offrirait à lui ménager un rendez-vous avec tel ou tel autre personnage haut placé susceptible de le prendre dans ses affaires. Et tout cela se traduirait, pour Pierre, par un surcroît de visites, de parlotes et de courbettes inutiles. Pour l'heure, il avait fait tout ce qu'on pouvait exiger de lui. Irréprochable et serein, il retourna auprès d'Emilienne à qui Anne venait d'apporter son plateau.

Ayant fait manger sa mère — toujours les petits sandwiches au jambon et au pain de mie — Anne alla se changer. Quand elle reparut, coiffée, maquillée, dans sa robe de lainage prune à minces ganses de satin ton sur ton, le visage d'Emilienne prit une expression de satisfaction esthétique. Elle souhaita une bonne soirée à sa fille et soupira :

— Ah! Je t'envie! Si je pouvais t'accompagner!...

Pierre dîna rapidement à la cuisine et vint s'asseoir dans un fauteuil, à côté de sa femme, pour regarder la télévision. Ils s'assoupirent, au milieu d'une émission culturelle sur Rubens. Réveillé le premier, Pierre sortit de la chambre sur la pointe des pieds, fit sa toilette en un tournemain et enfila un pyjama propre, rayé de bleu et de blanc. Il s'apprêtait à pénétrer dans le lit, quand Emilienne rouvrit les yeux, sourit et murmura :

— Encore ce pyjama!... Je vais dire à Louise qu'elle en fasse des chiffons pour les cuivres!

— Que lui reproches-tu, à mon pyjama?

— Tu as l'air d'un bagnard de cinéma, là-dedans!

— Tu n'aimes pas mon costume gris, tu n'aimes pas mon pyjama rayé... Qu'est-ce que tu aimes?...

— Je ne sais pas, moi : ton pyjama crème, par exemple!

— Je le gardais pour les grandes occasions.

Elle leva les sourcils, avec un petit rire enroué et malicieux :

— Quelles grandes occasions, Pierre?

— Si nous partions en voyage, tous les deux...

Il avait dit cela sans y penser. Sa gorge se serra.

— Tu veux que je me change? dit-il encore.

— Oui.

Il s'exécuta. Le pyjama crème avait des manches trop longues.

— Tu es superbe! dit-elle.

Il éteignit la télévision et se glissa dans le lit. Ce soir, Emilienne paraissait moins irritable que d'habitude. Etait-ce parce qu'il se trouvait seul avec elle? Les fluctuations de cette maladie étaient si mystérieuses, si imprévisibles!... Pierre se rapprocha de sa femme.

— Viens dans mes bras, chuchota-t-il. Comme ça... Doucement... Quelques minutes... C'est si bon, nous deux!...

Elle s'appuya contre lui. Comme elle était maigre! A la moindre pression, semblait-il, ses os friables allaient craquer. Il lui enlaça les épaules. La tiédeur de ce corps proche le troublait. Elle avait vingt-cinq ans. Ses cheveux avaient gardé leur parfum poivré d'autrefois.

— Si tu savais comme je t'aime! balbutia-t-il.

Et une immense joie l'envahit : elle allait guérir! C'était sûr. Il le savait. Mieux que quiconque. Contre toute raison.

Elle se dégagea faiblement. Ses lèvres remuèrent :

— Pierre, je voulais te dire... Tu bouges, la nuit, tu fais trop de bruit en respirant... Ce n'est pas étonnant, avec ton grand nez... Et j'ai tant besoin de repos!... Nous devrions faire lit à part...

Il s'attendait si peu à cette sortie, qu'il en demeura un instant étourdi. Puis un sentiment de frustration, de punition le pénétra.

— Dormir sans toi..., bégaya-t-il. Mais... ce... ce n'est pas possible!...

— Juste le temps de ma maladie.

— Est-ce que tu te rends compte de ce que tu me demandes?

— Oui, Pierre. Soyons raisonnables.

— Bon, alors je vais m'installer près de toi, dans un fauteuil, sur une chaise longue...

— Non, je t'entendrais tout de même.

— Où veux-tu donc que j'aille?

— Dans la petite chambre du fond. Tu y seras très bien. Tu pourras lire aussi tard que tu voudras.

Cette petite chambre, à l'autre bout de l'appartement, servait depuis longtemps de débarras. On y entassait des valises, des cartons pleins de paperasses, des bouquins d'intérêt secondaire, des collections de vieux journaux.

— C'est ridicule! dit-il. Je serai trop loin de toi! Je préfère encore le canapé du salon.

— Si tu veux, dit-elle.

Il serra les dents. On le chassait, on l'exilait. Une telle disgrâce après tant d'amour! Il eut pitié de lui-même à en pleurer. Sa vie lui parut une suite horrible de déconvenues. Mourir là, dans l'instant, à la place de sa femme. Personne ne se préoccupait de lui, de sa santé, de son humeur. Et tout à coup, c'était lui qui disparaissait. Il soupira et dit :

— Tu veux que j'y aille maintenant?

— Non, dit-elle, demain.

Il songea que demain, peut-être, elle aurait changé d'avis. Cette idée le calma. S'il parvenait à ne pas ronfler, cette nuit... Il suffisait, disait-on, de se tourner sur le côté. Prudemment, il se coucha sur son épaule gauche. C'était une position incommode. Mais que n'eût-il supporté pour complaire à Emilienne?

— Bonne nuit, ma chérie, dit-il.

Peu après, il s'endormit avec la certitude d'être devenu, par sa seule volonté, un être immatériel et silencieux.

3

Retenue tard au bureau, Anne arriva à la maison en ouragan, à 7 heures, alors que Louise était sur le point de partir. Heureusement tout était prêt. Le rôti de veau aux carottes mijotait dans la cocotte, la tarte aux pommes reposait, saupoudrée de sucre, sur son plat rond, le couvert était mis dans la salle à manger, comme convenu : pour trois personnes. Il n'était pas question qu'Emilienne se levât. Elle avait passé une mauvaise nuit et se plaignait, depuis ce matin, de douleurs sourdes dans le côté droit. Le Dr Maurin, qui était venu à midi, avait ordonné une piqûre de plus. Peut-être eût-il fallu décommander le dîner? Trop tard. Anne se rendit auprès de sa mère. Les joues caves, le nez pincé, la malade semblait dormir. En entendant le pas de sa fille, elle rouvrit les paupières et murmura :

— Je ne veux pas voir Marc.

— Tu ne le verras pas, Mily, je te le promets, dit Anne. Nous dînerons rapidement et il s'en ira.

— Dis-lui que je le verrai la semaine prochaine.

— Mais oui, mais oui... Nous avons bien le temps! Je vais t'apporter tes sandwiches.

— Non... Rien que d'y penser, ça me soulève le cœur... Cette hépatite, quelle saleté!... J'ai dû manger hier quelque chose qui m'a détraqué le foie... Et cette odeur de cuisine!... Tu devrais aérer... Où est ton père?

— Il a dû aller faire un tour à la librairie du Colombier.

— C'est drôle! Voilà qu'il prend l'habitude de sortir sans me prévenir, à présent!

Pierre revint bientôt, portant deux bouteilles de beaujolais.

— Nous n'avions que du vin ordinaire, expliqua-t-il.

Emilienne se calma et referma les yeux. On sonna à

la porte d'entrée. Anne alla ouvrir : c'était la concierge.

— Je viens au sujet de votre chambre de bonne, dit-elle. Vous l'aviez louée à un étudiant, je crois. Eh bien! maintenant ils sont à dix, là-dedans. Ah! ça défile! Un vrai dortoir! Il y en a même qui couchent par terre, dans le corridor. Les voisins se plaignent. Je n'ai pas voulu en parler au gérant...

— Merci de m'avoir prévenue, dit Anne.

Pierre, qui l'avait rejointe dans le vestibule pendant la conversation, bredouilla :

— C'est insensé! Il paraissait pourtant bien, cet étudiant. Qu'allons-nous faire?

— Je vais monter le voir, tout de suite!

— Mais Marc?...

— Il ne viendra pas avant 8 heures.

— Tu pourrais attendre demain...

— Non, papa.

L'escalier de service était glacial. Comme chaque fois qu'elle grimpait au sixième étage, Anne fut désagréablement étonnée par la vétusté du long couloir qui desservait les chambres de domestiques. A l'honorabilité et au confort, succédait, sans transition, une zone de honte. Anne s'arrêta devant une porte marquée du numéro 11. Des voix bourdonnaient derrière le battant. Elle frappa. La porte s'ouvrit sur une grande fille, en robe de chambre, dont les cheveux blonds tombaient en rideaux sur les joues. Le ventre de l'inconnue bombait sous le tissu-éponge rose. Elle devait être enceinte de huit mois. Derrière elle, un garçon brun était assis, le dos rond, sur une chaise. Il avait les cheveux longs et le visage carré. Anne, qui ne l'avait jamais vu, non plus que la fille, demanda sèchement :

— Où est M. Jean Lombard?

— Qu'est-ce que vous lui voulez? dit le garçon en se levant avec lenteur.

— Je suis la propriétaire de cette chambre, Monsieur.

— Ah! bon. Jean est en voyage.

— Depuis quand?

— Depuis quelque temps déjà.

— Quand revient-il?

— Je ne sais pas.

— Qui êtes-vous?

— Laurent Vercier. Elle, c'est Ingrid. Elle est suédoise. Elle ne parle pas un mot de français.

La fille sourit et balança la tête de haut en bas avec une grâce un peu lourde. Ses bras pendaient de part et d'autre de son ventre.

— Et que faites-vous ici, monsieur? dit Anne.

— Nous sommes des amis de Jean, répondit Laurent Vercier.

— C'est à lui que j'avais loué cette chambre. Pas à vous.

— Je sais. Mais Jean est parti très vite. Il nous a dit que nous pouvions nous installer à sa place. Evidemment j'aurais dû vous avertir. J'allais d'ailleurs le faire. J'attendais d'avoir un peu d'argent... oui, pour vous régler... C'est une question de quelques jours...

Il parlait avec douceur, sans quitter Anne du regard. Sa pomme d'Adam montait et descendait sous la peau de son cou mal rasé.

— Il paraît que vous faites coucher des amis à vous dans le couloir, dit-elle.

— Oh! c'est arrivé une seule fois!

— Les voisins se sont plaints. Et dans cette chambre, vous êtes combien?

— Trois : Ingrid, son mari et moi.

Elle le regarda, interloquée :

— Mais... comment... comment vous arrangez-vous?

— Très bien, quoi! C'est du camping.

Elle inspecta la chambre d'un coup d'œil rapide. Trois mètres sur deux. Un lit de fer, un lavabo dans un coin, un radiateur parabolique, un réchaud monté sur une petite bouteille de Butagaz. Du plafond, pendait une ampoule électrique nue. La gêne d'Anne tourna au malaise.

— Cette situation est intolérable! dit-elle avec effort. Vous vous êtes installés sans rien demander à personne. Mes parents et moi n'avons pas le droit d'héberger des gens dont nous ne connaissons même pas l'identité...

Elle égrenait ces arguments comme pour se persuader elle-même du bien-fondé de son intransigeance. La Suédoise au gros ventre la considérait d'un œil vide. Belle et molle. Une génisse.

Laurent Vercier tira des papiers de sa poche revolver et les tendit à Anne sans un mot. Un quelconque carton officiel, tout fripé, avec une photographie dans l'angle. Elle lut machinalement le nom, la date de naissance. Il avait vingt-trois ans. Subitement elle se sentit enfermée dans la peau d'un flic. Rafle. Interpellation. Vos moyens d'existence? Une bouffée de honte l'étourdit. Elle rendit les papiers au garçon, qui les rempocha.

— Bon, dit-il. Vous avez raison. Nous allons déménager.

— Où irez-vous?

— Je ne sais pas.

Anne se radoucit :

— Cette fille est enceinte. Je ne peux pas la jeter à la rue. Attendez d'avoir trouvé une autre chambre.

— Merci, madame. De toute façon, Ingrid et son mari doivent repartir bientôt pour la Suède. Elle veut accoucher là-bas. Quant à moi, si vous m'acceptez comme locataire à la place de Jean...

Elle ne répondit pas. Un géant blond et barbu, large de poitrail et mince de jambes, venait de surgir à son côté, une baguette de pain à la main.

— Et voilà Gunnar! dit Laurent Vercier.

Anne sortit de la chambre et avisa, devant la porte, dans le couloir, une caisse en carton débordant de détritus.

— En tout cas, dit-elle, je vous demande d'enlever ça immédiatement! Vous encombrez le passage avec vos ordures! C'est inadmissible!

En redescendant l'escalier, elle hésitait entre la satisfaction et la colère.

Marc était arrivé en son absence. Elle l'embrassa distraitement. Il buvait un petit vin blanc, avec Pierre, dans le salon. Le verre d'Anne l'attendait sur le guéridon. Elle le porta à ses lèvres, avec avidité.

— Il paraît que Mily ne va pas bien, ce soir, dit Marc.

— Non, dit-elle. Pas du tout.

— C'est la journée d'hier qui l'a fatiguée, murmura Pierre tristement. Maintenant elle dort. Je n'ose pas la réveiller...

— Je suis désolé, dit Marc. J'aurais tellement aimé la voir!

— Au fait, Anne, demanda Pierre, ça s'est bien passé, là-haut?

— Très bien, dit-elle. La concierge exagère. Pour une fois que notre locataire a invité quelques amis!...

On passa à table. Pendant le repas, Anne fut frappée par l'excitation anormale de son père. Il s'exclamait à chaque propos de Marc et le poussait à se raconter. Comme s'il se fût ingénié à le mettre en valeur devant sa fille :

— Alors, le Canada?... Non? C'est vrai... Tu entends, Anne?... Et ton travail?...

Elle était gênée de son insistance. Avait-il oublié ce que Marc avait été pour elle? Plusieurs fois elle fut tentée de le rappeler discrètement à l'ordre. Puis elle pensa : « Moi qui critiquais maman, je deviens comme elle! » Elle porta les assiettes sales dans la cuisine et revint avec la tarte. Marc expliquait à Pierre, que, sous son impulsion, la maison qui l'employait allait tenter de conquérir les marchés de l'Est pour ses convertisseurs statiques et ses boîtes de commandes. Submergé par l'abondance des détails techniques, Pierre dodelinait de la tête et marmonnait :

— Oui, oui... Ah! tiens!...

Anne feignait, elle aussi, de s'intéresser aux problèmes de Marc, mais, irrésistiblement, son esprit grimpait les étages. Elle retournait là-haut, auprès de la Suédoise enceinte et de ses deux compagnons. Quel froid dans leur chambre! Ils ne devaient pas manger à leur faim. Peut-être se droguaient-ils? « Ce n'est pas mon affaire », décida-t-elle brusquement.

— Cette tarte est une merveille! dit Marc. C'est toi qui l'as faite?

— Non, Louise.

— Quoi? Vous l'avez encore! C'est incroyable!

Pierre versait le vin. Il avait la joue rose vif et l'œil brillant. Anne se demanda pourquoi elle avait invité Marc. Les dîners rituels du samedi, chez ses parents, au temps de son mariage. Les mêmes chaises, les mêmes assiettes à décor bleu aux murs, la même tarte. Elle se rappelait tout et ne regrettait rien. Si : la présence de Mily, autrefois, à table, avec son regard lumineux, sa joie de recevoir...

— Avez-vous des nouvelles des Clardieu? demanda Marc.

— Oui, dit Pierre, mais nous ne les voyons plus guère depuis la maladie de Mily. En tout cas, Charles a été très chic. Il m'a recommandé pour une situation à la S.E.P. Ça n'a pas marché.

— Pourquoi?

— Aucun intérêt, ni financièrement ni autrement! Ah! c'est difficile! Voilà six mois que je cherche!... A mon âge, personne ne voudra de moi!...

Anne, crispée, se leva et passa dans la chambre de sa mère. Emilienne reposait sur le dos, les bras le long du corps. Sa respiration était engorgée, clapotante. Anne lui toucha l'épaule. La malade rouvrit les yeux et murmura :

— Il est encore là?

— Oui, Mily. Tu n'as besoin de rien?

— Non. Va, va, ma chérie...

Anne retourna dans la salle à manger et servit le café aux deux hommes qui étaient partis dans une discussion sur les avantages et les inconvénients de l'abaissement de l'âge de la retraite.

Couché sur le canapé du salon, Pierre replia le journal dont il avait lu les gros titres et se demanda pourquoi Anne avait rompu avec Marc. Un garçon si gai, si vif, si intelligent!... Peut-être reviendrait-elle à lui? Ce n'était pas pour rien qu'elle l'avait invité, ce soir! Impossible de savoir ce qu'elle avait dans le crâne. Ce canapé était un peu dur. Mais la solitude avait du bon. Quelle liberté de mouvement! Il pouvait se lever, marcher, lire à sa guise. Une lampe, au gros abat-jour de parchemin, éclairait, autour de lui, les vieux meubles qu'il aimait. Il eut l'impression soudain d'être célibataire. Une onde froide courut dans ses veines. Il poussa un soupir : « Mily! Mily! » Puis il reprit son journal.

4

— Quand revient-il? demanda Emilienne.

— Je ne sais pas, dit Anne. Nous n'avons rien décidé.

— J'aurais tellement voulu vous tenir compagnie à table, hier soir! Mais j'étais mal coiffée, une mine affreuse, je l'aurais fait fuir!

Elle ne semblait pas se rappeler que ce dîner avec Marc avait eu lieu huit jours auparavant. De plus en plus, elle confondait les dates.

— La prochaine fois qu'il viendra..., dit-elle d'une voix usée.

Elle n'acheva pas sa phrase. Le sommeil l'emporta. Il était rare qu'elle se rendormît ainsi, le matin, après sa première piqûre. Pourtant elle avait bien pris son petit déjeuner et s'était laissé faire sa toilette sans se plaindre. Pierre était retourné au salon pour lire son journal. Anne borda sa mère et, inquiète, au lieu de partir, se rassit près d'elle. Tant pis! elle arriverait un peu en retard au bureau. A son niveau, personne ne lui demandait plus d'être strictement ponctuelle. Elle releva une mèche sur le front de la malade.

— Ta main sur mon front, c'est agréable! chuchota Emilienne sans ouvrir les yeux. Est-ce que Marc a aimé la cravate que tu lui as offerte?

« Quelle cravate? » se demanda Anne. Sans doute Emilienne, ballottée en tous sens par les vagues du temps, vivait-elle une scène d'anniversaire dans un lointain passé.

— Oui, Mily, dit Anne. Repose-toi maintenant...

— C'est une très jolie cravate! Nous l'avons choisie ensemble, n'est-ce pas?

— Oui.

Pourquoi sa mère lui parlait-elle de Marc avec tant d'insistance? « Mily ne se rend plus compte de rien... Mon mariage l'aurait-il plus marquée que moi?... Elle aimait bien Marc, dans le fond... Tout le monde aimait bien Marc... Moi-même... » Anne sourit, soupira. Ce mariage, quel pitoyable quiproquo! Dès le début, contre toute évidence, Marc avait voulu voir en elle une créature fragile et capricieuse. Or, elle était à l'opposé de tout cela. Le seul fait qu'il l'encourageât à plus de faiblesse et à plus de séduction la poussait à se raidir dans le refus de toute comédie. Jour après jour, elle sentait se creuser, entre elle et son mari, une incompréhension que leurs expériences nocturnes, assez décevantes, ne parvenaient pas à effacer. Il raffolait des voyages alors que tout changement de décor la mettait au supplice, il s'épanouissait en société alors qu'elle n'appréciait rien tant que la solitude, il espérait améliorer sa situation pour la dispenser de travailler elle-même alors qu'elle aimait son métier d'une passion grandissante. Mais étaient-ce des motifs suffisants pour justifier une rupture? Un matin, elle s'était réveillée avec la conviction qu'elle devait, pour échapper à ce malentendu, en finir au plus vite avec Marc. Personne, sur le moment, n'avait compris sa décision : ni Marc, ni leurs amis, ni ses parents. Si, sa mère, peut-être. Lorsque Anne lui avait annoncé son intention, Emilienne avait dit simplement : « Je m'y attendais, ma chérie. Il y a longtemps que Marc et toi vous ne marchiez plus du même pas. » Anne se souvenait de cette phrase, mot pour mot, et du regard d'intelligence triste qui l'accompagnait. Après le divorce, elle aurait pu s'installer seule, dans un studio, et mener une vie indépendante. L'idée ne lui en était même pas venue. Quel soulagement de retrouver le doux enchevêtrement des habitudes familiales! Le vrai ménage, ce n'était pas celui qu'elle avait formé provisoirement avec Marc, mais celui qu'elle formait, depuis son plus jeune âge, avec sa mère. Une tendre attirance physique l'unissait à Mily. Ah! leurs conversations incohérentes, saugrenues et interminables, leurs chaudes disputes, leur entente à demi-mot! Elles avaient un vocabulaire bien à elles, un code secret de sourires et de regards, auxquels Pierre lui-même, malgré ses efforts, demeurait étranger. Parfois, un échange de répliques entre mère et fille le laissait ahuri, en marge, plein de pesanteur et de méfiance. Mily régnait en souveraine incontestée, dirigeait tout, tranchait de tout dans la maison. Et Anne goûtait un plaisir inavoué à plier devant elle. Au vrai, il s'agissait moins, de sa part, d'une obéissance rationnelle que d'une vertigineuse fascination. Si elle avait quitté Marc, c'était sans doute, avant tout, pour retomber dans le climat de Mily. Maintenant elle les avait perdus l'un et l'autre : Marc lui était devenu tout à fait étranger, et sa mère, à chaque battement de cœur, prenait un peu plus le large. Non, non, ce n'était pas possible, Mily ne pouvait abdiquer... Anne se leva.

— Tu t'en vas déjà? balbutia Emilienne.

— Il est 9 h 10!

— Marc t'attend dans la voiture?

Brusquement agacée, Anne murmura :

— Mais non, Mily! Tu sais bien que Marc et moi, c'est fini!

— Ah! oui, c'est vrai... Tu n'es pas malheureuse, au moins?

— Pourquoi le serais-je?

— Je ne sais pas... Une femme seule... Où est ton père?

— Il lit son journal.

— Et Louise fait le ménage?

— Oui.

— Bon. Alors je peux dormir...

— Mais oui, Mily, dors.

Emilienne soupira :

— Quel ennui!... La semaine prochaine, j'irai chez le coiffeur...

Un coup de sonnette. L'instant d'après, la voix de Louise à travers la porte :

— Mademoiselle! Mademoiselle! Il y a là un monsieur qui veut vous voir. Paraît que c'est urgent.

Une fois de plus, Anne se demanda pourquoi Louise s'obstinait à l'appeler Mademoiselle! Un dernier coup d'œil à sa mère qui s'était assoupie. Elle sortit de la chambre sur la pointe des pieds et rejoignit Louise dans la cuisine. A la porte de service, Laurent Vercier.

— Vous ne pourriez pas monter voir Ingrid? dit-il. Ça n'a pas l'air d'aller du tout. Gunnar et moi, nous ne savons plus quoi faire! Elle pleure, elle a très mal au ventre! Et la concierge n'est pas là!

Aussitôt Anne pensa que la Suédoise était en train d'accoucher.

Elle grimpa l'escalier sur les talons de Laurent. Couchée sur le dos, dans le lit, Ingrid serrait son ventre à deux mains et gémissait. Une crainte animale arrondissait ses prunelles de faïence. Debout à côté d'elle, Gunnar lui caressait le front du bout des doigts, machinalement. Anne demanda aux deux hommes de se retirer. Ils se réfugièrent dans le couloir.

Elle rejeta les couvertures. Une large tache de sang s'étalait sur le drap.

— Elle fait sûrement une hémorragie, dit Anne en ressortant de la chambre. Cela peut être très grave. Vous n'avez pas un docteur?

— Non, dit Laurent.

— Bon, venez!

Elle repartit, suivie de Laurent. La dégringolade de leurs pas emplit l'escalier. Laurent se tint à côté d'elle, dans le salon, pendant qu'elle téléphonait. Par chance, le Dr Maurin était chez lui. Il se fit expliquer la situation en détail et conclut qu'il fallait transporter immédiatement la jeune femme à la maternité la plus proche : en l'occurrence, celle du boulevard de Port-Royal.

— J'irai la voir là-bas, dit-il. Appelez une ambulance.

A peine avait-elle raccroché l'appareil, que son père vint aux nouvelles. Irritée, Anne dut lui présenter Laurent et raconter en trois mots l'affaire. Pierre, abasourdi, interrogeait sa fille du regard pour savoir quelle attitude prendre et marmonnait :

— C'est désolant!... Mais, avec le Dr Maurin, vous serez tranquille!...

Cependant Anne formait sur le cadran le numéro d'une compagnie d'ambulances. Evidemment Laurent et Gunnar étaient incapables de s'occuper d'une femme dans cet état. Si quelqu'un devait accompagner la Suédoise à l'hôpital, c'était elle. Les deux hommes n'auraient qu'à les rejoindre. Elle le dit à Laurent et il convint qu'elle avait raison. Pierre hasarda timidement :

— Et ton bureau? veux-tu que je téléphone pour prévenir que tu seras en retard?

— C'est inutile, dit-elle brièvement. Je n'ai pas de rendez-vous, ce matin.

— Mais tu rentreras déjeuner?

— Bien sûr!

L'ambulance fut bientôt là. Ingrid descendit les six

étages, portée sur une civière par deux infirmiers. Anne monta avec elle dans la voiture. La rue était encombrée. On avançait par à-coups. Le chauffeur actionnait son signal sonore. Assise à côté de la Suédoise, Anne lui souriait, de temps à autre, pour l'encourager. Elle avait le sentiment d'être sortie des rails de sa vie quotidienne et de rouler sur une voie parallèle, dans un paysage flou. Par le jeu de quel aiguillage avait-elle quitté le chevet de sa mère pour se retrouver au chevet de cette inconnue? Etait-ce sa vocation de toujours soigner les malades? La ville bourdonnait derrière la vitre en verre dépoli. Ingrid remua les jambes sous la couverture de laine brune. Ses traits se crispèrent. Elle claquait des dents. Anne lui prit la main. Elle regardait souffrir cette grande fille blonde et n'arrivait pas à la plaindre. La voiture franchit un caniveau, roula plus doucement, s'arrêta; les portières s'ouvrirent; une vague d'air froid baigna le visage d'Anne.

Des hommes en blouse blanche emmenèrent la Suédoise. Anne se retrouva tout à coup seule, marchant vers la grille d'entrée. Elle vit arriver à sa rencontre Laurent et Gunnar qui se hâtaient. Comme ils avaient fait vite! Il est vrai qu'elle avait perdu quelque temps en formalités.

— Alors, qu'est-ce qui se passe? demanda Laurent.

— On s'occupe déjà d'elle, dit Anne.

— Ah! bon. Sans vous, je ne sais pas ce que nous aurions fait. On va rester ici, lui et moi, pour avoir des nouvelles.

Gunnar acquiesça d'un hochement de barbe. Anne les abandonna, irresponsables et désorientés, au milieu de la cour.

Au bureau, dès son arrivée, les deux maquettistes, Bruno et Carolus, l'assaillirent. M. Courtois avait voulu voir les maquettes de couverture pour le Goya. Il n'était pas satisfait du résultat et demandait, de toute urgence, de nouveaux projets. Bruno et Carolus en avaient crayonné quelques-uns en attendant la venue d'Anne. Elle les examina et les trouva détestables. Il fallait « repenser le problème », selon l'expression favorite de M. Courtois. Elle laissa les maquettistes dans leur atelier et s'enferma dans son minuscule bureau vitré, pour chercher une solution. Son crayon voletait sur le papier. Elle variait la disposition et l'importance des lettres du titre ainsi que l'emplacement du portrait de Goya. Vingt fois la sonnerie du téléphone l'interrompit dans son travail. A midi, elle n'était parvenue à rien d'original.

Elle rentra chez elle à pied, comme d'habitude, et trouva sa mère plus lasse et plus angoissée qu'à son réveil. Une piqûre. Le déjeuner vite avalé. Et, de nouveau, le petit bureau clair où elle gribouillait, tandis que les maquettistes passaient et repassaient devant elle, de l'autre côté de la vitre. Enfin une idée acceptable. Elle confia le croquis à Bruno et resta derrière lui pendant qu'il réalisait la maquette au propre, dans les dimensions. Las d'attendre, M. Courtois fit irruption dans l'atelier et se pencha, à son tour, sur la planche à dessin. Cette fois, son verdict fut favorable. On discuta les couleurs. Et, là encore, Anne imposa son point de vue. Décidément ses avis avaient de plus en plus de poids dans la maison. Elle s'étonnait d'être si sensible à cette petite réussite professionnelle. On eût dit qu'une bonne nouvelle éclairait soudain sa journée.

En sortant du bureau, elle fit une courte halte chez « l'Ami Georges » pour boire son muscadet au comptoir. A la maison, Mily somnolait, Pierre, à son chevet, feuilletait le *Dictionnaire historique des rues de Paris* et Louise se préparait à partir.

— Notre nouveau locataire est-il venu en mon absence? demanda Anne.

— Non, dit Pierre. Pourquoi?

— Je voudrais avoir des nouvelles de cette fille.

Elle monta au sixième étage et frappa à la porte numéro 11. Ce fut Laurent qui ouvrit.

— Alors? demanda-t-elle.

— Ce n'est pas brillant, dit Laurent. Ils ont dû lui faire une césarienne. L'enfant est mort-né.

Elle regarda Gunnar qui se tenait en retrait, tête basse. Il ouvrit les bras dans un geste impuissant.

— C'est affreux! dit-elle.

— Oh! dans leur situation, c'est peut-être mieux comme ça, grommela Laurent.

— Et... et elle?

— Ça va. Dès qu'elle sera rétablie, ils partiront pour leur pays.

La couverture du lit avait été remontée jusqu'au traversin. Anne la rejeta, d'un mouvement oblique, pour découvrir le drap souillé de sang.

— Il faut enlever ça, dit-elle.

— On allait le faire.

Elle arracha les deux draps, les roula en boule et les déposa par terre, dans un coin.

— Il y a une laverie automatique, tout près d'ici, dit-elle encore.

— Oui, oui, je sais...

— Vous avez des draps de rechange?

— Non... mais ce n'est pas indispensable...

— Je vais vous en prêter une paire. Venez avec moi.

Il la suivit. Elle le laissa dans la cuisine pendant qu'elle allait chercher deux draps dans le placard de la lingerie. En revenant, elle le trouva debout, adossé au mur, les bras croisés sur la poitrine. Elle sortit la bouteille de vin blanc et deux verres. Quelle soif tout à coup!

— Non, merci, dit-il. Je ne bois jamais d'alcool.

Elle le considéra avec une surprise amusée :

— Vous êtes un ascète?

— Pas précisément. Mais chacun ses goûts. Je prendrais volontiers un verre d'eau.

— Ne vous croyez pas obligé de boire quelque chose.

— J'aime l'eau, dit-il.

Elle ouvrit le réfrigérateur et en tira une bouteille

d'eau minérale. Il y en avait toujours en réserve pour sa mère.

— Ah! surtout pas! s'écria-t-il. Cette eau morte!...

Il prit le verre qu'elle tenait à la main, le remplit au robinet et le posa à côté du verre de vin blanc. Elle repoussa la porte du réfrigérateur qui se referma avec une douceur puissante et caoutchoutée. Ils burent en même temps, elle son vin, lui son eau. Elle fut sur le point de lui demander comment il comptait s'organiser là-haut, avec son camarade, pour les repas. Sans doute était-ce Ingrid qui, en temps normal, faisait la cuisine. Au moment de parler, elle se retint. Pourquoi l'avait-elle laissé ici, entre le réfrigérateur et la table? Elle aurait dû le faire entrer au salon. Maintenant il était trop tard. Il l'interrogea abruptement :

— Vous vivez avec votre père?

— Oui, et avec ma mère.

Elle laissa passer un temps et ajouta :

— Ma mère est très malade.

Aussitôt elle se reprocha d'avoir dit cela. Il allait se croire obligé de lui poser un tas de questions. Mais il se taisait. Ne l'avait-il pas entendue? Elle se versa un deuxième verre de vin blanc. Toujours debout, il se balançait mollement d'un pied sur l'autre. Il n'était pas grand. La lumière crue du plafonnier faisait saillir l'ossature de son visage.

— Vous avez un métier? dit-il enfin.

— Oui, répondit-elle. Et vous?

— Moi? J'en ai eu trente-six. Maintenant je souffle un peu... Je cherche... Tout doucement... Je suis ce qu'on appelle un raté...

— Vous n'avez pas fait d'études?

— Si. Un an d'Arts déco.

— Alors vous dessinez?

— Comme un pied.

Elle sourit :

— Vous auriez dû essayer le dessin publicitaire...

— J'y penserai. Et vous, qu'est-ce que vous faites?

— Je travaille dans une maison d'édition, au service artistique.

— Quelle maison d'édition?

— Gastel...

— Ah! oui... Et votre père?

— Il est, pour ainsi dire, à la retraite...

— La situation de mes rêves! s'écria-t-il en ouvrant les bras.

Puis, redevenant sérieux, il dit :

— Je crois que, d'ici quelques jours, je vais retourner dans un garage où j'ai été laveur de voitures... J'ai un copain qui y travaille encore...

Pierre pénétra dans la cuisine, son livre sous le bras.

— Ah! tu es là, Anne, dit-il. Je ne t'avais pas entendue rentrer.

Et il salua Laurent d'une inclinaison de tête. L'autre se décolla du mur, sans hâte. La main de Pierre s'allongea vers la bouteille. Tout en se versant un verre de vin blanc, il demanda des nouvelles de « cette jeune femme qu'on avait emmenée en ambulance ». En apprenant ce qui s'était passé, il poussa des soupirs et hocha la tête. Puis il dit :

— Savez-vous que la maternité où vous êtes allés ce matin n'est pas autre chose que l'ancienne abbaye de Port-Royal, de la Mère Angélique Arnauld?... Sous la Révolution, on y a enfermé Malesherbes, Mlle de Sombreuil, Florian...

Il se tut et vida son verre de vin blanc à fines gorgées. Laurent prit la paire de draps et se dirigea vers la porte. Anne l'accompagna et le regarda disparaître dans l'escalier de service, montant les marches quatre à quatre. Puis elle courut s'occuper de Mily qui s'impatientait :

— Il est tard... Où êtes-vous tous?... Je voudrais boire un jus d'orange...

5

Anne referma la porte de l'appartement et descendit l'escalier, la main à la rampe, la tête basse. Ses soucis la suivaient, de marche en marche. Une piqûre de plus par jour, depuis hier. Cela faisait cinq en tout. Assommée par la morphine, sa mère, la plupart du temps, somnolait. Son irritabilité, son instabilité avaient fait place à une profonde indifférence. A mesure que sa personnalité s'émoussait, la maison, autour d'elle, devenait plus calme. Il n'y avait plus, dans la chambre, une femme douloureuse, tourmentée, exigeante, mais un mannequin aux membres dociles, qu'on tournait, qu'on lavait, qu'on piquait, suivant un horaire strict. Etait-ce, pour Mily, l'annonce d'une fin proche? Si elle avait pu s'endormir, un soir, paisiblement, et ne pas se réveiller!... Cette idée déséquilibra Anne un instant, comme si elle eût fait un faux pas. Pourtant elle devait se rendre à l'évidence. A ce stade de la maladie, elle ne pouvait rien espérer d'autre pour sa mère qu'une mort tranquille. Il eût fallu qu'elle restât constamment au chevet d'Emilienne. Ou du moins qu'elle pût aller la voir plusieurs fois par jour... Combien de temps encore durerait le jeu pitoyable de la survie?

Comme Anne passait devant la loge de la concierge, celle-ci se dressa sur le seuil de sa porte et claironna :

— Ah! madame Prédaille, votre locataire a libéré sa chambre, ce matin. Il m'a demandé de vous remettre ça!

Anne prit des mains de la concierge le paquet, la lettre, la clef qu'elle lui tendait. De la pointe de l'ongle, elle déchira le papier d'emballage du paquet. Par le trou apparut un coin de tissu blanc : les draps. Elle glissa la clef et la lettre dans son sac à main.

— Gardez le paquet, dit-elle. Je le prendrai en rentrant du bureau. Et ses amis? Ils sont partis aussi?

— Les Suédois? s'exclama la concierge. Oh! ça fait déjà huit jours qu'ils ont plié bagages! Croyez-vous, cette pauvre petite!...

Anne l'interrompit au milieu de ses commentaires et se jeta dans la rue. Au bureau, l'engrenage des besognes journalières la reprit à un rythme tel, que toute rêverie paraissait impossible. A onze heures, M. Courtois la convoqua pour lui exposer ses idées sur le lancement des œuvres complètes d'Oscar Wilde. Il voulait frapper un grand coup. Elle prit des notes.

Marc l'avait invitée à déjeuner. Elle rentra chez elle pour s'occuper de sa mère avant de le rejoindre dans un petit restaurant de la rue Saint-Benoît. Ils étaient encaqués à vingt couples dans la pénombre et l'odeur de la grillade sur feu de bois. Marc était d'une humeur enjouée. Il parlait de son travail, de ses projets... Cette fois, Anne l'écoutait avec intérêt. Autant il l'avait agacée lors de ce dîner, à la maison, autant ici, en terrain neutre, elle trouvait du plaisir à sa compagnie. Subitement elle entendit :

— Je ne sais ce qui se passe en moi, Anne, mais je constate que tu es mêlée à tous les instants de ma vie. Cent fois par jour, j'ai envie de te demander ton opinion, de t'expliquer mes soucis. Au Canada, tu étais loin de moi, tout paraissait cassé, gâché... Mais ici... Oh! Anne, si tu pouvais te rendre compte...

— Je me rends compte, Marc, dit-elle. Moi aussi, j'éprouve un grand plaisir à me retrouver avec toi. Mais c'est un plaisir d'amitié, de confiance. On ne peut ressusciter le passé sur commande...

Il sourit tristement :

— Tu as raison... Et pourtant, Anne... Anne...

— Parle-moi encore de ton travail, dit-elle.

Ces légers éclairs de tendresse ajoutaient, pensait-elle, au charme de leur tête-à-tête. Elle se sentait bien, dans ce restaurant clos de toutes parts, devant cet homme qui n'était plus qu'un ami pour elle, mais dont l'insistante estime la flattait. Il la raccompagna au bureau en voiture. Sur sa table, elle trouva un volumineux courrier. Soudain elle se rappela la lettre de Laurent qu'elle portait dans son sac, depuis ce matin. Prise dans un tourbillon, elle n'avait pas encore eu le temps de la lire. Elle décacheta l'enveloppe. Une feuille de papier machine couverte d'une écriture nerveuse, qui plongeait au bout des lignes :

« J'ai été très touché de tout ce que vous avez fait pour mes amis et pour moi-même. J'aurais aimé vous régler ce que je vous dois pour le loyer avant mon départ, mais je n'ai pas pu. Je le ferai plus tard. Si vous acceptez que je revienne habiter là-haut, écrivez-moi. Nous ne nous sommes pas beaucoup parlé. Mais j'ai deviné en vous tant d'intelligence et tant de sensibilité que je ne cesse de penser à vous... »

Il y avait une adresse griffonnée dans un coin : boulevard de la République, à Aix-en-Provence. Anne replia la feuille et la rangea dans son sac. Pourquoi ce départ? Pourquoi cette lettre. Pourquoi cette adresse? Le téléphone sonna. M. Courtois s'étonnait qu'elle ne fût pas encore descendue pour la réunion de publicité.

En rentrant à la maison, le soir, elle se préoccupa de savoir si Laurent avait bien débarrassé la chambre. Il lui paraissait tout à coup très important d'aller se rendre compte par elle-même de l'état des lieux. Elle monta au sixième étage. Tout était en ordre. Le matelas replié sur le lit de fer, la penderie déserte, le plancher balayé. Au mur, un plan du métropolitain était fixé avec des punaises. Anne ne l'avait pas remarqué, lors de sa précédente visite. La vitre de la lucarne était toute ternie d'un mélange de suie et de poussière. Un bruit de voix traversait la cloison. Il faisait froid, humide. L'ampoule électrique, au bout de son fil, versait sur ce décor une lumière plate et blanche. Les bras ballants, Anne oubliait de vivre. Ce vide la fascinait. Elle aurait pu dire exactement la couleur du pantalon que portait Laurent, la première fois qu'elle l'avait vu. Une grosse toile, d'un bleu délavé, rapiécée aux genoux. Ses cheveux longs, d'un brun chaud et lustré, entouraient son visage léonin, aux mâchoires fortes, aux lèvres épaisses. Il y avait une lumière dorée dans ses yeux.

6

Comme chaque fois qu'il avait pris une décision sans en référer à sa femme ou à sa fille, Pierre avait un visage fautif.

— Tu n'étais pas là, dit-il, Mily dormait... J'ai été pris au dépourvu... D'autant qu'il s'est présenté très correctement... Sans que je lui demande rien, il m'a payé tout l'arriéré de l'autre locataire... Puis il m'a redemandé la clef de la chambre... Je la lui ai donnée... Je pense que j'ai bien fait, non?

— Bien sûr, dit Anne. Du moment qu'il a réglé ce qu'il devait...

Depuis trois semaines que Laurent était parti, elle s'était habituée à l'idée qu'il ne reviendrait jamais. Un moment même elle avait songé à relouer la chambre à un étudiant dont lui avait parlé la concierge.

— Il est seul, j'espère! dit-elle encore.

— C'est idiot, je ne le lui ai pas demandé!...

— Ça ne fait rien, papa.

Elle but son petit vin blanc dans la cuisine. Subitement la maison avait retrouvé un sixième étage. Quelque chose d'amical, de chaud et de mystérieux se cachait sous les combles. Après les soins à Mily et le dîner, Anne s'assit avec son père devant le poste de télévision. Pierre, tenant la main de sa femme, se laissait engourdir par les images galopantes d'un western. Mily somnolait, la joue amaigrie, le souffle rauque. Anne réfléchissait, avec force, à un problème de métier. Il fallait que, demain, elle soumît à M. Courtois une formule séduisante pour la publicité des œuvres complètes d'Oscar Wilde. Le projet de Carolus n'était pas mauvais, mais... Elle prit sa tapisserie. L'aiguille allait et venait, enrichissant, point par point, le contour d'une fleur fanée.

La plupart des bureaux étaient déjà vides, lorsque Anne quitta le sien avec Carolus et Bruno. Une femme de ménage passa devant eux, dans le couloir, traînant une corbeille, pleine à ras bord de paperasses. La rue Servandoni était noyée de brume. Les réverbères se reflétaient dans les carrosseries des voitures en stationnement. Sur le trottoir d'en face, une silhouette immobile se dressait, en sentinelle, parmi les ombres fuyantes des passants. Anne reconnut Laurent. D'un pas lent, il traversa la chaussée. Elle prit rapidement congé de ses collaborateurs et se tourna vers lui. Il grommela :

— Bonsoir! Vous sortez tard!... Alors, c'est là que vous travaillez... Une grosse boîte!

— Encore assez, dit-elle.

— Qu'est-ce que vous publiez? Des romans?

— Non. Plutôt des livres de voyages, d'histoire, des classiques... Nous faisons aussi beaucoup de livres pour enfants...

Ils se dirigèrent vers la place Saint-Sulpice. Laurent, muet, regardait ses pieds en mouvement. Soudain il dit :

— Vous ne m'en voulez pas d'avoir repris la chambre?

— Mais non, pourquoi?

— Ça aurait pu vous déranger...

— Je vous l'aurais dit.

— J'espérais que vous répondriez à ma lettre.

Elle mentit :

— Je n'avais pas compris qu'elle demandait une réponse.

Ils firent encore quelques pas sans échanger un mot. Puis Laurent proposa à Anne d'entrer dans un café. Elle se retrouva attablée devant un petit vin blanc. Assis en face d'elle, il avait commandé un jus de tomate. Mais il ne le buvait pas. Les bras croisés, il la regardait. Il se taisait. Gênée, elle rompit le silence.

— Pourquoi ce brusque départ? dit-elle.

— Je n'avais plus le sou.

— Et pourquoi Aix-en-Provence?

— Parce que c'est là qu'habitent mes parents. Vous viendriez au cinéma avec moi, ce soir?

Anne l'observa, interloquée. Il y avait, dans les yeux du garçon, une supplication autoritaire, une impatiente douceur. Elle prolongea le silence à plaisir. Puis elle dit légèrement :

— Pourquoi pas?

Un tel sourire éclaira le visage de Laurent, qu'elle eut conscience de lui avoir donné plus qu'il n'attendait d'elle.

— Non, c'est vrai? s'écria-t-il. Vous acceptez?

— Cela dépend du film! dit-elle.

— Alors là, moi, je m'en fous éperdument! Ce qui m'intéresse, c'est de passer une soirée avec vous!

Encore un long silence. Laurent assaisonna avec détermination son jus de tomate. Son regard n'exprimait plus rien. Que se passait-il dans cette cervelle? Il but et demanda :

— Comment va votre mère?

Anne sourit. Quelle curieuse façon il avait de sauter d'un sujet à un autre! Comme s'il n'y eût jamais de lien logique entre ses idées.

— Toujours pareil, dit-elle.

— Vous l'aimez beaucoup?

Elle inclina la tête en signe d'acquiescement.

— Est-ce que vous lui ressemblez? reprit-il.

— Je crois... par certains côtés... Il faut que je parte. Elle m'attend. Je suis déjà terriblement en retard...

Pour la première fois depuis qu'elle se trouvait dans un café avec un homme, elle avait envie de payer elle-même les consommations. Ils se levèrent. Laurent fouilla dans sa poche de gauche, puis dans sa poche de droite, en tira des billets de banque chiffonnés, des pièces de monnaie, qu'il jeta en vrac sur la table, consulta le ticket de la caisse, déposa la somme voulue dans une soucoupe, ajouta trois francs, ramassa le reste, réfléchit, reprit deux francs sur le pourboire et dit :

— Alors, pour le cinéma, comment fait-on? Voulez-vous que je vous attende devant la maison, à 8 heures moins le quart?

— Oui. Mais peut-être serai-je un peu en retard.

— Aucune importance!

Ils rentrèrent ensemble et se séparèrent sous le porche de l'immeuble, Anne prenant l'escalier principal et Laurent l'escalier de service.

— Tu sais, Mily, dit Anne, je voudrais aller au cinéma, ce soir, avec des amis. Je serai de retour dans deux heures. J'espère que ça ne t'ennuie pas. Autrement je peux très bien me décommander...

— Oh! non! dit Emilienne. Surtout vas-y... Ça me fait plaisir que tu te distraies un peu!... Quelle heure est-il?... Je n'ai pas envie de manger...

Anne la gronda tendrement. Houspillée par elle, la malade consentit à avaler un peu de bouillon froid et la moitié d'un sandwich au gruyère. Quand elle eut installé ses parents devant la télévision, il lui sembla que quelqu'un lui donnait enfin la permission de les oublier. Un regard à la glace, un coup de peigne, et elle s'envola.

Laurent l'attendait dans la rue, le dos appuyé au mur de la maison, les mains dans les poches.

— Si nous allions voir *l'Archipel*, au « Bonaparte »? dit-elle. Les critiques sont formidables! Et c'est à côté.

Il jura que c'était une idée géniale. Quand ils arrivèrent à la porte du cinéma, la séance avait déjà commencé et on ne laissait plus entrer les spectateurs qu'au fur et à mesure des sorties. Ils décidèrent néanmoins de tenter leur chance. La queue avançait lentement, par saccades. Ce fut Laurent qui prit les billets. Une ouvreuse à la lampe de poche virevoltante les conduisit, dans les ténèbres, jusqu'aux deux seuls fauteuils libres, au quatrième rang, sur le côté. Anne supportait mal d'être placée si près de l'écran. La tête renversée, elle regardait avec effort les images qui se déroulaient devant elle dans une perspective déformante. Le film avait débuté depuis vingt minutes. Il était difficile, dans ces conditions, de saisir les rapports entre les personnages. En tout cas, l'histoire se passait à Londres, au temps de la reine Victoria. Les acteurs parlaient un anglais harmonieux. Anne comprenait presque tout sans lire les sous-titres. Une main hésitante se posa sur sa main. Elle se dégagea doucement. Laurent lui reprit la main avec force et l'appuya contre ses lèvres. Puis, tournant le poignet d'Anne, il lui baisa longuement la paume. Sa bouche s'attardait, respirait, mobile, à fleur de peau. Envahie d'un bonheur aigu, Anne pensait à un jeune cheval qui serait venu manger dans le creux de sa main. Elle avait oublié le film, le public, elle était au milieu d'une prairie, la nuit, sous les étoiles. Lentement elle pivota vers lui. Il se redressa. Son visage apparut, tout en méplats, dans la clarté lunaire. Comme il était étrange, avec ses traits épais et ses cheveux en désordre! La douce rudesse d'un mufle où brillaient des yeux de chat. Elle eut envie de toucher son menton, creusé en son milieu comme d'un coup de pouce. Aussitôt elle se demanda si elle perdait la raison. Mais était-elle venue pour autre chose? Des éclats de voix cinématographiques passaient au-dessus de sa tête. Une musique énorme ébranlait les murs. Le drame victorien courait à son dénouement. Quand la lumière revint dans la salle, Anne et Laurent se levèrent et suivirent le mouvement de la foule qui se dirigeait vers la sortie. Ni lui ni elle ne songeaient à rester pour voir le début du film. Poussés par le fleuve des spectateurs, ils se retrouvèrent dans le hall du cinéma, avec la pluie qui tombait en rideau devant eux. Quelques personnes, hésitant à se faire mouiller, bouchaient le passage.

— On y va? demanda Laurent.

Ils partirent sous l'averse. Laurent avançait lentement, levait la tête vers le ciel, ouvrait la bouche, se léchait les lèvres avec délices.

— Dépêchez-vous, Laurent! dit-elle. Nous allons être trempés!

— Vous n'aimez pas la pluie?

— Non.

Il lui prit le bras. Serrés l'un contre l'autre, ils marchèrent très vite, à longues enjambées, jusqu'à la maison. En arrivant, elle avait les mollets faibles et le souffle coupé. Il l'attira sous le porche. Là, sans attendre qu'elle eût repris sa respiration, il la saisit dans ses bras et chercha ses lèvres. Elle éprouva avec désarroi la pression de cette bouche épaisse et douce sur sa bouche. Puis elle se détacha de lui. Il la regardait avec une lueur d'interrogation dans ses larges prunelles dorées.

— Je t'aime, Anne, dit-il. Viens avec moi, là-haut, je t'en supplie!

Elle fut bouleversée par le ton humble de cette voix, mais la faiblesse même dont elle se sentait menacée l'incita au refus.

— Non, Laurent, ce n'est pas possible, dit-elle en le regardant profondément dans les yeux.

Il accusa le coup par un froncement de sourcils. Allait-il insister? Elle le souhaita presque. Mais il baissa la tête et murmura :

— Je le savais.

Comme il acceptait aisément sa défaite! S'était-elle montrée trop dure envers un être qui doutait naturellement de lui? Déjà il tournait les talons et s'éloignait, d'un grand pas, vers le fond de la courette, où prenait l'escalier de service.

Elle appela :

— Laurent, Laurent, écoutez-moi!...

Il poursuivit son chemin, le dos sourd, et disparut par une porte entre deux poubelles.

Restée seule sous le porche, Anne hésita une seconde, puis remonta chez elle avec le sentiment confus d'avoir été repoussée, alors que c'était elle qui avait dit non. L'appartement n'était qu'un bloc de silence. Elle entrebâilla la porte du salon. Un rai de lumière coupa la pièce en deux devant elle. Son père dormait sur le canapé. Un livre gisait sur le tapis, à portée de sa main. Marchant avec légèreté, Anne se faufila dans la chambre de sa mère, où une veilleuse était allumée en permanence. La malade était étendue sur le dos, comme d'habitude, les bras le long du corps. Un ronflement animal s'échappait de cette figure d'ange. Le monde, autour d'elle, était calme, quotidien et figé. Saisie par une brusque impression de dédoublement, Anne n'eût pas été surprise, en ouvrant la porte de sa chambre, de se voir elle-même endormie sur le lit. Elle visitait la maison d'une autre. Comme une somnambule, elle passa dans la cuisine. La blancheur des murs l'aveugla. Elle ouvrit la porte de service, appuya sur le bouton de la minuterie et gravit l'escalier étroit et raide qui menait aux chambres de domestiques.

Depuis combien de temps était-elle assise sur cette chaise, devant ce lit? Le radiateur parabolique, posé par terre, ne suffisait pas à chauffer la chambre. Mais de ses filaments incandescents émanait une lueur rouge vif qui éclairait le visage de Laurent comme un brasier. Couché sur le flanc, le regard tourné vers Anne, il respirait calmement. Elle lui avait pris son caban et l'avait enfilé à même sa peau nue pour avoir plus chaud. Elle aimait sentir autour d'elle ce rêche vêtement masculin. Laurent lui sourit d'un air de joie et de force. Dans le rayonnement insolite du radiateur, ce masque couleur de feu, avec ses creux d'ombre et ses bosses polies, la fascinait. Pas d'autre éclairage dans la chambre. Une serviette de toilette masquait à demi la lucarne, en guise de rideau. Le robinet du lavabo fuyait goutte à goutte. La porte joignait mal et un vent glacé passait par les interstices. Chaque fois que la minuterie s'allumait dans le couloir, un rectangle de clarté jaune entourait le battant. Jusqu'à 1 heure du matin, Anne avait entendu le pas des gens qui rentraient chez eux, des conversations sourdes, des éclats de voix. A plusieurs reprises, elle avait cru que quelqu'un s'engouffrait dans la chambre. L'absurdité de la situation la forçait à se moquer tendrement d'elle-même. Ce qui venait de se passer était si peu dans la ligne de son caractère, de son destin, qu'elle doutait de l'avoir vécu. Un bonheur énorme, sauvage, stupide, mal élevé et cocasse l'habitait. Le plaisir qu'elle avait connu, collée contre ce corps musclé et chaud, était sans commune mesure avec ses autres souvenirs. Elle se relevait de ce lit de fer, tout étourdie de gratitude. Une drogue engourdissait son cerveau. Ses parents n'existaient plus. Elle-même, assise sur cette chaise, avec ce caban d'homme sur le dos, n'avait plus de métier, plus d'âge, plus de nom. Certes, elle savait que cet état d'euphorie ne pouvait durer, qu'elle allait remettre les pieds dans ses pas de la veille, retrouver sous sa main la rampe gluante des jours. Mais, en attendant, elle pouvait, elle devait savourer la chance qui lui était offerte de sortir d'elle-même. Ces quelques heures passées dans les bras de Laurent formeraient un îlot de vie indépendante et secrète enclavé dans le courant de sa vie. Peut-être Laurent serait-il, après cette seule nuit, l'homme à qui, tout au long de son existence, elle se référerait avec amusement, avec indulgence, avec nostalgie? Peut-être ne connaîtrait-elle rien de plus beau, de plus accompli, jusqu'à sa mort? En tout cas, elle ne reviendrait jamais dans cette chambre. Elle refuserait de revoir Laurent. Leur rencontre ne pouvait être exceptionnelle qu'à condition d'être sans lendemain. Elle frissonna. Le radiateur parabolique chauffait ses mollets, ses cuisses, mais le haut de son corps était glacé par le vent coulis qui soufflait dans les interstices de la porte. Comment Laurent pouvait-il vivre dans un tel dénuement? Tout s'était enflammé si vite, entre elle et lui, qu'ils n'avaient pas eu le temps d'avoir une vraie conversation avant de s'aimer. Elle sortait du lit d'un inconnu. Elle, la fière, la raisonnable, la lucide... A quoi pensait-il en la contemplant avec cette fixité exigeante? Il remua les jambes sous la couverture à carreaux déchirée. Ses bras nus montèrent et se replièrent, les mains sous la nuque. Retenant son souffle, Anne regardait, dans la pénombre rouge, ces muscles gonflés, cette aisselle creuse et velue. Puis brusquement il s'assit sur son séant. Des yeux brasillants. Une chevelure d'étoupe. Et, plus bas, le torse évasé, aux tons de terre cuite.

— Comme tu es loin, Anne! dit-il. Reviens près de moi.

— Il faut que je m'en aille.

— Pourquoi?

— Il est 2 heures du matin.

— Je sais, mais tu peux bien rester encore un peu, non?

Elle lui effleura la bouche d'un baiser aérien :

— Non, Laurent, c'est fini. Laisse-moi...

Mais il tendit les mains vers elle. Son regard l'appelait avec un mélange d'autorité, de douceur, de caprice. Dans un éclair, elle comprit qu'elle avait présumé de ses forces, que toutes ses résolutions étaient illusoires et qu'elle le reverrait demain, après-demain, aussi souvent qu'il le voudrait, qu'elle le pourrait. Il la saisit par les poignets, l'obligea à s'asseoir au bord du lit, l'enlaça, la renversa, se pencha sur elle. Le robinet s'égouttait dans le lavabo. Quelqu'un se racla la gorge derrière la cloison. Anne dit encore :

— Non, Laurent.

Puis le monde s'abolit pour elle dans un tumulte flamboyant.

Il était 3 heures et demie du matin, quand elle redescendit dans l'appartement. Quelle folie! Et si Mily l'avait appelée entre-temps!... Une faible toux derrière la porte. Anne entra dans la chambre.

— Qu'y a-t-il, Mily? Tu ne dors pas?

— Si... Je viens juste de me réveiller.

— Tu veux le bassin?

— Je ne sais pas... Oui, peut-être...

Anne attendit que sa mère se fût de nouveau assoupie et sortit sur la pointe des pieds. Elle était gelée. Elle se coucha, mais ne put dormir.

7

Epuisée par les vomissements, Emilienne était retombée sur ses oreillers, la bouche hoquetante, les prunelles noyées de larmes. Anne lui essuya la figure avec un linge humide et reposa la cuvette par terre. Elle observait sa mère avec une inquiétude douloureuse. Au bout d'un moment, elle lui prit le pouls : lent et irrégulier. Mais les traits de la malade se détendaient. Il n'y aurait pas de récidive. Du moins dans l'immédiat.

— Tu vas pouvoir dormir, dit Anne.

— Oui, murmura Emilienne, mais il y a toutes ces chenilles qui rampent sur la commode... Il faudrait les chasser... Autrement, elles vont monter sur mon lit...

Depuis deux semaines, elle avait souvent de ces crises d'hallucination. Et des angoisses aussi, qui lui faisaient rouler la tête sur l'oreiller en modulant une petite plainte, à dents serrées. Elle ne s'alimentait presque plus. Juste un peu de liquide. Pressé de questions par Anne, le Dr Maurin avait fini par lui dire qu'il craignait un dénouement rapide. Selon son conseil, elle avait augmenté la dose de solucamphre. Mais les drogues n'agissaient plus sur l'organisme usé. Les jambes étaient si enflées par l'œdème, qu'il fallait faire les piqûres dans le bras.

— Tu me promets que tu chasseras les chenilles? reprit Emilienne d'une voix d'enfant.

— Oui, Mily.

— Fais-le tout de suite!

Anne esquissa de la main le geste de balayer le dessus de la commode.

— Voilà, dit-elle. Il n'y en a plus. Dors. Je reste près de toi pour qu'elles ne reviennent pas.

— Oh! oui, reste...

Emilienne ferma les yeux. Anne s'assit dans un fauteuil, à côté du lit, et enveloppa ses jambes dans un plaid. Ce serait la troisième nuit qu'elle passerait au chevet de sa mère. Son père était incapable de la remplacer. Il l'avait certes proposé, au début, mais elle lui avait si bien expliqué qu'elle n'avait besoin de personne, qu'il avait fini par se cantonner dans un rôle de témoin larmoyant. Tout en continuant à se désespérer de la maladie de sa femme, il dormait du sommeil du juste sur le canapé du salon. Anne pouvait aller et venir dans l'appartement, allumer toutes les lampes, remuer les casseroles dans la cuisine sans qu'il se réveillât. Une santé de fer et une inconscience de vieil enfant gâté. Face à la mort qui venait, la solitude d'Anne était absolue. Elle l'avait voulu ainsi, par amour pour Mily, par abnégation, par intransigeance. Rien d'autre ne comptait plus dans sa vie que les étapes horribles de la destruction. Même Laurent rapetissait dans cet éclairage funèbre. De temps à autre, elle montait le voir dans sa chambre. Il l'attendait là-haut, tapi dans sa tanière, toujours disponible et toujours affamé. Toute sa raison d'être se ramenait, semblait-il, à guetter le pas d'Anne dans le couloir. La porte ouverte, il la happait. Quelques mots échangés, une caresse rapide, et elle replongeait dans l'escalier. Mily était trop malade pour qu'elle l'abandonnât, fût-ce une heure. Anne avait téléphoné au bureau pour demander un congé. Le temps s'était arrêté de couler dans l'appartement. Personne entre sa mère et elle. Cette mort lui appartenait en entier. La bouche ouverte, les paupières closes, Mily respirait avec une sorte de râle sifflant dans la poitrine. Ses longues mains d'os et de satin reposaient de part et d'autre, au bord du lit. Elle était plate de corps comme une enveloppe vide. Le drap, à partir de ses épaules, ne recouvrait plus le moindre relief. Si, juste au bout, la pointe des deux pieds dressés. Et la vie persistait dans cette forme aux trois quarts détruite. Quelle vie? Une succession de souffrances. Pour quelle issue? Le néant. Et il fallait assister, les bras croisés, à cette torture quotidienne. Attendre que la nature fît son œuvre, alors que l'amour, la charité, la raison eussent commandé d'abréger une aussi atroce agonie. Comment Dieu permettait-il que Mily fût rongée par un mal si lent et si inexorable? Et s'il le permettait, dans son énorme et aveugle injustice, ne devait-on pas lui tenir tête? Oui, oui, il y avait des cas où la révolte humaine était nécessaire et sacrée. Infléchir le destin. Imposer sa volonté. Pour le bien d'un être cher. Il suffisait de forcer la dose de morphine, et Mily s'endormirait pour toujours. Doucement. Sûrement. Avec gratitude. Cent fois, Anne y avait pensé. Mais jamais comme cette nuit, avec cette insistance tragique. Il lui sembla qu'elle avait parlé à haute voix. Mais non, c'étaient les idées qui, en bougeant dans sa tête, lui procuraient cette impression de bruit. A chaque aspiration, son cœur lui faisait mal. Les yeux écarquillés, elle se laissait envahir par l'immobilité sinistre des choses : la lampe de chevet allumée que recouvrait un carré de soie rose, la commode avec ses piles d'illustrés, le poste de télévision à l'écran opaque et, sur la table, tous ces médicaments, toutes ces ordonnances inutiles, épinglées ensemble... Ce décor familier, qui eût dû la rassurer, augmentait bizarrement son angoisse. Elle entrait dans un cauchemar où les ombres avaient plus d'importance que les objets, le silence plus de signification que les voix. Quelque chose l'oppressait horriblement. Une vapeur enveloppait son cerveau. Elle serra les mâchoires, raidit les épaules et, soudain, brisant ses défenses, un flot de larmes la submergea. Elle jeta son visage dans ses mains. Plus elle voulait se dominer, plus elle cédait à ce tourbillon de tristesse. Dans le lugubre silence de la nuit, un petit coup de sonnette retentit, humble, effleuré, à peine perceptible. Puis un autre. Cela venait de la porte de service. Anne lança un regard à sa mère, se leva, essuya ses yeux et se rendit à la cuisine. Elle savait déjà qui elle allait trouver derrière la porte. C'était absurde! Elle avait introduit dans sa vie un animal irresponsable et indomptable! Le renvoyer là-haut. Dans sa niche.

Elle ouvrit le battant et défaillit de joie. C'était bien lui, avec son visage de brute tendre.

— Que se passe-t-il, Anne? dit-il. Tu as pleuré?

Elle recula d'un pas et murmura en s'adossant au mur :

— Ce n'est rien. Mais tu n'aurais pas dû venir!

Il la prit dans ses bras et ferma derrière lui la porte de la cuisine :

— Je deviens fou, là-haut! C'est si affreux, ce que tu es en train de vivre! Tu en fais trop! Tu n'as plus figure humaine! Tu devrais prendre une garde de nuit!

— Ah! non! s'écria-t-elle. Personne d'autre que moi ne s'occupera de Mily!

— Mais pourquoi, Anne?

— Je ne veux pas qu'une étrangère la touche. Elle est à moi. Ses derniers instants... tu comprends?... je dois les vivre avec elle... Un à un... C'est... c'est plus important que tout... Tu ne peux pas rester, Laurent... Va-t'en... Va-t'en vite! Mon père peut venir!...

— Qu'est-ce que c'est que ton père, alors qu'il y a ta mère qui meurt et nous qui nous aimons?

Elle se dit qu'il avait raison, que toutes ces conventions étaient ridicules, qu'il n'existait au monde que deux vérités sacrées : l'amour et la mort. Il lui effleura le front d'un baiser.

— Anne, dit-il, ma petite Anne, je voudrais t'aider, être près de toi, tout partager avec toi...

Son regard de chien intelligent la bouleversa. Il était à elle. D'âme et de peau. Elle se cabra :

— Non, Laurent. Je veux rester seule.

Elle le poussa dehors. Mais, au lieu de partir, il demeurait debout dans l'encadrement de la porte. Elle referma le battant sur lui, elle le supprima de sa vie. Puis elle retourna auprès de sa mère. Emilienne se dressait péniblement sur l'oreiller. Sa main faible et mal dirigée naviguait dans l'air comme pour écarter un drap. Son pied gauche pendait hors du lit. Anne replaça délicatement le pied sous la couverture. Un rictus découvrit les dents de la malade. Des larmes coulèrent de ses paupières fripées :

— J'ai mal, Anne... Je n'en peux plus...

Cette plainte misérable atteignit Anne en pleine chair. Elle ne voulait plus entendre cela. Jamais!

— Où as-tu mal, maman?

Emilienne ne répondit pas et renversa la tête sur l'oreiller, en geignant. Une bête la dévorait de l'intérieur. Assez! Assez!... Avec décision, Anne s'approcha de la table à médicaments. Ses mains tremblaient. « C'est maintenant qu'il faut agir. Si j'attends plus longtemps, je ne pourrai plus. Elle souffre trop. Mais que vais-je lui donner en échange de cette souffrance? Que sais-je de la nuit où je l'envoie? Mon Dieu, aidez-moi!... Non, pas Dieu!... Moi seule... Vite! » Elle saisit une ampoule de morphine et en scia la pointe. Ses doigts n'avaient plus de force. L'ampoule lui échappa. Une partie de son contenu se répandit par terre. Elle aspira ce qui restait. Le liquide montait dans la seringue. Une eau de mort, claire, transparente. Encore une ampoule. La cassure nette. L'aiguille pompait le poison. Le piston forçait dans le tube. La main d'Anne se crispait. Elle allait lâcher prise. Une autre ampoule. Et une autre encore... Le Dr Maurin avait dit de ne pas dépasser la dose. Cette fois, la seringue était pleine. Le piston presque entièrement sorti. Pas une bulle d'air. Tout était prêt. Ni coton ni alcool. « Pardon, maman! » Cette exclamation silencieuse éclata dans la tête d'Anne et elle se crut sur le point de défaillir. Vider la seringue dans le lavabo, oublier tout. Non. Dans un effort de volonté, elle se pencha sur le lit. « Allons! Maintenant... maintenant... » Elle marmonnait. Elle prit le bras d'Emilienne, le souleva précautionneusement. Elle manipulait un squelette. Si sec, si léger. Sous son regard, cette peau d'ivoire, flétrie et douce, dont chaque centimètre carré lui était plus cher que sa propre peau. Elle planta l'aiguille. La malade ne tressaillit pas. Ce fut Anne qui ressentit la piqûre. Au plus profond de son cœur. Elle se mordit les lèvres pour ne pas crier. Le piston de la seringue chassa le liquide. Mais si lentement! Le niveau n'en finissait pas de descendre. Elle allait devenir folle. Encore quelques gouttes. Anne retira l'aiguille d'un geste net. Ses jambes fléchissaient. Elle arrangea la tête de Mily sur l'oreiller, bien au centre.

— Tu m'as fait ma piqûre, chuchota Emilienne sans rouvrir les yeux. Merci, ma chérie...

Anne se domina et dit d'une voix faible :

— Maintenant, Mily, tout ira bien. Il faut dormir.

— Bon... Alors, c'est ça... Tu veux que je dorme... Mais donne-moi la main... Serre fort...

Anne se rassit, brisée, dans le fauteuil, au chevet du lit, et prit dans sa main la main étroite qui s'abandonnait. A présent Mily souriait, lui semblait-il, avec malice. Comme si elle avait tout compris, comme si elle approuvait tout. Puis cette moue de science heureuse s'effaça de ses lèvres. Une attente interminable commença, dans l'immobilité et le silence, avec, comme seuls témoins, les objets. Le regard fixé sur le visage clos de Mily, Anne sentait son propre corps qui s'ankylosait lentement. Son cerveau devenait de plomb. Elle avait oublié son père, Laurent. Elle était seule avec son acte. Cette nuit n'aurait pas de fin. « Comme elle paraît calme maintenant! Ai-je mis assez de morphine? Pourquoi la mort ne vient-elle pas? C'est long, c'est trop long! »

Saisie par un sommeil comateux, Mily ronflait, les lèvres entrouvertes. On eût dit que, dans ce corps chétif, une usine travaillait par saccades avant de s'arrêter à jamais. Soudain un clapotement horrible traversa la gorge d'Emilienne et s'échappa en un profond soupir. Ses paupières se levèrent sur ses yeux en bille. Le trou de sa bouche s'ouvrit démesurément. Puis tout s'arrêta. Les traits se figèrent. Ni la bouche ni les yeux ne se refermaient plus.

— Maman!

Anne se laissa tomber en travers du corps inerte. Elle sanglotait et pressait contre sa poitrine cette tête chaude encore, elle couvrait de baisers ce front, ces joues qui ne sentaient plus rien. Plus tard elle se maîtrisa et ferma les yeux, la bouche de la morte. Un linge sous le menton. Mily avait enfin l'air de dormir. Délivrée, sereine, guérie. Anne se rassit dans son fauteuil. Les épaules appuyées au dossier, elle considérait avec étonnement, avec amour, cette femme indifférente, allongée sur le lit, et pour qui, semblait-il, une autre histoire venait de commencer.

8

Réveillée en sursaut, Anne se dressa à demi sur ses oreillers. Depuis deux semaines, elle était tirée de son sommeil, chaque nuit, à la même heure, par la même pensée obsédante. Pour la centième fois, elle piquait le bras de Mily. L'aiguille dans la peau. La descente interminable du liquide dans la seringue. Aimer un être, c'est tenter l'impossible pour lui éviter la douleur. Quitte à se charger soi-même d'une atroce responsabilité. A présent la souffrance de Mily était finie, la sienne commençait. Non point physique, mais morale. Et il n'existait aucune drogue pour la guérir. Si elle avait eu des convictions religieuses, peut-être eût-elle reculé devant l'acte. Douce lâcheté des croyants qui, en toute circonstance, ont recours à une règle pour s'épargner l'effort de la décision et la torture du remords. Où était-elle maintenant, la belle, la volontaire, la charmante Emilienne? Au cimetière, sous cette levée de terre fraîche? Ou ailleurs, dans un espace indéterminé et séraphique, sous la lumière d'un Dieu qu'elle n'avait guère prié? Ou ici, sur les lieux mêmes où elle avait vécu, dans le cœur de ceux qui l'avaient aimée? Oui, oui, sa présence dans la maison était indéniable. Elle adhérait aux objets, elle tiédissait l'air, elle s'insérait en buée rose dans les têtes. L'horrible comédie de la mise en bière, de l'office funèbre, de l'enterrement n'avait pas suffi à la tuer. Par-delà les draperies noires à bordure d'argent, elle renouait avec elle-même dans la vie de tous les jours. C'était, pensait Anne, ce que son père ne pouvait comprendre. Pour lui, tout s'était arrêté avec le dernier soupir de sa femme. Son désespoir devant le cadavre avait été si démesuré, si théâtral, qu'Anne avait dû se fâcher pour le ramener à la raison. Il poussait des cris, se jetait sur le corps d'Emilienne, baisait sa bouche froide, tentait de soulever ses paupières avec un doigt tremblant. Plus tard, bousculant les employés des pompes funèbres, il avait voulu s'opposer à la fermeture du cercueil. A l'église, il s'était presque évanoui pendant la cérémonie, affalé sur sa chaise, l'œil vide, la mâchoire pendante. Et, au cimetière, quel sinistre dandinement, quel élan vers la fosse ouverte : « Laissez-moi... Je veux aller avec elle!... » Anne en avait honte rétrospectivement. Rentré à la maison, il s'était enfermé dans la salle de bains. Tous les médicaments à portée de sa main, dans l'armoire à pharmacie. Il refusait d'ouvrir. Louise, en grand deuil, les yeux gonflés et la bouche frémissante, avait prié Anne d'intervenir au plus vite : « Tel qu'il est là, Monsieur est capable de commettre une grosse bêtise! Je vous en prie, Mademoiselle, faites quelque chose!... » Anne, elle-même, avait redouté le pire, un instant, puis elle s'était froidement raisonnée. C'étaient les chagrins cachés qui étaient à craindre, non ceux qui s'étalaient avec complaisance. En effet, au bout de vingt minutes, Pierre était ressorti, apaisé : il s'était lavé la figure et brossé les cheveux. Il pleurait doucement. Elle le plaignait avec un peu de dégoût. Les jours suivants, il avait vécu dans une sorte d'hypnose, passant des heures entières assis dans un fauteuil, le regard fixe, les mains sur les genoux, mangeant à peine aux repas, n'acceptant aucune conversation, dédaignant d'ouvrir un journal ou un livre. Anne avait prévu cette période d'hébétement. Et cependant elle en était inquiète. Qu'allait-elle faire, si son père s'enfonçait toujours plus avant dans une prostration maladive? Elle avait beau jeu de le critiquer. Sa chance, à elle, était d'avoir un métier qui l'accaparait. Le surlendemain de l'enterrement, elle était retournée au bureau. Elle usait son chagrin en travaillant deux fois plus que d'habitude. Mais lui...? Peut-être eût-il surmonté son désarroi, s'il avait pu se raccrocher à une discipline. Il fallait être jeune pour supporter de ne rien faire du matin au soir. Ainsi Laurent... Les plus subtils détours de sa pensée la ramenaient à lui. Elle sourit de son aisance à l'évoquer en toute occasion. Il était venu à l'enterrement. Mais, depuis, rien. Pas une visite, pas un mot. Etait-ce discrétion de sa part ou désinvolture? Sans doute s'était-il brusquement lassé d'elle et de ses problèmes familiaux? Elle le souhaitait presque, tant cette liaison lui semblait aujourd'hui mal assortie et dangereuse. Elle aurait pu relancer Laurent dans sa chambre. Or, elle en avait de moins en moins envie. Son deuil avait tué en elle toute fantaisie et tout désir. Il lui paraissait même horrible de songer au plaisir qu'elle avait connu naguère, à la lueur du radiateur parabolique. Soudain vieillie de trente ans, elle avait l'âge de Mily, celui du renoncement, de la sagesse et du froid. Elle allait se rendormir, dès qu'elle aurait fait le vide dans son cerveau. De nouveau l'oreiller se creusa sous sa tête, son corps se perdit dans le fleuve des draps, un courant tranquille l'emporta vers la mer.

Elle se leva plus tard que d'habitude. C'était dimanche. A quoi employer cette longue journée? Une clarté fraîche et paisible venait de la rue. Pierre dormait encore. Rapidement vêtue, Anne éprouva soudain, sur ses épaules, le poids de ces heures figées. Il lui sembla que, si elle ne remettait pas en marche immédiatement tous les rouages de la maison, ils se gripperaient à jamais. Chaque dimanche, Mily, debout avant les autres, descendait acheter des croissants chauds à la boulangerie. Quand Anne et Pierre arrivaient, en robe de chambre, dans le salon, où le petit déjeuner était servi sur la table de bridge, leurs regards allaient droit à six petits pains blonds, de pâte feuilletée, qui s'érigeaient en monticule sur une assiette. Invariablement Pierre s'exclamait : « Oh! des croissants! » Et invariablement Mily répondait : « Mais, c'est dimanche! » Parfois aussi, avec la venue des beaux jours, elle entraînait son mari et sa fille aux « Deux Magots » pour prendre leur petit déjeuner à la terrasse. Assise au soleil, face au clocher de Saint-Germain-des-Prés, elle renversait la tête et fermait à demi les paupières comme pour boire la lumière par tous les pores de sa peau.

Anne sortit de l'appartement et referma la porte derrière elle, avec précaution. La rue de Seine, si animée de coutume, était quasiment déserte. Seuls quelques magasins d'alimentation étaient ouverts. Les passants ne se pressaient pas. Qui allait acheter son journal, qui promenait son chien. Anne traversait ce petit monde dominical avec le sentiment bizarre de n'être plus tout à fait maîtresse de ses mouvements. Ce qu'elle voulait, ce qu'elle décidait, quelqu'un l'avait voulu et décidé avant elle. Pourtant il ne s'agissait pas d'une sujétion, plutôt d'une fusion très douce avec un être aimé.

Elle entra dans la boulangerie, acheta quatre croissants, qu'elle choisit avec compétence. Tièdes et mollets, ils lui chauffaient la main à travers le papier de soie. De retour à la maison, elle se dépêcha de disposer le couvert du petit déjeuner sur la table de bridge, dans le salon. Pierre s'était enfermé dans la salle de bains. Il en ressortit, tout habillé, alors qu'elle apportait la cafetière.

— Qu'est-ce que c'est? dit-il avec un haut-le-corps.

— Des croissants.

Il prit un visage douloureux :

— Je n'en veux pas.

Agacée, elle n'essaya même pas de le convaincre et le regarda boire son café au lait d'un air héroïque, funèbre et offusqué. Le canapé du salon, transformé en lit, offrait à la lumière du jour le désordre de ses draps froissés, de son oreiller défoncé.

— Tu sais, papa, dit-elle, il faut que tu retournes coucher dans ta chambre.

— Pourquoi?

— Comment ça, pourquoi? Tu ne peux pas continuer à camper dans le salon! C'est inconfortable et absurde!

— Je suis si bien ici!

— Tu seras mieux là-bas.

— Non!

Il s'arc-boutait, horrifié, au bord d'un abîme. Elle se demanda s'il préférait coucher au salon par habitude ou parce qu'il n'osait réintégrer le lit où sa femme était morte.

— Si tu ne veux plus habiter ta chambre, je m'y installerai moi-même, reprit-elle.

Il s'écria :

— Ah! non! Je vais y aller, moi! J'aime mieux...

Anne desservit la table et se mit au ménage. D'abord rendre le canapé à sa destination première. Elle enleva les draps, la couverture, l'oreiller, ramassa les livres qui traînaient par terre et transporta le tout dans la chambre. Son père la suivait pas à pas et observait ses gestes avec réprobation. Bientôt le lit d'Emilienne reprit un aspect aimable. Non plus couche de parade pour un cadavre, mais couche de repos pour un vivant. Sur les tables de nuit, une de chaque côté, apparurent quelques bouquins, des journaux, une loupe, une boîte de réglisse. Sous les yeux de Pierre, le décor devenait peu à peu masculin. Anne allait et venait, satisfaite de la métamorphose. Elle expulsa le poste de télévision, qui retrouva sa place dans le salon. Puis elle ouvrit la fenêtre. L'air froid et le bruit se heurtèrent aux souvenirs. Pierre fronça les sourcils, comme blessé par un sacrilège. Sans doute la jugeait-il brutale. Et elle débordait de tendresse.

Pour le déjeuner, elle prépara un petit rôti de bœuf, vite cuit, avec des pommes de terre rissolées. (On le mangerait froid, ce soir.) Son père consentit à en prendre deux tranches. Pendant tout le repas, ils n'échangèrent pas trois mots. En sortant de table, Pierre alla s'asseoir au salon, dans un fauteuil. Anne le laissa pour faire la vaisselle. Quand elle revint, il s'était assoupi, le menton sur la poitrine. Quel malin plaisir trouvait-il à jouer au vieillard? On eût dit qu'il avait tellement hâte d'avoir quatre-vingts ans qu'à soixante ans déjà il adoptait les habitudes du grand âge. Du reste elle n'était pas sûre qu'il dormît réellement. Peut-être feignait-il le sommeil pour bien montrer à quel point il se désintéressait du mouvement de la vie. Il savait que sa fatigue, son abrutissement inquiétaient Anne et il en rajoutait afin de la préoccuper davantage. Elle fit exprès de se cogner à une chaise. Au bruit, il ouvrit les yeux et soupira, comme étonné de se retrouver dans un monde où il n'avait plus sa place.

— Tu viens avec moi, papa? dit-elle. Je vais me promener. Il fait si beau!

Sa voix était résolue. Il fit la grimace, mais alla chercher son manteau.

Le ciel, gris le matin, était maintenant d'un bleu vif et sec. Dans l'air transparent, les branches nues des arbres s'inscrivaient en gribouillages lithographiques. Le jardin des Tuileries grouillait d'enfants échauffés et de parents transis. Anne réglait son pas sur celui de son père. Ils se dirigèrent vers le Louvre et s'arrêtèrent devant l'une des statues de Maillol.

— Ces statues, murmura Pierre, ta mère... ta mère les admirait beaucoup!...

Sa voix était mouillée, chevrotante. Anne avait déjà remarqué que, maintenant, il ne disait plus « Emilienne » ou « Mily », mais, solennellement, « ta mère ». Toujours ce besoin de magnifier la défunte au lieu de l'évoquer dans sa vivante simplicité!

— La dernière fois que nous sommes venus ici avec elle, reprit-il, c'était, mon Dieu! quelques mois après son opération. Comme elle était bien alors! Qui aurait pu supposer que, si vite...?

Il n'acheva pas sa phrase. Des larmes coulèrent le long de son nez. Un moineau se posa sur la tête de la statue. Pierre se moucha bruyamment.

— Si nous allions au cimetière? dit-il soudain.

— Pour quoi faire? Ne crois-tu pas que Mily est plus présente ici, où tu es venu si souvent avec elle, que là-bas, où vous n'êtes jamais allés ensemble?

— Mais, Anne, c'est pourtant *là-bas* qu'elle se trouve!

— Non, papa.

Il hocha la tête :

— Quand je pense que tu ne t'habilles même pas en noir!

— Mily ne l'aurait pas supporté.

— Tu n'es pas retournée une seule fois sur sa tombe, depuis l'enterrement!

— Eh bien! C'est ainsi. Je n'en éprouve pas le besoin. Et même, je suis sûre que si je courais comme toi, tous les deux ou trois jours, au cimetière, j'abîmerais en moi le souvenir de Mily. A force de penser à elle parmi toutes ces croix alignées, je finirais par la transformer elle-même en une croix, avec un nom dessus et deux dates. Est-ce là ce que tu souhaites?

J'irai, sois tranquille, mais plus tard. Bien plus tard. L'année prochaine, peut-être, à la Toussaint. J'apporterai là-bas un pot de chrysanthèmes, pour faire comme tout le monde...

Tout en parlant, Anne s'était remise à marcher dans l'allée. Elle avait conscience de rudoyer son père. Mais elle ne doutait pas que ce fût pour son bien. Il ne protestait plus, comme soûlé de coups. Elle se radoucit et lui demanda s'il n'était pas fatigué. Il l'assura que non. Pour le distraire, elle s'efforça de l'entraîner dans une conversation sur le Vieux Paris. Ce fut tout juste s'il consentit à lui dire (elle l'avait entendu cent fois dans son enfance!) que, du temps de Louis XV, une douzaine de maisonnettes misérables, de hangars et d'appentis s'élevaient à l'intérieur de la cour carrée du Louvre et qu'il avait fallu toute l'énergie du frère de Mme de Pompadour, surintendant des bâtiments du roi, pour que les indésirables fussent expulsés de l'enceinte et leurs bicoques détruites. Puis il se renferma dans le mutisme. Sans doute regrettait-il même de s'être laissé aller à cette folâtrie historique.

Le soleil s'étant caché, le froid devint brusquement très vif. Ils rentrèrent à la maison. Anne but un verre de vin blanc, à la cuisine. Pierre refusa, avec hauteur, de l'imiter. Elle prit sa tapisserie et s'installa au salon, tandis qu'il étalait une patience sur le feutre vert de la table de bridge. Le dîner fut sinistre. Un vieux ménage qui n'avait plus rien à se dire. A mesure que l'heure avançait, le visage de Pierre devenait plus soucieux. Visiblement il appréhendait le retour dans la chambre conjugale. Quand Anne lui eut souhaité une bonne nuit, il la considéra avec détresse. Comme s'il l'eût suppliée, une dernière fois, de lui épargner cette épreuve. Elle l'accompagna jusqu'au seuil de la chambre et referma la porte sur lui.

Le lendemain matin, en pénétrant dans le salon,

elle trouva son père couché, en chien de fusil, sur le canapé. Une couverture sur les jambes, un oreiller sous la tête, il respirait calmement. Pourtant il ne dormait pas. Il tourna vers Anne un visage fautif :

— Excuse-moi! dit-il. C'est trop pénible!... Je n'ai pas pu!... Mais j'y arriverai, j'y arriverai!...

9

M. Ferronet était tellement fier des photos de son voyage en Amazonie, qu'il refusait d'en sacrifier une seule. En vain Anne s'efforçait-elle de démontrer à cet auteur pointilleux qu'il était impossible d'inclure plus de seize pages de hors-texte dans le volume sans en augmenter considérablement le prix.

— Alors, réduisez le format des clichés, dit-il. Comme ça, on pourra les caser tous!

— Les reproductions seront minuscules, dit Anne. Elles se tueront l'une l'autre. Une collection de timbres-poste. Je vous assure que, dans la plupart des cas, votre texte suffit à lui-même...

Tout en parlant, elle leva les yeux de ses papiers et regarda la porte du bureau qui venait de s'ouvrir. La tête de Laurent passa dans l'entrebâillement. Anne se troubla. Le vent balançait la branche sur laquelle elle était perchée.

— Vous m'excusez? dit-elle à M. Ferronet. J'en ai pour une minute.

Elle sortit dans le couloir, refoulant Laurent devant elle.

— Comme tu as maigri! dit-il. Comme tu as l'air fatiguée!

— Où étais-tu, tous ces jours-ci? demanda-t-elle.

— Après l'enterrement, j'ai senti que j'étais de trop, qu'il fallait que je te laisse avec ton père, dans votre chagrin. Alors je me suis installé chez des copains, pour une semaine...

— Tu aurais pu me laisser un mot!

— J'ai pensé que tu comprendrais...

Le téléphone sonnait. Des machines à écrire tapaient derrière la cloison. Mlle Moïse, la secrétaire de M. Courtois, passa dans le couloir, sourit à Anne et disparut par la porte du bureau voisin. Une dactylo sortit des toilettes en tirant sur sa jupe. Insensible à tout ce mouvement, Laurent dévisageait Anne avec une tendresse dévorante.

— Je ne peux pas te parler en ce moment, dit-elle. Si tu allais m'attendre chez « l'Ami Georges ». J'y serai dans un quart d'heure.

— Oui, Anne.

Elle voulut s'éloigner, mais il la retint par la main et demanda :

— Tu as vraiment envie de me revoir?

— Bien sûr!

— Dans ce cas, tu peux prendre ton temps. Je t'attendrai toute la journée, s'il le faut!

Elle s'échappa pour retrouver M. Ferronet au milieu de ses photographies. Perdue dans un nuage, elle eut du mal à renouer le fil de la discussion. Dans sa hâte d'abréger l'entrevue, elle eût volontiers cédé sur tous les points. Elle cherchait ses mots, souriait à contretemps et lorgnait sa montre. Enfin M. Ferronet accepta, en gémissant, de renoncer à une dizaine d'images qui faisaient double emploi. A peine eut-il quitté le bureau, qu'elle cria à Carolus : « Je m'absente pour un quart d'heure! » Et elle se rua dehors.

Laurent devant un quart Perrier, les cheveux longs, la mâchoire carrée et le regard triste. Blottie à côté de lui, Anne abandonna sa main à la main souple et chaude qui la sollicitait. Il lui pétrissait les doigts et lui parlait de tout près, à voix basse. Il avait tellement pensé à elle, tous ces temps-ci! Comment avait-elle supporté le vide de la maison après l'enterrement? Et son père?...

— Il m'a paru si pitoyable, à l'église! dit-il.

Elle ne répondit pas, trop émue pour parler. Quelle sensibilité chez ce garçon à l'apparence rude! Le moindre de ses propos témoignait d'une extraordinaire ouverture de cœur.

— Cette nuit, reprit-il, est-ce que tu viendras dans ma chambre?

Elle était partie si loin dans la tendresse, que cette question précise, brutale, la désarçonna. Pour l'instant, elle ne désirait rien d'autre que parler avec lui et se réchauffer à sa présence.

— Ecoute, Laurent..., dit-elle d'une voix hésitante.

Il l'interrompit :

— Quoi? Tu ne veux pas?

— Si, dit-elle.

Et le visage de Laurent se déforma devant elle comme un reflet dans l'eau. Elle porta la main à sa bouche, furieuse de ce larmoiement stupide, respira profondément et dit encore :

— Maintenant il faut que je retourne au bureau!

Assise au salon, devant le poste de télévision, Anne travaillait à sa tapisserie en écoutant un concert. Le *scherzo* de l'*Octuor* de Schubert. Toujours sourcilleux, Pierre avait refusé de se joindre à sa fille. Réfugié dans sa chambre, il lisait. Mais les sons de l'orchestre, traversant la cloison, devaient le déranger dans sa solitude. N'allait-il pas bientôt se coucher? Tant qu'il ne se serait pas endormi, Anne ne pourrait quitter l'appartement. Là-haut, Laurent devait déjà commencer à l'attendre. Il avait été si charmant, tout à l'heure, au bistrot! Son visage impatient, son souffle pressé, la façon dont il portait son verre à ses lèvres. Un violoniste apparut en gros plan sur l'écran, la joue écrasée. La mélodie coulait de lui avec une limpide gaieté de cascade. Pierre entra dans le salon, l'air renfrogné, écouta quelques mesures de *scherzo* et ressortit sans mot dire. Deux minutes plus tard, il revint sous prétexte de chercher un journal et s'attarda jusqu'à la fin du morceau. Quand l'orchestre attaqua l'un des *Six divertissements en cassation* de Mozart, il s'assit sur le canapé. Anne sentait cette présence lourde derrière son dos et s'en irritait. Après le concert, il y eut les informations. Pierre resta pour les entendre. C'était la première fois qu'il regardait la télévision depuis la mort de sa femme. Anne se tourna vers lui. Il portait sa robe de chambre à dessin cachemire sur son pyjama rayé. Son visage crispé révélait un pénible combat intérieur. Une fois les émissions terminées, il embrassa Anne et lui demanda si elle comptait se mettre au lit bientôt.

— Je reste encore un peu, dit-elle.

— C'était bien, ce concert!

— Très bien.

— Je n'aurais peut-être pas dû l'écouter...

— Mais si, papa!

Enfin il se retira dans sa chambre. Il ne se plaignait plus d'y être confronté à trop de souvenirs. Anne respira. Quelle brusque vacance dans sa vie! Il lui arrivait souvent d'éprouver une sorte de vertige devant sa nouvelle disponibilité. Plus de piqûres à faire, plus de bassin à présenter, plus de sandwiches à servir, plus de mensonges charitables à proférer au-dessus d'une chère tête divagante... Elle pouvait, elle devait s'occuper d'elle-même maintenant. Et elle-même, c'était Laurent. Laurent qui s'impatientait. Laurent qui espérait d'elle plus qu'elle ne pouvait lui offrir. Enfoncée dans un fauteuil, devant ce poste de télévision éteint, avec cette tapisserie sur les genoux, elle se sentait tout à coup infirme. Elle regrettait presque d'avoir accepté un rendez-vous qui l'obligerait à feindre. Elle laissa passer encore une demi-heure. Puis, après s'être assurée que son père dormait, elle enfila son manteau, sortit furtivement et s'élança dans l'escalier de service.

La porte de la chambre était entrouverte. Assis sur

son lit, Laurent réparait le radiateur parabolique, qui gisait autour de lui, en pièces détachées.

— Ça fait une heure que je me bats avec cette saleté! dit-il. Je pense que c'est la résistance qui a grillé. Il marchait bien, et crac!...

Sans lâcher le canif à la lame ébréchée qui lui servait de tournevis, il se tendit vers Anne et lui toucha la joue d'un baiser. Elle s'installa sur la chaise, en face de lui. Cet accueil l'amusait. Elle s'y attendait si peu!... La mèche sur l'œil, la bouche serrée, Laurent avait repris son travail. Maintenant il remontait l'appareil, vis après vis :

— Passe-moi le petit écrou, là... Merci... Et ce fil qui est tout déglingué!... Tu parles d'un matériel!

La chambre était glaciale, inhabitable. Anne frissonna et resserra sur elle les pans de son manteau.

— Tu as froid? murmura-t-il. C'est trop idiot! Depuis le temps que ça n'a pas été chauffé!...

Sur la table, Anne avisa un papier gras avec, au milieu, le reste d'une tranche de jambon et des coquilles d'œuf. Laurent avait dîné là. Un gros pull-over de laine, couleur épinard, lui moulait le torse. De la vapeur sortait de sa bouche.

— Cette fois, ça va marcher! annonça-t-il.

A croupetons par terre, il brancha l'appareil. Rien. Il se releva. Les bras ballants, il regardait Anne avec un désespoir comique.

— Qu'est-ce qu'on va faire? grogna-t-il.

— Nous ne pouvons pas rester ici, dit-elle. Il fait trop froid. Viens!

La soudaineté de sa décision l'étonna elle-même. Elle entraîna Laurent dans l'escalier. Il demeura dans la cuisine, pendant qu'elle s'aventurait, sur la pointe des pieds, dans les profondeurs de l'appartement. Le ronflement paisible de son père, derrière la porte, la rassura. Elle revint sur ses pas, saisit la main de Laurent et le guida, par le couloir obscur, jusqu'à sa chambre. Un tour de clef et elle s'abattit sur sa poitrine.

— Je t'aime! dit-il. J'en suis malade! Vite!

Il lui prit la bouche. De ce point de jonction, des ondes concentriques se répandaient en elle. Au bout d'un moment, il s'écarta et se mit à se déshabiller. Elle dénoua son écharpe et la posa sur la lampe de chevet pour en diminuer l'éclat. Ensuite elle se déshabilla elle-même. Ses gestes étaient lents. Elle ne le quittait pas des yeux. Dans la pénombre il arrachait ses vêtements avec une sorte de rage, comme si son pull-over, son pantalon, ses chaussures, ses chaussettes eussent été autant de conventions dont il fût pressé de se dépouiller pour surgir enfin dans sa vérité animale. Le slip traversa la chambre dans un vol de mouette pour atterrir sur la commode. Un homme nu se planta devant Anne, royal, impudique, les bras ouverts, les jambes écartées, le bas-ventre marqué d'une toison brune, avec une corne de chair dressée au milieu. Fascinée, elle regardait venir à elle ce tendre assassin. Il y avait un contraste sauvage entre ces longs cheveux de fille et ce sexe dardé. Comment avait-elle pu craindre cette rencontre, alors que toute sa peau la réclamait? Encore une seconde, et ce fut le contact des corps. Un bonheur électrique la parcourut, si vif qu'elle faillit crier de saisissement. Il la coucha sur le lit. Elle ferma à demi les yeux, tandis qu'une bouche humide et charnue se promenait sur ses épaules, sur ses seins, sur son ventre et au creux de ses hanches. Le plaisir la tordait des talons à la nuque. Elle prit la tête de Laurent à deux mains, la haussa jusqu'à ses lèvres, couvrit de baisers le trésor osseux de ce visage, se plongea jusqu'aux yeux dans cette chevelure touffue. Entraînée par ce jeu haletant, elle se sentait à la fois envahie et dominante. La vie bouillonnait en elle, plus forte que jamais, avec son goût de sueur et de sang. Comme si d'avoir longtemps vécu dans l'ombre de la mort avait accru en elle, jusqu'à la folie, le goût de jouir. Laurent était sur elle maintenant. Il lui écartait les jambes avec son genou. Il cherchait sa voie. Elle entendit un pas dans le couloir. Son père. Depuis quand avait-elle un père? Sans doute allait-il boire un verre d'eau à la cuisine. Les yeux de Laurent, au-dessus d'elle. Inquiet, il l'interrogeait du regard. Il retenait son souffle. Ses cheveux pendaient sur ses oreilles. Elle lui sourit. Son père pouvait entrer dans la chambre, elle ne bougerait pas. Elle continuerait à faire l'amour. La porte du réfrigérateur claqua. Les pas s'éloignèrent. Dans le silence revenu, Laurent sourit à son tour. Une grimace de désir méchant élargit sa figure. Et de tout son poids, de toute sa dureté onctueuse, il pénétra en elle. Mais ce fut elle qui conduisit la bestiale oscillation des corps, ralentissant le rythme ou l'accélérant suivant son exigence, jusqu'à l'instant où sa tête vola en éclats.

— Laurent! Laurent! Réveille-toi! Il est déjà 7 heures. Louise va arriver!

— Qui est Louise? dit-il d'une voix enrouée.

— La femme de ménage.

Il rejeta à demi les couvertures. La lampe de chevet éclaira son corps nu et ensommeillé. Anne l'enveloppa d'un regard possessif. Elle tenait d'une main un bol plein de café au lait, de l'autre, une assiette avec deux grosses tartines de miel.

— Et toi, dit-il, tu ne déjeunes pas?

— Plus tard, dit-elle. Avec mon père.

Il prit le bol à deux mains et plongea le nez dedans. Elle ne voyait plus que ses yeux dorés et gourmands, au-dessus du récipient aux flancs bombés. Ensuite il s'attaqua aux tartines. Il mordait le pain à pleines dents, la lèvre retroussée. Du miel coulait. Il se léchait les doigts. La vue de cet appétit matinal redonnait à Anne le goût de l'amour. Se recoucher, nue, contre lui. Oublier l'heure. Elle secoua la tête comme pour se dégager d'une toile d'araignée :

— Laurent, dépêche-toi!...

Après la dernière tartine, il bondit hors des couvertures — un éclair — et se jeta sur ses vêtements. Rhabillé en un tournemain, il voulut l'embrasser encore. Elle se débattit, luttant à la fois contre lui et contre elle-même.

— A ce soir, dit-il. Tu viendras me chercher?

— Oui, oui, va-t'en vite!

Elle le poussa dans la cuisine et ouvrit la porte de service. Du rez-de-chaussée, montait un bruit de poubelles remuées. La maison s'éveillait. Bientôt, la clef de Louise dans la serrure...

Anne referma la porte et s'adossa au battant, la respiration oppressée. Quand le calme fut revenu en elle, elle regagna sa chambre à pas légers et se glissa dans le lit, cherchant entre les draps la chaleur, l'odeur de Laurent.

10

— Tu ne restes pas encore un peu? dit Pierre d'un ton humble, en reposant sa tasse.

— Impossible, dit Anne, j'ai des rendez-vous très tôt, au bureau, cet après-midi.

Il soupira :

— Tu as bien de la chance! Mes journées, à moi, sont si vides!...

— Et ce fameux livre, tu ne vas pas le chercher?

— Si, peut-être...

Elle l'embrassa et disparut. Demeuré seul, il se versa une deuxième tasse de café, tira de sa poche machinalement la lettre de Mme Giraudet et la relut : « J'ai appris, avec un grand retard, le deuil cruel qui vous a frappé... Croyez que, dans ces circonstances tragiques... Très proche de vous par la pensée... J'ose à peine vous dire que le livre que vous m'aviez commandé est à votre disposition... Si vous avez l'occasion de passer, un de ces jours, à la librairie... » Il irait donc. Non qu'il en eût envie. Mais par convenance. Ce livre, qu'il avait convoité jadis, l'intéressait si peu maintenant! La mort d'Emilienne avait décoloré l'univers, autour de lui. En s'éloignant, elle avait emporté la petite lumière qui brillait dans les plus humbles objets de son décor. Il but une gorgée de café, le trouva amer, mais se retint d'y ajouter un morceau de sucre. A quoi bon? Louise rentra pour desservir la table et s'étonna :

— Comment? Mademoiselle est déjà partie?

— Eh! oui, dit-il. Elle était pressée!

Il réfléchit une seconde, laissa monter en lui le niveau glauque du désespoir, souffrit jusqu'au malaise du besoin de se faire plaindre et ajouta à voix basse :

— Je suis bien seul, ma brave Louise! Et c'est normal! Ma fille est trop jeune pour partager la tristesse d'un mort-vivant!

— Ne croyez pas ça, Monsieur! s'exclama Louise. Mademoiselle a beaucoup de chagrin, à sa façon. L'autre jour, quand nous avons trié les affaires de cette pauvre Madame, elle avait les yeux rouges...

Tous les vêtements d'Emilienne empilés dans des cartons. Pierre songea qu'il aurait dû s'opposer à ce rangement expéditif. Lorsque Anne lui avait annoncé son intention, il n'avait su que pleurer. Elle le brutalisait, elle le bousculait. Elle était si froide! Pourquoi avait-elle fait place nette? Craignait-elle tant les souvenirs? Lui, pour sa part, eût aimé garder robes, manteaux, chaussures, lingerie, à leur place habituelle, dans le placard, afin de pouvoir, en les contemplant, en les respirant, raviver à volonté sa désolation.

— Et... et où ma fille a-t-elle mis toutes ces affaires? demanda-t-il.

— Elle les a données à une œuvre, dit Louise.

— Quoi?

— Il y a tant de gens dans le besoin! Et Mademoiselle est si bonne! Moi aussi, j'ai eu mon cadeau. Le manteau noir à col de fourrure de cette pauvre Madame, son tailleur marron, cette blouse qui lui allait si bien...

— Quelle blouse?

— La bleue. Mais, soyez tranquille, je ne la mettrai jamais devant vous, Monsieur. J'aurais trop peur de vous faire de la peine...

Consterné, Pierre baissait la tête. La garde-robe de sa femme dispersée aux quatre vents, des inconnues, des étrangères portant ces vêtements consacrés par le contact de la peau d'Emilienne! On avait violé le temple, forcé le tabernacle. Et ce soir, devant Anne, il n'aurait même pas le courage de protester. Après tout, c'était peut-être mieux ainsi. Il ne savait plus où il en était, il avait mal... Il essaya de se rappeler à quelle époque Emilienne avait acheté la blouse bleue qui était échue à Louise. Ah! oui, c'était trois ou quatre ans auparavant, à la veille de Noël. Emilienne était encore en bonne santé, belle, fine, enjouée... Brusquement le souvenir se figea. Pierre n'avait plus dans le cœur qu'une photographie. Il se battait contre un rectangle de papier glacé. Louise emporta les assiettes, retira la nappe. Tout de même Anne aurait pu le consulter avant de prendre cette décision! Comme elle avait changé depuis leur deuil! Autrefois elle se fondait dans l'ombre d'Emilienne. Toujours un peu en retrait, attentive et approbative, elle n'intervenait guère dans la conduite de la maison. Et voici que, sa mère disparue, elle s'affirmait avec autorité au milieu du vide. Il n'y avait pas d'interrègne, pas de vacance du pouvoir. Des mains de sa femme Pierre passait dans les mains de sa fille. Sans heurt, sans surprise et même avec une espèce de gratitude. Un sanglot emplit sa gorge.

— Louise, je sors! dit-il.

Dans la rue, il se sentit mieux. Le grand air, le mouvement dissipaient le brouillard nauséeux de ses pensées. Pourtant, devant la librairie du Colombier, il eut une déception. Porte fermée. Sans doute Mme Giraudet n'arrivait-elle qu'à trois heures. Retourner à la maison? Il n'en avait pas le cran. Pour passer le temps, il entra dans un bistrot et commanda un café. Dix minutes plus tard, il était de nouveau dans la rue. Mais ce ne fut pas Mme Giraudet qui l'accueillit. Une femme petite, blonde, au regard bleu et aux manières aisées, lui demanda ce qu'il désirait.

— Je viens chercher un livre que Mme Giraudet avait fait venir pour moi, dit-il. *Paris, during the interesting month of July 1815...*

— Je ne suis pas au courant, dit la femme. Je vais voir si je trouve cet ouvrage. De toute façon, Mme Giraudet ne peut plus tarder...

Elle se mit à fouiller parmi des livres empilés sur une longue table. Pierre en prit un au hasard et le feuilleta. C'était un recueil de bulletins de la Grande Armée. « Stettin est en notre pouvoir... On n'entend point encore parler des Russes. Nous désirons fort qu'il en vienne une centaine de milliers. Mais le bruit de leur marche est une vraie fanfaronnade. Ils n'oseront pas venir à notre rencontre... » Mme Giraudet surgit, blanche, friable, poudrée, et se confondit en condoléances et en excuses. N'avait-elle pas été indiscrète en envoyant cette lettre? Pierre l'assura que, tout au contraire, il en avait été très touché. Elle le présenta à Mme Hélène Redan, sa nouvelle vendeuse :

— Je n'ai plus la force physique de tenir ce magasin toute seule. J'ai demandé à ma nièce, Mme Redan, de me seconder.

— C'est que j'ai tout à apprendre! dit Mme Redan avec un sourire. Je ne suis pas au courant des publications historiques...

— Tu t'y mettras très vite, ma chérie, dit Mme Giraudet. Ici, le client n'est pas un passant, c'est un ami. N'est-ce pas, monsieur Prédaille? Je vais chercher votre livre.

L'instant d'après, elle lui remettait un volume mince, relié en maroquin rouge, avec un large encadrement doré à la roulette sur les plats. Pierre prit le volume en main avec précaution, l'ouvrit et lut la page de titre avec ravissement. Sous le nom de l'auteur : « W. D. Fellowes, esquire », une gravure en noir figurant Napoléon Ier. Sur la page de gauche, les profils, en couleur, du duc de Berri, du duc et de la duchesse d'Angoulême, du comte d'Artois et de Louis XVIII. L'ouvrage se présentait sous forme de lettres en anglais, dont la première était datée du 8 juillet 1815. En tournant les feuillets, Pierre constata que, comme il l'espérait, l'auteur décrivait la vie à Paris sous l'occupation alliée dans une langue très simple, facile à comprendre. Il se réjouit du plaisir que lui procurerait sa lecture et aussitôt s'étonna de cette pensée futile.

— Est-ce bien là le livre que vous cherchiez? demanda Mme Giraudet.

— Exactement, dit-il. Et il est en parfait état de conservation!

— Je l'ai parcouru. Il m'a paru plein de considérations amusantes! Avec toute la documentation que vous possédez déjà, vous pourriez nous brosser un tableau de Paris vu par les étrangers, qui, j'en suis sûre, ne manquerait pas de piquant!

— Oui, oui, évidemment, dit-il. Si j'avais le don d'écrire...

Mme Giraudet se tourna vers sa nièce :

— M. Prédaille est une véritable encyclopédie vivante. Il connaît notre quartier mieux que quiconque. C'est lui qui m'a appris, par exemple, que Talma avait habité l'ancien hôtel de la Rochefoucauld, sur l'emplacement de la rue des Beaux-Arts...

— Ah! oui? s'écria Mme Redan.

— David y a vécu aussi, reprit Pierre, et Sébastien Mercier... Un peu plus loin, au 26, se trouvait l'ancien cabaret du « Petit-Maure ». C'est là que le poète Saint-Amant fut transporté, en 1661, après avoir été bâtonné, sur le Pont-Neuf, par les gens de M. le Prince, qu'il avait raillé dans une chanson. Il y mourut des suites des coups qu'il avait reçus. Autrefois la cour de cette maison servait de champ clos pour les duellistes...

— N'est-ce pas tout près d'ici qu'habita Racine? demanda Mme Redan.

— Si, mais pas rue de Seine : rue Visconti. Il s'y était installé, sur la fin de sa vie, avec sa femme et ses nombreux enfants. Il y mourut de dysenterie. Et aussi d'un abcès du foie. A moins que ce ne fût du chagrin d'avoir perdu la faveur de Louis XIV!

Pierre avait tant à dire sur les dernières années de Racine! Il hésita à se lancer. Mais les deux femmes paraissaient captivées par sa science. Il se rengorgea. A la maison, il n'était rien. Ici, on l'écoutait, on le considérait. Avec complaisance, il dépeignit le logement de Racine, d'après ce qu'il en avait lu dans différents ouvrages spécialisés : le cabinet de travail, la remise abritant un carrosse et une petite chaise roulante, l'écurie où se trouvaient deux chevaux...

— C'est passionnant! murmura Mme Redan.

Il sourit, modeste.

— Au fond, dit-il, j'aurais aimé être le collaborateur d'un Rochegude ou d'un Lenotre, courir les rues, le nez au vent, questionner les propriétaires d'immeubles et les concierges, écumer les études de notaires, éplucher de vieux documents, de vieilles lettres, pour ressusciter la petite histoire des maisons...

Tout en parlant, il se voyait dans ce rôle de dénicheur passionné, enfoui parmi les archives, coupé du monde réel et entouré de l'estime des connaisseurs. Il avait manqué sa vocation. Etait-il trop tard, à soixante ans, pour y rêver encore? Un client entra dans la librairie et Mme Redan s'avança pour le servir. Tandis qu'elle s'empressait, Mme Giraudet la surveillait, du coin de l'œil.

Pierre fût volontiers resté quelque temps encore auprès de Mme Giraudet, mais la crainte de paraître importun l'incita à partir. Ayant réglé son achat (trois cent cinquante francs, une folie!) il ressortit, le livre sous le bras. Une satisfaction béate le soutenait. Il avait perdu la notion de la pesanteur. Rentré à la maison, il contempla avec fierté la bibliothèque vitrée du salon, où il rangeait ses ouvrages sur le Vieux Paris. Le meilleur de ses connaissances était enfermé là. Des siècles d'histoire, des guirlandes de personnages, la sourde rumeur des jours qui ne sont plus. Comment avait-il pu s'en désintéresser pendant si longtemps? Seul le passé console du présent. Le volume qu'il venait d'acquérir serait assurément l'un des plus curieux de la collection. Il le palpa, le huma, l'ouvrit et se plongea dans sa lecture. De temps à autre, il cherchait la signification d'un mot dans un dictionnaire anglais-français. La description d'une revue des troupes alliées sur les Champs-Elysées le fit sourire. Il se promit d'en rapporter les détails à Mme Giraudet, lors d'une prochaine visite. Brusquement la sonnerie du téléphone le tira de la foule des badauds qui regardaient passer la garde écossaise. Il décrocha l'appareil, persuadé que c'était Anne qui l'appelait pour lui annoncer qu'elle ne rentrerait pas dîner. Elle sortait souvent avec des amis, le soir. Lesquels? Il n'osait le lui demander. Elle le délaissait. Quoi de plus normal? Il était si ennuyeux! Du moins pour elle... A l'autre bout du fil, ce fut une voix d'homme qui l'interpella. Charles Clardieu. Il ne s'était pas manifesté depuis l'enterrement. Après quelques paroles de banale amitié, il invita Pierre à un bridge pour le dimanche suivant. A sa propre surprise, Pierre s'entendit répondre :

— Dimanche? Oui, mon vieux... A quelle heure?

11

Anne mit toute son autorité dans son regard et dit :

— Enfin, papa, c'est ridicule! Tu passes ton temps

à changer d'avis! Les Clardieu comptent sur toi, cet après-midi. Ils ont organisé leurs tables. Tu ne peux pas te décommander maintenant!

— Je regrette tellement d'avoir accepté! soupira-t-il. J'ai été pris au dépourvu. Tu n'étais pas là. Clardieu insistait. Je n'ai pas su dire non. Tu crois vraiment que si je leur téléphonais pour m'excuser?...

Elle secoua la tête de gauche à droite :

— Non, papa.

Il mordit dans un croissant, le mâcha et dit encore :

— Tu sais, c'est uniquement par charité qu'ils m'ont prié de venir. Autrefois, c'était surtout ta mère qu'ils invitaient. Moi, je la suivais. J'étais en surnombre. Je n'ai jamais passé auprès d'eux pour un grand bridgeur. D'ailleurs, qu'il s'agisse de bridge ou d'autre chose, je ne suis rien sans elle, rien, rien!...

D'un froncement de sourcils, Anne le rappela à la mesure :

— C'est absurde ce que tu dis là! Les Clardieu t'aiment beaucoup. Peut-être plus qu'ils n'aimaient maman. Et tu le sais très bien. Mais tu as la manie de te plaindre et de te rabaisser...

Le café au lait refroidissait. Il vida le fond de sa tasse. Un goût de sucre sur la langue. Anne avait laissé un croissant sur l'assiette.

— Tu n'en veux pas? dit-il.

— Non.

Il le prit, le beurra, le mangea pensivement, sans plaisir, et marmonna :

— Je suis allé si souvent jouer là-bas, avec ta mère! Me retrouver, sans elle, dans ce salon, les cartes à la main, avec le visage compatissant des Clardieu devant moi, ah! ce sera dur!

— Au premier moment, peut-être, dit Anne. Et puis, j'en suis convaincue, tu seras heureux de cette habitude retrouvée. Crois-moi, Mily aimait trop la vie pour que, toi, tu y renonces!

Cette phrase le bouleversa. Anne se rapprochait de lui, tout à coup.

— Quand même, dit-il, j'aurais préféré passer l'après-midi avec toi. Nous serions allés nous promener...

— Il pleut!

— Eh bien! nous serions restés à la maison, à bavarder. Nous sommes si bien tous les deux, ensemble, tu ne trouves pas?

Il lui prit la main. Elle se leva de table et l'embrassa tendrement :

— C'est vrai, papa.

— Je ne t'ennuie pas, au moins?

— Pourquoi m'ennuierais-tu?

— Je ne sais pas... J'ai toujours l'impression d'être encombrant, poussiéreux...

Elle sourit :

— Tu recommences!

Il la regarda de bas en haut et la trouva anormalement jolie. Une flamme dans les yeux, le rose aux joues.

— Si tu venais avec moi chez les Clardieu? dit-il.

Elle redevint sérieuse :

— Non, j'ai beaucoup à faire, ici.

— Quoi?

— Des rangements. Louise n'a aucune notion de l'ordre. Tout est sens dessus dessous dans les placards! Tu as vu la petite chambre du fond? C'est à peine si on peut y entrer, tant elle est encombrée! Et puis il faut que tu apprennes à te passer de moi.

— Je n'y tiens pas du tout!

Debout en face de lui, elle pesait des deux mains sur ses épaules :

— Moi, j'y tiens. Pour ton bien, pour notre bien à tous deux.

— Oh! Anne, ne dis pas ça! Si tu venais à me quitter, je crois... je crois que je me suiciderais! Je ne pourrais pas vivre sans toi maintenant!

Elle rit :

— Pourquoi veux-tu que je te quitte?

— On ne sait jamais...
— Moi, je sais, dit-elle.
Il était fier d'être son père.
— Je vais faire des courses pour le déjeuner, reprit-elle.
— N'achète rien pour moi : je n'ai pas faim.
— Comme d'habitude! dit-elle. Et, une fois à table, tu mangeras comme quatre!
Elle lui caressait les cheveux de la main. Il appuya la tête contre sa hanche.

— Tu sais l'heure qu'il est? chuchota-t-elle.
— Non, dit-il sans bouger.
— 5 heures.
— Et alors? Ton père va rentrer de son bridge?
— Pas encore!
Elle se glissa hors du lit, éprouva la fraîcheur de l'air sur ses reins et enfila sa robe de chambre.
— Où vas-tu? demanda-t-il.
— Au salon. Tu viens?
Il la rejoignit, tout habillé. L'œil attristé, il inspectait les lieux :
— De beaux meubles, de beaux livres, un beau tapis! Ça ne t'ennuie pas un peu, ce décor banal et correct?
— Sans toi, si! dit-elle.
— Je ne pourrais pas vivre, là-dedans! Il y a même une télé. Tu regardes la télé, le soir?
— Quand il y a une bonne émission.
— Incroyable!
Il pirouettait, touchait les bibelots, tapotait les dossiers des fauteuils. Soudain il s'empara de la tapisserie d'Anne, qui traînait sur la commode :
— C'est toi qui fais ça?
— Oui.
— Comme ma mère! Ce qu'elle a pu m'exaspérer avec son canevas et ses laines de couleurs!
— Mais, Laurent, tout t'exaspère! dit Anne. Tu

n'admets rien! Tu ne supportes même pas que je te pose des questions!

— Qu'est-ce que tu veux savoir?

— Parle-moi un peu de toi, de ta famille...

— Encore! Ce n'est pourtant pas intéressant!

— Pour moi, si.

— Ma famille, je n'y suis pas chez moi, j'y étouffe! De braves gens à l'esprit étroit, des bourgeois de province, tout ficelés de préjugés ridicules...

— Mais ton frère, ta sœur?...

— Ils sont dans la ligne de mes parents, en plus jeunes!

— Que font-ils?

— Mon frère aide mon père à la pharmacie.

— Pharmacien, c'est un bon métier! observa Anne.

— Epicier aussi! D'ailleurs ma sœur va, à son tour, passer derrière le comptoir paternel, dès qu'elle aura fini ses études. Pour l'instant, elle a trouvé moyen de se fiancer avec une sorte de long navet qui prépare son doctorat en droit. Je crois qu'elle attend d'avoir son diplôme pour coucher avec lui. En tout cas, pour se marier! C'est d'un conventionnel!

— C'est toi qui es conventionnel, à force de rejeter toutes les conventions! dit-elle. Il faudra bien qu'un jour ou l'autre tu fasses quelque chose dans la vie!

— J'y penserai quand je serai fatigué de ne rien faire!

Elle éclata de rire.

— J'aime quand tu ris, dit-il en lui couvrant le visage de son souffle.

A cet instant, le téléphone sonna. Anne décrocha l'appareil : la voix de Marc.

— Il y a longtemps que je ne t'ai pas appelée, dit-il. Tu as dû te demander ce que j'étais devenu!

— Oui, dit-elle vaguement.

— J'étais en Roumanie. Comment vas-tu?

— Bien.

— Et ton père?

— Lui aussi, répondit-elle. Enfin, dans la mesure du possible...

Tout en parlant, elle observait Laurent qui s'approchait d'une démarche balancée. Il s'empara de l'écouteur. Elle sourit et lui tapa sur les doigts. Au lieu de lâcher prise, il s'adossa au mur, commodément.

— Es-tu libre à dîner, ce soir? demanda Marc.

— Non, dit-elle, ce soir, je ne peux pas...

— Alors quand? Demain soir?

— Non plus.

Laurent la dévisageait, sarcastique. Elle subissait son contrôle avec un mélange de dépit et d'agacement. Soudain il allongea le bras, cueillit des ciseaux dans la corbeille à tapisserie et fit mine de couper le cordon du téléphone. Anne haussa les épaules.

— Demain, à déjeuner, si tu veux, dit-elle.

— C'est que j'aurais aimé passer la soirée avec toi, dit Marc. Enfin, d'accord pour le déjeuner. Toujours dans notre petit restaurant de la rue Saint-Benoît?

— Oui.

Laurent, l'écouteur à l'oreille, fit cliqueter les lames des ciseaux.

— J'ai des tas de choses à te raconter, dit Marc.

— Je m'en réjouis, dit Anne.

— Alors à demain, Anne. Je t'embrasse.

— Moi aussi.

Elle raccrocha. Laurent ne souriait plus. Son visage était un roc.

— Qui était-ce? demanda-t-il.

— Marc.

— Ton ex-mari?

— Oui.

— Pourquoi le revois-tu?

— Et pourquoi ne le reverrais-je pas?

— De quoi allez-vous parler, demain?

— Comme d'habitude, de son métier, du mien, de nos relations communes, de son voyage... Il revient de Roumanie. Nous sommes restés très bons amis.

Il eut un air de souffrance et d'égarement :

— Je te défends de le revoir!

— Tu n'as rien à me défendre, Laurent, dit-elle.

Il lui sembla qu'elle parlait à un enfant mal élevé. Jamais encore elle n'avait senti à ce point leur différence d'âge. Sept ans. C'était énorme! Il donna un coup de poing sur le guéridon.

— Tu as aimé faire l'amour avec lui? demanda-t-il d'une voix sourde.

Elle ne répondit pas. Il la saisit à bras-le-corps.

— Tu as aimé? reprit-il. Est-ce que c'était mieux qu'avec moi?

Il l'interrogeait, les yeux dans les yeux, presque bouche à bouche. Elle le sentait, dur et impatient, contre son ventre. De ses mains maladroites, il écarta les pans de la robe de chambre. Elle reçut sa tête dans le creux de son épaule, à la naissance de son cou, contre ses seins, puis entre ses cuisses. Agenouillé devant elle, il la humait, il la mordillait, il la buvait. Elle vacillait de plaisir. Il la renversa sur le canapé et se jeta sur elle. Elle eût souhaité qu'il ôta ses vêtements. Mais il avait hâte de la prendre. Elle protesta. Trop tard. Il retomba, foudroyé, sur le côté. Un peu déçue, elle demeurait attentive à cette houle en elle qui continuait. Le téléphone sonna.

— Encore! cria Laurent.

Il bondit, devança Anne et saisit l'appareil. En arrivant près de lui, elle perçut, à distance, le murmure d'une voix féminine. Sans dire un mot, Laurent lui tendit le combiné.

— Allô, Anne? Bonjour, ma chérie. C'est Yvonne Clardieu... Oui... Nous gardons votre père à dîner, ce soir. Pouvez-vous vous joindre à nous?

Instinctivement, elle referma sa robe de chambre sur ses seins nus.

— Non, c'est impossible, dit-elle. Mais je suis ravie pour mon père.

— Eh bien! ce sera pour une autre fois, Anne.

Laurent alla se rasseoir, détendu, sur le canapé. Elle le rejoignit. Il lui entoura les épaules de son bras.

— Reste près de moi, dit-il. Je suis si malheureux! Je voudrais t'enfermer dans une petite boîte et te transporter partout. Tu iras à ton bureau, demain?

— Bien sûr!

— Et tu travailleras avec ces deux garçons que j'ai aperçus, l'autre jour, dans la rue?

— Oui, dit-elle. Bruno et Carolus. Des types très bien. Pleins de talent, d'invention... J'aimerais tellement que tu sois à leur place!

— Et eux, tu crois qu'ils n'aimeraient pas être à la mienne? dit-il en lui piquant un baiser derrière l'oreille.

— Qu'est-ce que tu te figures? Ils ne me voient même pas!

— Mais toi, tu les vois. Tu viens de me dire que tu les trouvais épatants!

— Oh! écoute, Laurent, tu m'agaces...

— Anne, comprends-moi...

Elle lui ferma la bouche d'un baiser. Il choisit un disque dans l'album, au pied du canapé, et le mit sur l'électrophone. *La Barcarolle*, de Chopin.

Assis côte à côte, ils écoutaient. L'ombre noyait lentement la pièce. Le visage de Laurent n'était plus qu'une large tache pâle. Sa main serrait la main d'Anne convulsivement.

12

La table était bien placée, à l'écart, sous une fenêtre aux petits carreaux en cul de bouteille. Un serveur silencieux versa le Fleurie dans les verres et se retira. Le tournedos charbonneux et odorant révéla à l'entaille, sous le couteau, des profondeurs de velours rose.

— La viande, ici, est vraiment merveilleuse! dit Marc.

Anne l'approuva joyeusement, la bouche pleine, d'un hochement de tête. Sans doute le secret qu'elle portait en elle la disposait-il à mieux apprécier tous les plaisirs de la vie.

— Alors, ton impression sur la Roumanie? dit-elle.

— Très complexe, dit Marc. C'est un pays socialiste, évidemment, mais avide de se rapprocher des pays capitalistes. L'hôtel où je me trouvais était littéralement bondé d'hommes d'affaires européens et américains. On n'imagine pas l'effort des Etats-Unis pour s'implanter là-bas... Une concurrence acharnée... Des possibilités énormes...

Brusquement Anne cessa de l'entendre. Froide, le cœur serré, elle regardait Laurent qui s'avançait, à pas lents, vers elle. Il avait du prospecter tous les restaurants de la rue Saint-Benoît avant d'aboutir à celui-ci. Son visage était blême, crispé, avec des yeux de démence douce. Un caban noir lui couvrait les épaules. Il se planta devant la table, le corps déhanché, les pouces glissés dans la ceinture. Un lourd silence s'établit entre Anne et lui. Elle le défiait du regard, le condamnait, le jetait dehors.

— Bonjour, Anne, dit-il enfin. Je peux m'asseoir?

— Non, dit-elle d'une voix blanche.

Il parut étonné :

— Pourquoi? Je te dérange?

— Oui, beaucoup.

Les sourcils de Laurent frémirent. Partagé entre la colère, la désillusion, le sarcasme, il respirait fort en gonflant les narines. Son œil étincela.

— Tu pourrais au moins me présenter, selon les règles de la bienséance! dit-il. Tu ne veux pas? C'est bon, je vais le faire moi-même :

Et, tourné vers Marc, il poursuivit :

— Je suis Laurent. Et vous, vous êtes Marc, l'ex-mari d'Anne, n'est-ce pas? Vous n'avez pas dû beaucoup entendre parler de moi. Mais moi, j'ai beaucoup entendu parler de vous. Je sais, par Anne, que vous êtes resté en très bons termes avec elle. Un ami, presque un frère! C'est touchant!

Anne coula un regard vers Marc. Il était calme, souriant et caressait son verre du bout des doigts.

— D'ailleurs, je vous imaginais tout à fait comme ça, reprit Laurent en élevant le ton. Un homme posé, arrivé, solide. Un homme sur lequel on peut s'appuyer. Ah! tu as beaucoup de chance, Anne! Evidemment quand tu me compares à ce monsieur...

Etouffant de honte et de fureur impuissante, Anne murmura :

— Où veux-tu en venir, Laurent?

— Tu ne devines pas, non? grommela-t-il.

Il y avait une supplication farouche dans ses yeux. Un mendiant se penchait vers elle, piteux et irresponsable. Tous les souvenirs de la nuit, il les lui jetait au visage, en silence. Elle résista à cet appel, le front lisse. Alors, subitement, une grimace de méchanceté tordit la bouche de Laurent. Appuyé des deux mains à la table, il dit d'une voix aigre :

— Nous avons oublié de prendre rendez-vous hier. J'ai besoin de savoir : est-ce toi qui viens dans ma chambre, cette nuit, ou moi qui vais dans la tienne?

— Ça suffit comme ça, Laurent, dit-elle. Va-t'en!

— Et tu te figures que je vais t'obéir? Comme un bon chien! Pour quelle récompense?

Il ricanait. Marc posa sa main sur le poignet d'Anne.

— Permets-moi de reconduire cet aimable jeune homme à la porte, dit-il.

— Non, dit Anne en se levant. Il serait trop content de se donner en spectacle. C'est moi qui m'en vais. Surtout ne m'accompagne pas, Marc. Je te téléphonerai, ce soir.

Tout en parlant, elle avait enfilé son manteau. Un serveur se précipita au-devant d'elle pour écarter la table. Elle sortit, le feu aux joues. Derrière son dos, elle sentait la présence de Laurent. Sûrement, il l'avait suivie. Elle marchait au hasard, dans les rues, ne songeant qu'à dominer ce tumulte en elle, qui affolait son cœur et coupait sa respiration. Sur le boulevard Saint-Germain, une bande de garçons et de filles hilares la bouscula. Soudain Laurent la dépassa et lui barra la route. Dressé devant elle, dans son caban ouvert, il la clouait du regard.

— Alors, quoi? dit-il, tu te figurais que j'allais te laisser à ton charmant déjeuner d'amoureux? Tu apprendras à me connaître, Anne!

— Je ne te connais que trop, dit-elle entre ses dents. Je te connais dans ta veulerie, dans ta grossièreté, dans ta sottise, dans ton égoïsme, dans ta fatuité! Tu n'es qu'un misérable gamin, tout juste bon à coucher avec des filles de ton âge! Aucune délicatesse, aucune profondeur, aucune pudeur!... Le néant... la ... la saleté!

Il lui saisit la main. Elle se dégagea.

— Ne me touche pas! cria-t-elle.

Et elle le gifla. Le choc retentit jusque dans son épaule. Pourquoi avait-elle fait cela? Elle vit le visage de Laurent se figer dans une expression de stupeur attristée. Elle porta la main à sa bouche. Un voile de larmes brouilla ses yeux. Il partit en courant. Elle hurla :

— Laurent, écoute!...

Lancé sur la chaussée, il bondissait entre les voitures. Une motocyclette arrivait droit sur lui. Le temps d'un battement de paupières, Anne le vit à terre, dans une flaque de sang. Mais déjà il reparaissait sur le trottoir d'en face, courant toujours, le caban déployé, ses cheveux d'Indien volant autour de sa tête. Puis il se perdit dans la foule. Des passants, qui avaient assisté à la scène, reluquaient Anne avec une curiosité goguenarde. A bout de forces, elle pleurait en marchant. Quelqu'un lui prit le bras. Elle se retourna : Marc.

— Suis-moi, dit-il.

Il l'emmena dans un bistrot. La salle était presque vide. Assis tout au fond, devant deux cafés noirs, ils se taisaient. Derrière la vitre en verre dépoli de la cabine téléphonique, quelqu'un parlait interminablement. Un homme ou une femme? On voyait remuer l'ombre de ses épaules.

— Excuse-moi, dit Anne. Tout cela est grotesque!

— Tu couches avec lui? demanda Marc d'une voix douce.

— Oui.

— Et tu l'aimes?

Anne garda le silence. Il lui prit la main. Elle avait un tel besoin d'être secourue, que ce contact l'émut aux larmes.

— Oui, tu l'aimes, reprit Marc. Mais tu m'as l'air bien mal embarquée! C'est un fou!

Elle acquiesça de la tête.

— Que vas-tu faire? reprit-il.

— Ce qui s'est passé aujourd'hui était inévitable et nécessaire, dit-elle. Maintenant, c'est fini. Je ne veux plus entendre parler de lui. Je viens de tracer une croix sur cette lamentable histoire. Il est tard. Il faut que je retourne au bureau.

— Veux-tu que je t'accompagne?

— Oui, Marc.

— Si nous dînions ensemble, ce soir?

— Non, j'ai besoin d'être seule. Mais plus tard. Je te promets...

— Je te téléphonerai tous les jours, dit-il.

Anne lui sourit. Allégée, délivrée, et endolorie tout ensemble, elle avait l'impression qu'une tornade avait secoué le monde autour d'elle et qu'elle ne saurait plus mettre un pied devant l'autre dans ce paysage neuf. Mais dehors, rien n'avait changé, ni les gens ni les maisons. Marc lui tenait le bras. Elle s'appuyait contre son épaule.

13

— Je suis désolée, monsieur, dit Mme Redan, mais ma tante ne vient plus au magasin, le matin. Elle est très fatiguée. Puis-je vous renseigner?...

En l'absence de la vieille dame, la librairie du Colombier perdait la moitié de son charme. Pierre hésitait à rester. Son regard parcourut la grande table chargée de livres.

— Non, non, ne vous occupez pas de moi, dit-il. Je fouine.

Elle retourna à un client qui balançait entre deux ouvrages sur la banlieue nord de Paris, l'un très cher, l'autre d'un prix modique. Tout en compulsant les bouquins de la grande table, dont la plupart lui étaient connus, Pierre écoutait avec amusement les commentaires de la vendeuse. Elle avait une voix chaude, musicale, et s'exprimait avec aisance. Au lieu de pousser le client à la dépense, elle s'efforçait de le convaincre que le volume le moins onéreux était peut-être le mieux documenté :

— Bien sûr, vous n'avez pas dans celui-ci les planches en couleurs que vous avez dans l'autre, la présentation est même franchement défectueuse, mais comme outil de travail...

Le client finit par acheter les deux ouvrages. Quand il fut parti, Pierre félicita Mme Redan sur son don de persuasion. Elle rit :

— Ne vous moquez pas de moi! J'ai beaucoup de mal à cacher mon ignorance!

— Ne me dites pas que vous êtes novice dans ce métier!

— Oui et non. Evidemment il y a longtemps que je travaille dans la librairie. Mais jusqu'ici je ne m'occupais que de nouveautés. C'est très différent!

— Et vous regrettez...?

— Loin de là!... Simplement je ne me sens pas à la

hauteur de la situation... Je ne sais si je vais pouvoir continuer... Mme Giraudet est quelqu'un de si remarquable!... Comment la remplacerais-je?... Et pourtant, plus que jamais, elle a besoin d'une personne de confiance auprès d'elle...

— Il me semble que je la connais depuis toujours, dit Pierre. Elle est très âgée, n'est-ce pas?

— Soixante-dix-huit ans! Et une mémoire, une organisation, une lucidité infaillibles! Tenez, regardez ça!

Elle tira de dessous la caisse un gros registre de toile noire et l'ouvrit devant Pierre. Les principaux clients y étaient classés par ordre alphabétique. Pour chacun, Mme Giraudet avait noté ses goûts en matière historique et les ouvrages qu'elle lui avait vendus, avec la date correspondante.

— C'est extraordinaire! s'écria Pierre.

— Ne dites surtout pas à ma tante que je vous l'ai montré!

— Vous permettez...?

Pierre feuilletait le registre, plongeait dans des bibliothèques inconnues, découvrait chez tel ou tel chercheur d'étranges curiosités pour les supplices à travers les âges et les pays, l'historique des ruses de guerre ou la bibliographie des mazarinades. Lui-même était catalogué à la lettre P., comme « amateur et connaisseur passionné du Vieux Paris, spécialement de celui de la première moitié du XIXe siècle ». Tous ses achats figuraient au-dessous de cette appréciation laconique. Il rendit le registre à Mme Redan et demanda :

— Vous lisez beaucoup?

— Enormément! dit-elle. C'est ma passion. Mais peu de romans. Surtout des biographies.

— Alors, je suis tranquille! Non seulement vous ne quitterez pas ce magasin, mais vous vous y sentirez de mieux en mieux! D'ailleurs votre tante ne vous aurait pas confié ce travail, si elle n'avait pas deviné vos capacités!

— Ma tante est aussi ma meilleure amie. C'est même la marraine de mon fils!

— Vous avez un fils? Il doit être bien jeune! dit Pierre.

Elle leva les yeux au plafond :

— Il a vingt-cinq ans. Il est ingénieur agronome. Et il a trouvé le moyen de s'installer au Chili, où il s'est marié avec une charmante jeune fille du cru. Je suis grand-mère depuis l'année dernière. Et je ne connais ma petite-fille que par des photos!

Pierre calcula que Mme Redan devait avoir au moins quarante-cinq ans. Il lui en aurait donné trente-cinq sur la mine. Cette blondeur cendrée, ce regard d'un bleu vif...

— Que fait votre mari? dit-il.

— Je suis divorcée depuis bien longtemps.

Il se demanda s'il n'avait pas commis une gaffe. Mais Mme Redan souriait, désinvolte, en rangeant des livres sur la table.

— Et vous, vous avez une fille, je crois? dit-elle.

— Oui. Heureusement pour moi. Nous vivons ensemble. Elle m'aide à supporter mon deuil. Et pourtant elle ne me comprend pas. Elle voudrait que je me secoue, que je reprenne le dessus...

Mme Redan le quitta pour servir un client. Ce fut vite fait. En revenant vers Pierre, elle le gratifia d'un regard de lumineuse gaieté. Ce devait être, pensa-t-il, une personne d'humeur égale et de santé florissante. Il ne pouvait décemment repartir sans lui avoir acheté quelque chose. Après une minute d'hésitation, il se décida pour un amusant *Recueil des principales coutumes de l'Ile-de-France*, ouvrage entièrement rédigé à la main par un sieur Charras, greffier à Versailles. Cinquante-sept francs. C'était donné. Mme Redan lui enveloppa le livre dans un papier bleu. Elle avait des mains fines, aux ongles soignés. Puis, comme il était midi, elle annonça qu'elle allait fermer le magasin. Pierre sortit avec elle et la regarda tirer la grille de protection et tourner la clef dans la serrure. Elle portait un imperméable mastic, doublé d'une fourrure marron.

— Vous rouvrez à quelle heure? demanda-t-il.

— A 3 heures.

— Alors, vous avez peut-être le temps de prendre un verre?

Elle le considéra avec surprise, sourit et murmura :

— Volontiers.

Il fut étonné par l'acceptation de Mme Redan et se reprocha tout à coup de l'avoir invitée. Dans le café, son malaise augmenta. Comme s'il subissait les conséquences d'une décision prise par un autre. Elle commanda un pastis, boisson qui, jugea-t-il, ne convenait guère à son personnage de femme distinguée et discrète. Il opta pour un vin blanc et, aussitôt, pensa à sa fille. Si Anne le voyait, assis avec cette inconnue, dans un bistrot, la regardant de près, lui parlant avec une amabilité forcée!... Quel diable l'avait poussé? Comment se dégagerait-il de la nasse? Tant qu'il se trouvait avec Mme Redan au milieu de la librairie, tout paraissait normal. Maintenant qu'il n'y avait plus de livres autour d'eux, il ne savait que lui dire. Subitement fautif, il s'ennuyait.

— Vous habitez loin d'ici? dit-il.

— Avenue de La Motte-Piquet. C'est direct en métro, depuis l'Odéon. Et vous?

— Tout à côté, rue de Seine.

— Impossible de trouver une meilleure adresse pour un amoureux du Vieux Paris! Vous devez être tellement plongé dans des souvenirs passionnants que vous ne voyez même pas ce qui se passe autour de vous, dans notre monde de tous les jours!

— Détrompez-vous. Je ne fais pas que rêver. Je vis, les yeux ouverts, comme tous mes concitoyens...

— Et quelles sont vos distractions, en dehors de la lecture?

Il hésita et répondit :

— J'aime la musique, la promenade, la visite des musées, le... le bridge...

— Moi aussi, il m'arrive de bridger chez des amis. Mais je n'ai aucune disposition...

— Je ne suis pas de première force non plus.

A mesure que les minutes passaient, il songeait avec plus d'inquiétude à Anne qui, sans doute, était rentrée du bureau et l'attendait pour se mettre à table. Elle devait se demander ce qu'il était devenu. Comment lui expliquerait-il son retard? Pour un peu, il eût fait grief à Mme Redan de la confusion où il se débattait. Déjà il ne la trouvait plus ni séduisante ni spirituelle. Elle buvait son pastis à petites gorgées. Il ne pouvait rompre la conversation sans qu'elle eût donné elle-même le signal du départ. N'avait-elle donc aucune obligation dans la vie? A quelle heure déjeunait-elle? Peut-être se figurait-elle qu'il allait l'inviter au restaurant? Il avait pourtant bien précisé : « Voulez-vous prendre un verre? » Il s'affola. Ses mains devenaient moites. Mme Redan parlait d'une promenade-conférence à laquelle elle avait participé le dimanche précédent, au château de Fontainebleau :

— Ce n'était pas mal, mais le conférencier avait l'air de réciter une leçon. Quand je compare ce froid discours à la façon chaleureuse, vivante, dont vous nous avez parlé, l'autre jour, de quelques vieilles maisons du quartier!...

Il éprouva un vif plaisir et, en même temps, le sentiment d'un danger tout proche. Une pointe allait le piquer. Il se rétracta.

— Je suis sûre qu'il vous arrive de flâner, avec votre fille, dans les plus anciennes rues de Paris, la guidant à travers les siècles, lui racontant l'histoire des hommes et des pierres, reprit Mme Redan.

— Cela m'arrive, en effet, balbutia-t-il.

— Je l'envie! soupira Mme Redan.

— Un jour, si vous le désirez, je me ferai un plaisir de vous accompagner..., commença-t-il.

Dans son esprit, c'était la plus naturelle des politesses. Il ne pouvait faire moins, après ce qu'elle avait dit, que lui proposer cette promenade. Mais il eût été désolé qu'elle acceptât.

— Vous êtes trop aimable, dit-elle. Pourtant, je ne voudrais pas abuser. Si quelque idée de sortie vous venait pour un dimanche ou pour un lundi... Oui, la librairie est fermée le lundi...

— Parfaitement, parfaitement, bredouilla-t-il.

Elle acheva son verre. Sa lèvre inférieure était démaquillée. Elle la toucha avec un bâton de rouge. Tout le visage rajeunit, rayonna. Pierre avait tellement hâte de rentrer à la maison, qu'il n'offrit même pas à Mme Redan de la raccompagner jusqu'à son métro. Ils se séparèrent devant le café. Une fois seul, Pierre respira. Plus jamais il ne remettrait les pieds dans cette librairie. 1 h 5. Il courait presque dans la rue. La figure d'Anne grandissait dans son cerveau comme un nuage chargé d'éclairs. En se retrouvant devant elle, dans le salon, il évita son regard et marmonna :

— Excuse-moi... Il y a longtemps que tu m'attends?

— Non, dit-elle. J'arrive à peine. D'où viens-tu?

— Pourquoi me demandes-tu ça, Anne?

— Pour savoir, papa...

— J'ai fait des courses...

Il redoutait d'autres questions. Mais elle n'insista pas. Soulagé, il s'assit en face d'elle, à table. Parce que tout s'était bien passé à la maison, il revint au souvenir de Mme Redan avec complaisance. Elle avait vraiment de très jolies mains et un regard bleu d'une transparence de vitrail. Il avait eu raison d'acheter ce livre : une curiosité de bibliophile d'un prix très modique. Le petit vin blanc qu'il avait bu lui avait ouvert l'appétit. Il mangea avec une voracité allègre. Anne, en revanche, chipotait dans son assiette.

— Tu n'as pas faim? dit-il.

— Non.

Elle avait un visage sec, au front buté et aux joues pâles.

— Tu as mauvaise mine depuis quelques jours, reprit-il. Tu n'es pas malade, au moins?

— Absolument pas. J'ai des soucis, au bureau.

— Quels soucis?

— Toujours les mêmes.

— Tu ne me racontes rien!

— Oh! papa, ça suffit, je t'en prie! dit-elle d'un ton tranchant.

— Tu es furieuse parce que j'étais en retard pour le déjeuner?

— Mais non!

Louise entra, portant le fromage. D'un geste net, Anne refusa. Bien qu'il fût grand amateur de cantal, Pierre n'en prit qu'un petit morceau, comme s'il eût craint, en se servant plus largement, de mécontenter sa fille.

— Et cet après-midi, qu'est-ce que je fais, Mademoiselle? demanda Louise.

— Vous devriez le savoir, depuis le temps! grommela Anne. Vous n'avez aucune initiative!

— Mais, Mademoiselle, vous m'avez dit vous-même hier, de vous demander... Comme il y a à la fois du repassage et du lavage...

— Faites ce que vous voulez. Et, à l'avenir, prenez l'habitude de ne pas déplacer mes affaires. Ce matin, j'ai retrouvé mon sac à main dans le placard à chaussures et mon lait à démaquiller dans l'armoire à pharmacie. Si vous continuez, je ne vais pas pouvoir vous garder!

Le visage de Louise se décomposa, se fractionna, et ses yeux globuleux s'emplirent de larmes :

— Oh! Mademoiselle! Je vous en prie... Qu'est-ce que je ferais, moi, si vous me renvoyiez?... A mon âge, personne ne voudrait de moi!...

Anne la foudroya du regard, sans desserrer les dents, et Louise battit en retraite dans la cuisine.

— Je te trouve bien dure avec elle, dit Pierre. Après tout, elle fait ce qu'elle peut!

— Tu veux dire qu'elle en prend de plus en plus à son aise!

— Que deviendrions-nous, sans elle?... J'ai peur que tu ne trouves pas mieux...

— Tu as toujours peur de tout, papa. Personne n'est irremplaçable.

Il se tut pour ne pas l'irriter davantage. Emilienne aussi avait, autrefois, de ces crises de colère froide, de sévérité domestique. Sans doute y avait-il chez toute femme, fût-elle très équilibrée en apparence, un besoin périodique de se détendre les nerfs par quelque éclat. Même Mme Redan ne devait pas être exempte de ce défaut. Et pourtant il était difficile de l'imaginer autrement que calme, avenante, souriante...

Anne repartit pour le bureau, avant même qu'il n'eût vidé sa deuxième tasse de café. Elle était, disait-elle, déjà en retard pour un rendez-vous.

En fait, personne ne l'attendait. Elle s'assit à sa table et, devant tant de papiers épars, se découragea. Alors qu'après la mort de sa mère elle avait étouffé son chagrin sous le poids des tâches quotidiennes, depuis sa querelle avec Laurent elle se découvrait incapable de dicter son courrier, d'esquisser un projet d'affichette, de mettre deux idées bout à bout. Quinze jours déjà qu'il avait quitté sa chambre. Pour aller où? La concierge n'en savait rien. Sans doute était-il retourné à Aix-en-Provence. En tout cas il n'avait rien laissé derrière lui : pas une chaussette, pas un mouchoir. Maintenant elle en était convaincue, c'était la rupture. Mais ne l'avait-elle pas voulu ainsi? Pour la centième fois, elle revivait la scène du restaurant. Pourquoi l'avait-elle si mal reçu? Au lieu de s'offusquer, elle aurait pu le faire asseoir, simplement. Marc aurait très bien compris. Ils auraient déjeuné à trois. En somme, elle avait sacrifié Laurent, qui était tout pour elle, à Marc, qui ne lui était plus rien. Par souci des convenances, par sottise! Et cette gifle, en pleine rue... Elle avait corrigé Laurent comme un gamin effronté. Mais, en vérité, c'était lui qui avait raison. Car lui, du moins, vivait pour l'essentiel. Il avait une telle soif de liberté, une telle horreur des lois, qu'il était impossible de l'atteler à aucune charrette. Comme il devait la mépriser après cette dispute où elle s'était montrée sous son jour le plus conventionnel! Elle n'avait été pour lui qu'une incursion dans l'univers insolite des femmes de trente ans. Et lui, qu'avait-il été pour elle? Une aventure absurde, ou une révélation flamboyante, ou les deux à la fois? De toutes ses forces, elle voulait l'oublier. Mais plus elle s'employait à le chasser de sa tête, plus il s'y implantait, avec son poids, sa chaleur, son exigence. A mesure que les jours passaient, elle s'usait davantage dans cette lutte inégale. Son humeur s'aigrissait. Elle supportait mal les manies de son père. Louise l'agaçait. Soudain elle se demanda si Mily aurait pu la comprendre. Cette idée l'emplit d'une bouillonnante tendresse. Elle se jeta dans un dialogue de sourds avec un souvenir qui reculait à proportion qu'elle voulait le saisir. Ce qui l'intéressait, ce n'était pas Mily en tant que mère, mais Mily en tant que femme. Mily devant l'amour. Si elle avait vu Laurent, qu'aurait-elle pensé de lui? Aurait-elle été sensible à son mystère d'animal sauvage? Oh! oui, bien sûr!... Anne se le répétait pour justifier sa faiblesse. Son cœur battait vite. Elle avait envie de pleurer. Et il lui fallait cependant recevoir Carolus et Bruno avec leurs maquettes, répondre au téléphone, descendre voir M. Courtois qui la considérait d'un air soupçonneux, comme s'il eût découvert Laurent debout derrière son dos. Enfin, la maison, le dîner, la télévision. Assise dans le salon, à côté de son père, Anne tirait l'aiguille tandis qu'il regardait le petit écran où s'agitaient les images d'un spectacle de variétés. Désormais, c'était tout ce qu'elle pouvait espérer comme avenir. Son père et elle. Face à face. Silence contre silence. Dans la prison des habitudes. Elle se rappela Laurent, allant et venant dans la pièce, touchant les objets, brandissant la tapisserie : « C'est toi qui fais ça? » Ce souvenir la poignit au ventre. Toute sa chair criait : « Idiote, c'est ta faute! Pourquoi l'as-tu laissé partir?

Il a été logique avec lui-même! Et toi... toi... » Tout vacillait devant ses yeux. Un chanteur imbécile se contorsionnait dans un décor de cubes, de ballons et d'échelles. Son père piquait du nez, relevait la tête. De plus en plus fatigué. Comme il vieillissait mal! Peut-être allait-il traîner ainsi jusqu'à quatre-vingt-dix ans! Assez de sénilité, de maladie, de deuil! Il lui fallait l'espace, le vent, le soleil!

— Bonne nuit, papa, dit-elle. Je suis fatiguée.

— Tu n'attends pas la fin de l'émission?

— Non.

Dans le lit, ce fut pire encore. Elle prit un cachet pour dormir.

Le téléphone sonna pendant qu'Anne rangeait la vaisselle du dîner dans la cuisine. Pierre se leva de table, répondit et, peu après, cria :

— C'est pour toi, Anne!

Elle s'essuya les mains et prit l'appareil. Une voix d'homme inconnue :

— Vous êtes bien Anne?

— Oui.

— Je suis un ami de Laurent.

Elle respira profondément et murmura :

— Où est-il?

— Avec moi. Il faut que vous veniez vite. Ça ne va pas du tout. Il est malade. Prenez l'adresse. C'est à Saint-Ouen...

Elle griffonna les indications sur le bloc de papier posé près du téléphone, arracha la feuille et dit encore :

— Mais enfin qu'a-t-il?

Pour toute réponse, l'autre grommela :

— Vous arrivez tout de suite, hein?

— Oui. Allô! Allô! Qui dois-je demander? A quel étage?...

— C'est un pavillon. Je vous attends sur le perron.

Il raccrocha. Elle enfila son manteau. Ses nerfs

étaient noués d'impatience. Une angoisse morne lui dévorait le foie.

— Où vas-tu? demanda Pierre.

— J'ai un rendez-vous important. Ne m'attends pas.

Il dit encore quelque chose qu'elle entendit mal. Le claquement de la porte la délivra de toutes les questions. La rue, la nuit, elle courait vers le carrefour de l'Odéon. Par chance, il y avait des taxis en stationnement devant le terre-plein. Elle prit le premier de la file et donna l'adresse. Le chauffeur ne connaissait pas la rue et la chercha longuement dans son répertoire. Anne s'énervait. Enfin on démarra. La voiture traversa la Seine. L'avenue de l'Opéra explosa de mille lumières. Tout devenait possible dans ce tohu-bohu noir et or, au bout duquel il y avait Laurent. Mais quel Laurent? Pourquoi cet homme n'avait-il rien voulu préciser au téléphone? Les réverbères s'espaçaient, la nuit devenait plus épaisse. Derrière la vitre, Anne reconnut les abords de la porte Saint-Ouen. Des souvenirs du Marché aux Puces lui revinrent en mémoire. Elle y était allée si souvent avec Mily! Le taxi s'engagea dans un dédale de ruelles obscures, hésita, ralentit, s'arrêta.

— C'est ici, dit le chauffeur.

Elle mit pied à terre devant un pavillon à deux étages, aux murs fissurés. Sur le perron, une silhouette voûtée, les mains dans les poches. Anne poussa une grille, monta trois marches. La lumière d'une fenêtre, au rez-de-chaussée, éclaira devant elle un jeune visage aux moustaches tombantes et aux favoris en queue de rat.

— C'est Laurent qui vous a demandé de me téléphoner? dit-elle.

— Il est tellement lessivé qu'il ne peut rien demander du tout! dit le garçon. Mais il m'avait parlé de vous, très souvent. J'ai trouvé votre nom dans l'annuaire.

— Que lui est-il arrivé?

— Il ne mange plus depuis quinze jours. La semaine dernière, il a voulu en finir. Il a avalé des saloperies de cachets. Heureusement il a tout vomi. J'ai peur qu'il ne recommence. Je ne sais plus quoi faire, moi...

Anne écoutait avec douleur, mais sans étonnement, comme si elle eût pressenti depuis longtemps tout ce que ce garçon croyait lui apprendre. Une seule chose importait : Laurent était là!

Ils franchirent le seuil. La porte d'entrée ouvrait de plain-pied sur une grande pièce aux murs nus. A l'intérieur, Anne découvrit une dizaine de garçons et de filles chevelus et loqueteux. Les uns fumaient, assis sur des caisses ou par terre, à l'orientale. D'autres jouaient aux cartes avec des gestes mous. Un jeune homme chlorotique, à l'œil vide, soufflait mélancoliquement dans une flûte de roseau. Une musiquette naïve s'en échappait par intermittence. Un couple dormait, ventre à ventre, sur un matelas. Nul ne faisait attention à Anne. Son guide la pilota entre les groupes jusqu'à l'escalier qui prenait au fond de la salle. Elle gravit les marches derrière lui.

Au second étage, une porte était ouverte. L'ampoule, au bout de son fil, éclairait une chambre sordide, dont le papier jaune à rayures partait en lambeaux. Sur le plancher, traînaient des mégots, des brins de ficelle, des capsules de bouteilles. Une serviette maculée pendait sur le dossier d'une chaise. Au pied du lit pliant, Anne avisa une carafe d'eau, des tubes de médicaments et des chaussures sales : celles de Laurent. Il reposait, tout habillé, à même le matelas, la face tournée contre le mur.

— Eh! tu as une visite! dit le garçon en lui touchant l'épaule.

Hermétique, Laurent ne bougea pas.

— Laurent! Laurent! appela Anne.

Alors, lentement, il se tourna vers la lumière. Sa figure apparut, maigre, blafarde, souillée d'une barbe irrégulière. Ses prunelles brillaient de fièvre entre ses paupières rougies. Une toux rauque le secoua. Ses lèvres gercées tremblèrent. Il cligna des yeux et, soudain, la face hallucinée, il cria :

— Qu'est-ce que tu fous là, Anne?

— Laurent! balbutia-t-elle. Que se passe-t-il? Tu es malade?

Le garçon qui avait amené Anne se retira et ferma la porte. Elle s'assit au bord du lit.

— Je ne suis pas malade, dit Laurent. Je suis même très content comme ça. Je ne demande qu'une chose, c'est que tu te barres!

— Je ne m'en irai pas. J'ai besoin de savoir... Quels sont ces médicaments, là, par terre?

— Des trucs pour dormir et d'autres pour me réveiller. Avec ça, je suis en pleine forme!

Elle voulut lui prendre la main. Il se dégagea brutalement.

— Enfin, Laurent, dit-elle, tu ne peux pas rester ici, dans cette misère, dans cette crasse!

— Eh bien! figure-toi que cette misère, cette crasse, je m'y trouve bien! s'exclama-t-il. Ce qui t'offusque me réjouit! Ce qui te répugne m'excite! De bons copains pas compliqués, une vie sans obligations, sans grimaces, le ventre creux, mais la tête libre, les pieds sales, mais l'âme propre! Que veux-tu, Anne? toi et moi, nous ne sommes pas de la même race! Je n'ai pas comme toi la religion de la bienséance! Mets-toi bien dans le crâne que tu représentes ce que je déteste le plus au monde : la respectabilité, la lucidité, la ponctualité, la rentabilité... Merde! La vie est trop courte!...

Une quinte de toux lui coupa de nouveau le souffle. Ses yeux s'injectèrent. Assis sur son séant, il haletait.

— Bon, dit Anne. Où veux-tu en venir?

— Nulle part! Je ne me pose pas de questions! Je vis au jour le jour!

— Et nous deux, Laurent?

Il ricana :

— Nous deux? Nous trois, oui, avec ton ex-mari!

Elle porta les deux mains devant son visage et les laissa retomber, découragée, sur ses genoux. Encore! Il était lourd à remuer comme une montagne.

— Mais Laurent, dit-elle, je te le répète, Marc n'est pour moi qu'un camarade! Tu devrais comprendre!...

— Il y a longtemps que j'ai compris!

— Ne pense plus à cette histoire stupide. Admettons même que j'aie eu tort, au restaurant. Il faut que tu reviennes à la maison.

— Pour quoi faire? J'ai tout ce qu'il me faut, ici! Quand j'ai besoin d'une fille, il s'en trouve toujours une de disponible, parmi les copines!

Elle le considéra avec horreur, comme s'il lui eût craché au visage. Il crânait, le menton haut, l'œil un peu fou.

— Qu'est-ce que tu te figures? poursuivit-il. Que j'ai vécu comme un moine, pendant quinze jours? Trop amoureux de toi pour penser à autre chose! Les filles, en bas, tu les as vues? Elles sont belles, hein? Et gentilles, tu ne peux pas savoir! Et jeunes!... Oui, jeunes, tu m'entends?

La colère ondulait dans la poitrine d'Anne comme un lait qui va bouillir. D'un mouvement brusque, elle se dressa.

— Tais-toi! dit-elle d'un ton cassant.

Il pouffa :

— Encore un ordre! C'est fou ce que tu aimes commander, Anne! Desséchée comme un théorème! Démodée comme un vieux rideau!

Anne leva le bras. Il fallait écraser cette voix haineuse, arrêter le cauchemar d'un seul coup. Cette fois elle ne regretterait pas de l'avoir frappé. Elle se le dit dans un éclair, tandis que sa main s'abattait sur la joue de Laurent. Puis, le laissant éberlué, elle se dirigea vers la porte. D'un bond de singe, il la dépassa. Planté devant elle, il l'avait saisie par les poignets et grondait :

— Mais c'est une manie chez toi! Tu ne peux pas me voir sans me gifler!

— Laisse-moi, dit-elle. Tu me dégoûtes!

Au lieu d'obéir, il la tirait, à grandes saccades, vers le fond de la chambre. Son visage mal rasé était secoué de tics. Il hoquetait, il toussait, il bredouillait des paroles sans suite. La tête pleine de larmes, Anne se débattait de plus en plus faiblement. Il la jeta sur le lit et se coucha sur elle. Ecrasée, elle sentit un souffle fiévreux sur ses lèvres. Une barbe piquante lui râpait les joues. L'odeur forte de Laurent l'enveloppait. Soudain il gémit :

— Anne, Anne, mon amour! Pardon! Je t'aime! J'en crève! Pourquoi as-tu fait ça?

— Mais quoi, ça, Laurent?

— Cet homme dans ta vie... Ce Marc... Je ne veux plus... Tu es à moi... A moi seul... Jure-le-moi...

— Je te le jure...

— C'était horrible cette sensation de t'avoir perdue... Loin de toi, je ne savais plus à quoi me raccrocher... Je ne voulais plus vivre...

Jamais elle ne l'avait senti plus vulnérable. Il n'avait qu'elle au monde. Pénétrée d'une brûlante pitié, elle ne voulait plus être pour lui que refuge, oubli, médecine. Il lui mangeait la bouche voracement, il dégrafait son manteau, il déboutonnait sa blouse, il dénudait ses épaules. Ses mains étaient moites. Elle lui caressait les cheveux pendant qu'il la couvrait de baisers. « Voilà, je l'aime, pensait-elle. Je l'ai retrouvé. Il a besoin de moi. Tout est simple. Je vais le rendre heureux... » Cependant il se fatiguait au-dessus d'elle. Ses muscles se relâchaient, ses traits se creusaient, sa respiration devenait sifflante. Une lueur de détresse passa dans ses yeux. Elle devina le fiasco. Incapable d'aller plus loin, il retomba, la tête appuyée contre l'épaule d'Anne, et souffla :

— Qu'est-ce qui m'arrive?

— Ce n'est rien, dit-elle. Calme-toi. Tu as la fièvre.

Il claquait des dents, il pleurait. Anne l'enveloppa dans ses bras, le serra contre elle, mou et chaud, inoffensif, docile, enfantin. Elle digérait son amour, elle berçait sa proie. Au bout d'un long moment, elle chuchota :

— Lève-toi, Laurent. Nous allons rentrer à la maison.

— Oui, dit-il. Emmène-moi!

14

Anne raccompagna le Dr Maurin à la porte et revint sur ses pas, l'ordonnance à la main. Dans le couloir, elle se heurta à son père qui sortait du salon.

— Que se passe-t-il? dit Pierre.

— Rien de grave... Un genre de bronchite...

— Et tu vas le garder ici?

— Où veux-tu qu'il aille?

— Dans sa chambre, là-haut.

— Mais papa, il a une fièvre de cheval, sa chambre n'est pas chauffée. Il a besoin de soins constants...

— Alors, je ne sais pas, moi, il y a l'hôpital!

Elle lui jeta un regard glacé :

— L'hôpital? Tu imagines ce que c'est, l'hôpital? Alors que nous avons cette chambre, au fond, qui ne sert à rien. Il y sera très bien, en attendant.

Pierre hocha la tête :

— Ça va te compliquer la vie.

— Il faut savoir rendre service, papa, dit-elle sèchement.

La conscience de sa duplicité lui fut pénible. Que ne pouvait-elle crier la vérité à la face de son père? Quels sots préjugés la ligotaient encore? En la voyant arriver la veille, avec Laurent qui toussait et grelottait, Pierre n'avait émis aucune objection. Avait-il réfléchi depuis? S'était-il, en une nuit, armé de courage?

— Mais il n'a pas de famille, ce garçon? reprit-il.

— Ses parents habitent Aix-en-Provence, dit-elle.

— Et à Paris, il ne connaît personne?

— Si, moi.

— Je trouve tout de même que c'est une situation bizarre. Permets-moi de te dire que...

Elle l'interrompit :

— Ecoute, papa, nous en reparlerons. Pour l'instant, je suis pressée. Il faut que j'aille chercher les médicaments. Je dois être au bureau à 10 heures, et il est déjà 9 heures et demie!

— Louise peut très bien s'occuper de lui.

— Non, c'est moi...

Elle vola vers la pharmacie, revint avec les médicaments et entra dans la petite chambre, au bout du couloir, où Laurent reposait sur un divan étroit. Il y avait encore des valises et des cartons empilés contre le mur du fond. Mais, autour du lit, la place était dégagée. Une table basse avec sa lampe de chevet, un fauteuil anglais, une chaise cannée. Laurent régnait, horizontal, barbu et hâve, sur ce décor de quiétude. Anne l'aida à s'asseoir pour prendre ses cachets. Après cet effort, il retomba sur les oreillers :

— Il faut vraiment que j'avale cette cochonnerie?

— Oui, dit-elle, si tu veux guérir vite.

— J'ai chaud, j'ai froid...

Elle n'était pas inquiète. Puisqu'elle se trouvait de nouveau auprès de lui, aucun danger ne le menaçait plus. Elle l'embrassa et se dépêcha de partir.

A peine arrivée au bureau, elle téléphona à Marc. Etait-il libre à midi, pour prendre un verre? Il lui proposa de déjeuner ensemble.

— Non, Marc, c'est impossible. Mais j'ai absolument besoin de te parler...

Elle le retrouva à midi, chez « l'Ami Georges », devant un petit vin blanc.

— Il ne faut plus que tu téléphones à la maison, lui dit-elle.

— Pourquoi?

— Laurent est malade. Je l'ai installé chez nous.

Marc s'étonna modérément. Elle eut l'impression qu'il le faisait plutôt pour la forme.

— Que dit Pierre? demanda-t-il.
— Pas grand-chose!
— Comment lui as-tu expliqué?...
— Je ne lui ai rien expliqué du tout!
— Enfin, il se doute bien que Laurent et toi...
— Je ne crois pas. D'ailleurs ça m'est égal!
— Anne, dit-il en lui prenant la main, tu perds la tête!
— Oui, et c'est bien agréable! Tu sais comment j'ai retrouvé Laurent? Hier soir, un coup de téléphone...
Elle lui raconta son équipée avec une fierté, une gaieté dont elle sentait toute l'incohérence, mais qu'elle ne pouvait juguler.
— Laurent est atrocement jaloux, conclut-elle. Tu es sa bête noire. Mais j'ai l'impression qu'il en voudrait même à un flic, s'il me voyait lui demander un renseignement dans la rue!
— En somme, il ne faut plus que je te rencontre, dit Marc tristement.
— Si, mais sans qu'il le sache!
Il sourit :
— Moi, je veux bien, Anne. Mais ne trouves-tu pas que tout cela est aberrant?
— Comprends-moi, dit-elle. Laurent est un être hypersensible, un névrosé!
— Je crois surtout que c'est un gamin mal élevé qui profite de toi!
— Personne n'a jamais profité de moi, Marc! Je vais le guérir, le sortir de là!...
Soudain elle ne tenait plus en place. Une énergie allègre courait dans ses veines.
— Bon, il faut que je file, dit-elle. Tu m'appelles au bureau, n'est-ce pas? On se voit très bientôt.
Il promit avec une moue désabusée :
— Chez « l'Ami Georges », oui, Anne. Quand tu voudras.
A la maison, elle trouva son père, empesé et perplexe, au milieu du salon, l'embrassa distraitement et

passa dans la cuisine où Louise se démenait parmi les casseroles.

— J'ai fait du bouillon de légumes pour votre locataire, comme vous me l'aviez demandé, Mademoiselle, dit Louise. Et avec ça, qu'est-ce qu'il prendra?

— Laissez, dit Anne, je m'en occupe.

Elle prit le plateau et disposa dessus le bol de bouillon, deux tranches de rosbif que Louise venait de couper, une assiette pleine de petits pois.

— Eh bien! murmura Louise, ça nous rappelle de bien mauvais souvenirs, ce plateau, n'est-ce pas, Mademoiselle?

Anne ne répondit pas. Son père venait d'entrer dans la cuisine et la regardait faire, l'œil inexpressif et les bras pendants. Elle se versa un verre de vin blanc et en remplit un autre pour lui. Ils burent en silence. Puis Pierre demanda :

— On va bientôt passer à table?

— Comme d'habitude, dit-elle.

Elle sortit, tenant le plateau à deux mains, dépassa, avec un serrement de cœur, la chambre de sa mère et suivit le couloir jusqu'à la chambre du fond. Laurent dormait, écartelé, un pied hors des couvertures. Son sommeil était si lourd, qu'Anne put le remuer et le border de nouveau dans son lit sans qu'il se réveillât. Les remèdes du Dr Maurin agissaient sur lui comme sur un enfant. Elle le regarda un moment avec une tendresse ambiguë et se retira en remportant le plateau.

Quand elle s'assit à table, en face de son père, celui-ci l'interrogea négligemment :

— Il a mangé?

— Non, il dort.

Louise passa le rosbif et disparut dans la cuisine.

— Et... et qu'est-ce qu'il fait dans la vie, ce garçon? reprit Pierre.

— Rien, pour l'instant, dit-elle. Il cherche une situation.

Pierre s'intéressa de près au contenu de son assiette. Visiblement il craignait de s'attirer une réponse acerbe en posant d'autres questions.

— Ah! c'est dur pour les jeunes, maintenant! soupira-t-il.

Il y eut un long silence. Anne eut l'impression que l'air, autour d'elle, se solidifiait. Elle faisait face à un père indestructible et obtus. Qu'y avait-il de commun entre elle et lui? Ni les élans du cœur ni les audaces de la pensée. Le souvenir de Mily, peut-être. Et encore! Il l'avait momifiée avant même qu'elle ne mourût. Louise apporta la salade.

— Vous ne l'avez pas trop salée, au moins! dit Anne. L'autre fois...

— Non, non, j'ai fait attention, Mademoiselle! dit Louise précipitamment.

« Louise a peur de moi, pensa Anne. Mon père a peur de moi. Marc a peur de moi... Pourquoi? Parce que je sais ce que je veux? Tant d'êtres n'ont pas de colonne vertébrale! Le vent les plie dans tous les sens. Même Laurent! Le plus désarmé de tous, peut-être. Que vais-je faire de lui? »

Un déclic de joie la secoua. Il était là-bas, dans son lit, chaud, vivant, malade, odieux, charmant, indomptable... Elle se servit de salade si abondamment qu'une feuille tomba sur la nappe. Comme elle remettait le couvert dans le saladier, Louise chuchota :

— Mademoiselle, regardez!

Anne leva les yeux et vit Laurent adossé au chambranle de la porte. Il avait enfilé son pantalon et son pull-over épinard à col roulé. Ses pieds étaient nus. Son regard se perdait dans le vague. Elle murmura :

— Pourquoi vous êtes-vous levé?

D'instinct elle lui disait vous. A cause de son père, de Louise. Cette lâcheté la révolta contre elle-même, sans qu'elle eût la force de la surmonter.

— J'aimerais boire quelque chose de chaud, dit Laurent.

— Je vous avais apporté un bouillon de légumes, dit Anne, mais vous dormiez.

— Je peux m'asseoir ici, un instant...

De la main, il désignait une chaise, près de la porte.

— Ce n'est pas très raisonnable, dit Anne.

— J'en ai assez d'être couché!

— Eh bien! alors, c'est ça, asseyez-vous avec nous, dit Pierre.

Et, se levant, il approcha un fauteuil de la table. Laurent prit place entre Anne et son père. Louise disposa un couvert de plus. Anne enveloppa les jambes de Laurent dans une couverture qu'elle était allée chercher dans la chambre. Pierre lui offrit du vin.

— Non, merci, dit Laurent.

Il mangea de bon appétit.

— Vous avez déjà meilleure mine qu'hier! lui dit Pierre.

Anne était au supplice. Son père lui semblait trop aimable, et cependant elle n'eût pas supporté qu'il manifestât de l'humeur; Laurent lui semblait trop détendu, et cependant elle eût souffert de le sentir contraint. Quant à Louise, pourquoi restait-elle plantée là, l'œil ahuri, au lieu de retourner dans sa cuisine? A eux quatre, ils jouaient une scène de vaudeville. Anne évitait de parler : le son de sa voix lui était désagréable. Elle ne se tranquillisa qu'au moment où Laurent dit :

— J'ai la tête qui me tourne. Ce sont ces médicaments! Je vais me recoucher.

Elle le reconduisit à sa chambre.

— Ça m'a fait du bien de manger un peu, dit-il encore.

Elle partit pour le bureau, mi-anxieuse, mi-réjouie. Tout l'après-midi, en expédiant les besognes courantes, elle pensa aux deux hommes de sa vie : Laurent, son père.

Le soir, en rentrant, elle découvrit Laurent allongé sur le canapé du salon, un oreiller sous la nuque. Assis à côté de lui, Pierre lui expliquait quelque chose, un vieux plan de Paris ouvert sur les genoux. Ils tournèrent ensemble la tête vers elle. Laurent s'était rasé.

— Je lui ai conseillé de venir se reposer ici, dit Pierre. C'est tout de même plus gai que dans sa chambre. Tu veux un peu de thé, Anne? Je crois qu'il en reste.

Elle avisa deux tasses sur un guéridon : elle dérangeait une réunion amicale.

— Non, merci, dit-elle en souriant avec effort.

Agacée, elle se rendit à la cuisine et se versa un verre de vin blanc. Louise, qui astiquait l'argenterie, demanda :

— Pour ce soir, comment je fais, Mademoiselle? Je prépare le plateau de votre locataire ou je mets la table pour trois?

— Vous mettez la table pour trois, dit-elle d'un ton détaché.

— Il n'a pas l'air bien costaud encore, ce jeune homme! Faut qu'il mange beaucoup pour se retaper. Je vous ai fait des pommes au four. C'est toujours bon pour les malades.

Anne retourna dans le salon, son verre à la main.

— Ah! s'écria Laurent. Anne et son petit vin blanc! Comment peux-tu aimer ça?

C'était la première fois qu'il la tutoyait devant son père. Elle sentit une chaleur lui monter aux joues. Pierre, qui repliait le plan de Paris, marqua un temps d'arrêt. Son visage candide exprimait la surprise. Anne hésita une seconde et, avec une sorte de fureur, s'enleva sur l'obstacle.

— Et toi, Laurent, comment peux-tu aimer ton eau? dit-elle. C'est insipide, c'est plat, c'est malsain! Si tu buvais un peu de vin, tu guérirais deux fois plus vite!

L'embarras de Pierre avait disparu. Il souriait avec une amitié béate. Après tout, devait-il se dire, les jeunes, de nos jours, se tutoient dès leur première rencontre.

— Mais moi, je ne suis pas un buveur d'eau, Anne! protesta-t-il. Où est mon petit vin blanc? Tu m'oublies!

— Je croyais qu'ayant pris le thé avec Laurent tu n'avais plus soif, répondit-elle en riant.

Elle lui servit un verre de vin blanc. Tout en le sirotant, Pierre dit :

— J'ai raconté à Laurent comment notre quartier avait évolué depuis le XIIIe siècle...

Anne acquiesça de la tête : déjà il l'appelait Laurent! Elle s'étonnait de l'aisance avec laquelle les événements s'agençaient dans sa vie. Les pièces du puzzle s'assemblaient trop bien. Où était le traquenard? Pierre s'était emparé du *France-Soir* qu'elle avait apporté et le parcourait en tournant les pages.

— On donne quelque chose de très bien à la télé, ce soir, dit-il. Un Labiche : *La Poudre aux yeux*. La distribution est formidable!

Anne glissa un regard à Laurent, qu'elle savait être un contempteur de la télévision, et dit par bravade :

— Ah! ça me fait plaisir! A quelle heure?

— 8 heures et demie, dit Pierre.

— Alors dépêchons-nous de dîner.

Louise venait de partir. Anne apporta le potage. On se réunit à table autour de la soupière. Une famille reconstituée. Les cuillers montaient et descendaient en un petit ballet domestique. Pour la suite, viande froide et salade. Laurent faisait honneur au menu. Il enduisait chaque morceau de rosbif d'une couche de moutarde. Ses yeux brillaient. Il porta un verre d'eau à sa bouche. Cette façon qu'il avait de boire goulûment, à pleines lèvres, la bouleversa. Quand il touchait un morceau de pain, elle pensait à l'amour.

Après le repas, Pierre alluma le poste de télévision. Anne s'assit dans un fauteuil, à côté de son père. Laurent, qui était encore très faible, se recoucha sur le canapé. La pièce commença. A chaque réplique drôle, Laurent éclatait de rire. Et Pierre lui faisait écho, en sourdine. Anne n'en croyait pas ses oreilles. Qu'il fallait donc peu de chose pour les divertir l'un et l'autre! Une envie la saisit de reprendre sa tapisserie. Ses doigts lui démangeaient. Sur le petit écran, Ratinois et sa femme se démenaient pour enlever les housses de leur meubles avant de recevoir M. et Mme Malingear. « Mets-toi au piano, fais des roulades », criait Ratinois. Anne, n'y tenant plus, se leva et revint avec sa corbeille à ouvrage. Dès qu'elle eut aligné quelques points, ses nerfs se détendirent. Laurent lui lançait de temps à autre un regard de tendre ironie. Elle tirait l'aiguille avec gravité et douceur, comme si elle eût brodé son propre destin. Les dernières répliques arrivèrent alors qu'elle se croyait au milieu de la comédie. « A table! ordonnait Ratinois. La main aux dames! » Toute l'assistance, brillamment parée, se dirigea, au son d'une ritournelle, vers la salle à manger. La suite du programme présentant moins d'intérêt, Pierre éteignit le poste.

Chacun regagna sa chambre. Assise dans son lit, Anne lisait distraitement les épreuves d'un livre qui devait paraître chez Gastel, le mois prochain. Il lui semblait avoir vécu une année en un jour. La présence de Laurent, au bout du couloir, agissait sur elle comme un aimant. Il devait dormir maintenant, assommé de fatigue. Dans quelques jours, il serait tout à fait guéri. Elle allait éteindre sa lampe de chevet, quand la porte s'ouvrit doucement.

— Laurent, tu es fou! murmura-t-elle.

— Non, non, dit-il d'un ton humble. Je voudrais simplement dormir près de toi.

Elle se recula pour lui faire une place dans son lit.

15

Les deux mains au volant de la voiture, la tête droite, Hélène Redan n'avait pas un regard pour les autos qui la dépassaient en trombe. Assis à côté d'elle, Pierre admirait à la fois la pureté de son profil et la prudence de sa conduite. Peut-être n'aurait-il pas dû retourner à la librairie? Peut-être s'engageait-il trop loin sans le vouloir? C'était elle qui avait eu l'idée de cette promenade, pour le lundi après-midi, à Versailles. Pouvait-il refuser? Elle avait emprunté la voiture d'une amie. Le temps les avait favorisés. La pluie s'était arrêtée juste au moment où ils prenaient la route. Un ciel de brume où le gris fumée se mêlait au bleu lavande, une température très douce pour la saison et, dans les salles du château, relativement peu de monde. Il avait eu soin, la veille, de relire quelques ouvrages sur Versailles, afin de se rafraîchir la mémoire. Ainsi avait-il pu étonner Hélène Redan par son érudition. Quelle soif d'apprendre, chez elle, et quelle heureuse disposition à s'émerveiller! Elle semblait aussi émue par cette architecture royale que par celui qui la lui présentait. En sortant du château, il l'avait entraînée sur la terrasse de l'Orangerie et lui avait montré les marches de marbre rose célébrées par Musset. Pour elle, il avait évoqué, en passant, La Vallière, Montespan, Fontanges, la Pompadour, la « rondelette » du Barry, toutes ces pécheresses souriantes et poudrées, toutes ces porteuses de falbalas, une mouche assassine au coin des lèvres. Et aussi, bien sûr, des princes, des prélats, des marquis caquetants, Louis XIV emperruqué et enrubanné, contemplant la pièce d'eau des Suisses... Il la ramenait à Paris, ivre d'histoire. Sans doute, si elle n'avait pas été obligée de conduire, se fût-elle laissé aller sur son épaule, comme une femme prise de boisson. Un sourire de rêverie effleurait ses lèvres à peine fardées. Emilienne avait parfois, se dit-il, cette même expression attentive et vague. Des jappements de klaxon lui trouèrent le tympan. Un gros camion rouge les doublait sur l'autoroute. Hélène n'accélérait pas, ne ralentissait pas, toujours imperturbable. Pierre lui avait dit qu'il devait être de retour à la maison avant 6 heures. On y serait sans faute : il n'était que 5 h 20. Ainsi n'aurait-il pas à subir les questions d'Anne. Peut-être pourrait-il proposer à Hélène de retourner à Versailles, lundi prochain? Il y avait tant à voir encore au château et dans le parc! A moins d'aller à Saint-Germain ou à Port-Royal...

— Je ne parle pas beaucoup, dit-elle, parce que je suis très attentive à la route. J'ai si peu l'habitude du volant!...

— Je trouve, au contraire, que vous conduisez à merveille, dit-il.

— Et vous, vous ne conduisez pas?

— Non, je n'ai aucune disposition.

— C'est fréquent, chez les intellectuels!... Ah! ce Versailles!... Il m'a semblé que je le voyais pour la première fois!

Pierre s'entendit répondre :

— Moi aussi!

Un silence bourdonnant emplit la voiture. Les narines d'Hélène se pincèrent. Comme elles étaient fines, presque transparentes! Sa jupe remontée découvrait ses genoux. Pierre, en la contemplant, se sentait brusquement doué pour la peinture. Mais soudain le visage changea. Pourquoi ce froncement des sourcils, cette crispation des lèvres? La voiture oscillait, bringuebalait, frôlait une camionnette, ralentissait bêtement et s'arrêtait sur le bas-côté.

— Que se passe-t-il? demanda Pierre.

— Je crois que nous avons crevé! dit-elle.

Ils mirent pied à terre. Le pneu arrière gauche était à plat. La première pensée de Pierre fut : « Je vais arriver en retard! » Mais Hélène le rassura : changer une roue était, disait-elle, un jeu d'enfant. Pierre se mit à l'ouvrage. Le montage du cric lui parut d'abord d'une complexité diabolique. Il s'énervait sur ces tiges de fer qui refusaient de s'emboîter l'une dans l'autre. Penchée sur son épaule, Hélène se désolait :

— C'est stupide!... Ah! comme je regrette!... Mais là, je crois que vous vous trompez... Attendez, je vais chercher le mode d'emploi. Il doit y en avoir un dans la boîte à gants...

Elle revint avec une brochure qu'ils compulsèrent ensemble. Il recommença, soufflant et pesant. Enfin il réussit à glisser le cric sous l'essieu de la voiture.

— Non, non, pas là! s'écria Hélène. Vous risquez de tout abîmer. Regardez ce qui est indiqué sur le dessin...

Plié en deux, Pierre avait mal aux reins. Il s'assit par terre. Le sol était humide. Il sentait le froid qui pénétrait sa chair et remontait dans son épine dorsale.

— Vous allez vous salir! gémit Hélène. Prenez cette bâche, au moins!

Il refusa, stoïque, le derrière mouillé. Dans quelle aventure s'était-il lancé inconsidérément? A cause de cette femme dont il n'avait que faire, il risquait de provoquer une dispute à la maison. Tout à coup le cric trouva son logement. En retirant l'enjoliveur, Pierre s'écorcha le pouce. Les boulons résistaient. Il les dévissa un à un, dégagea la roue morte, apporta la roue de secours, tourna la manivelle du cric pour surélever la voiture. Hélène l'encourageait à mi-voix :

— Encore un peu. Là, le plus dur est fait!

Tenant la roue devant lui tel un lourd bouclier, il s'évertuait à la présenter de manière que chaque trou tombât en face d'une tige filetée. Un flot de voitures roulaient en grondant derrière son dos. Ses épaules tressaillaient sous le souffle de cet ouragan de fer. La sueur perlait à son front. Après dix essais malheureux, il parvint à placer la roue correctement sur son axe. Hélène s'écria :

— Bravo!

Pierre avait les mains pleines de boue et de cambouis. Ses doigts tremblaient en revissant les boulons. Il achevait de fixer l'enjoliveur, quand deux motards s'arrêtèrent pour lui demander s'il n'avait besoin de rien. Il remercia rageusement. Les motards repartirent. Il était 6 h 35. Avec les encombrements, il ne serait pas rentré à la maison avant 7 heures. Et Hélène qui souriait, radieuse! Ne comprenait-elle pas qu'il était à bout de nerfs, dévoré d'inquiétude? Elle lui tendit un chiffon pour s'essuyer les mains.

— Qu'aurais-je fait sans vous? dit-elle.

Il remonta en voiture. Hélène remit le moteur en marche. Le soir tombait. Maintenant le seul espoir de Pierre était de trouver Anne en conversation animée avec Laurent. Peut-être ainsi serait-elle trop distraite pour l'interroger sur les motifs de son retard? Incontestablement ce garçon avait sur elle une influence apaisante. Depuis qu'il habitait la maison, elle rentrait plus tôt du bureau et se montrait toujours d'une humeur enjouée. Quels étaient leurs rapports à tous deux? Pierre préférait ne pas le savoir, pour préserver sa tranquillité personnelle. Quand un soupçon le prenait, il se disait qu'Anne avait trop de sagesse pour s'intéresser de près à un homme plus jeune qu'elle. Sans doute même était-elle totalement dépourvue de sensibilité. Autrement elle n'eût pas résisté au retour de Marc. Ah! qu'elle était donc, sur ce point, différente de sa mère! Emilienne avait été une grande amoureuse! En évoquant certains souvenirs, Pierre croyait de nouveau respirer la tiède odeur de sa femme. Troublé, il renversa la tête en arrière. Mais non, c'était le manteau d'Hélène, au col garni de castor, qui dégageait ce parfum. Elle conduisait, le nez tendu vers un crépuscule brumeux, ponctué de lumières blanches et rouges. Tout Paris, scintillant et sautillant, venait à sa rencontre. A chaque arrêt, Pierre s'impatientait. Les feux n'en finissaient pas de passer au vert. Hélène mettait trop de temps à redémarrer. Avait-elle choisi le meilleur itinéraire? Tout était de sa faute! Enfin, la rue de Seine. Hélène stoppa devant la maison.

— J'espère que vous n'êtes pas trop en retard! dit-elle avec un sourire furtif.

— Non, non, balbutia-t-il.

— Quelle merveilleuse journée j'ai vécue, grâce à vous!

— C'était, en effet, très agréable! Eh bien! au revoir. Je repasserai bientôt à la librairie.

— Oui, oui, venez souvent, dit-elle.

Pierre lui baisa la main. Le parfum se rapprocha de lui, chaud et discret. Il descendit maladroitement de voiture et s'engouffra sous le porche.

Anne était seule, assise dans le salon, un journal du soir ouvert devant elle.

— Laurent n'est pas avec toi? demanda-t-elle.

— Non, dit-il faiblement.

Il s'attendait à d'autres questions. Mais elle se replongea dans sa lecture. Soulagé, il se dépêcha de passer dans la salle de bains pour se laver les mains. Comme toujours il avait eu tort de craindre le pire. Quand il réintégra le salon, Anne posa son journal et tourna vers lui un visage soucieux.

— C'est drôle que Laurent ne soit pas encore là! murmura-t-elle. Il ne t'a rien dit?

— Rien de spécial, grommela-t-il en s'asseyant.

— Quand est-il sorti?

— Je ne sais pas, moi!

— Pourquoi? Tu es parti avant lui?

— Oui.

— A quelle heure?

— A 2 heures et demie, tout de suite après toi.

Elle réfléchit une seconde et demanda :

— Où es-tu allé?

Les idées de Pierre tourbillonnèrent. Au milieu de cette déroute, il songea à dire qu'il avait passé l'après-midi seul, au cinéma. Mais il ne pouvait mentir sous le regard pénétrant de sa fille. Anne était entrée dans sa tête comme dans un moulin. Vaincu, il balbutia :

— Je suis allé visiter le château de Versailles.

— Ah! C'est une bonne idée! Comment y es-tu allé?

— En voiture.

— En voiture? Avec qui?

— Avec Mme Redan.

Anne leva les sourcils :

— Qui est Mme Redan?

— La nièce de Mme Giraudet. Elle l'aide à la librairie du Colombier.

Les traits d'Anne se durcirent. Tout à coup, c'était Emilienne qu'il avait devant les yeux. Gêné, il se mit debout et fit quelques pas dans la pièce.

— La nièce de Mme Giraudet? dit Anne. Mais comment la connais-tu?

— Je l'ai vue plusieurs fois, à la librairie. C'est une femme très bien. Elle s'intéresse, comme moi, à l'histoire...

— Quel âge a-t-elle?

— La quarantaine, je suppose.

— Pourquoi ne m'as-tu jamais rien dit d'elle?

— Je n'y ai pas pensé.

— Tu savais pourtant bien que tu avais rendez-vous avec elle tout à l'heure!

— Evidemment!

— Et toi qui ne sors jamais, toi pour qui aller chercher le journal est toute une aventure, tu trouves tellement normal de passer l'après-midi avec une femme qu'il ne te vient pas à l'idée de m'en parler d'abord!

Il baissa la tête, accablé par la justesse de ces reproches.

— Tu étais seul en voiture avec elle? reprit Anne.

— Oui.

— C'est incroyable!

— Oh! Tu sais, elle est très évoluée, très libre. Elle ne doit de comptes à personne. Elle est divorcée...

— Et toi, tu es veuf! Tu l'oublies un peu vite, papa!

Stupéfait, il bredouilla :

— Tu as raison. Je n'aurais pas dû. Mais elle insistait si gentiment! Il m'était difficile de refuser...

Il tournait en rond et pétrissait ses mains l'une contre l'autre. Anne le suivait d'un regard inquisitorial. Soudain elle dit :

— Qu'as-tu fait à ton pantalon? Tu as vu, derrière? Il est plein de boue!

Pierre passa la main sous ses fesses.

— On a crevé, dit-il piteusement. Il a fallu que je

m'asseye par terre pour fixer la roue de secours. Je vais me changer...

Il battit en retraite, heureux de cette diversion. Ayant changé de pantalon et enfilé sa robe de chambre à dessin cachemire, il se sentit un autre homme. En revenant, il trouva sa fille qui disposait un plat de viande froide, un saladier et une bouteille de vin sur la table. Elle s'assit.

— On n'attend pas Laurent? dit-il.

— Ah! non alors, dit-elle avec un éclair dans les yeux.

— Ce n'est pas très gentil...

— Toi et ta gentillesse!... Il est déjà 8 h 40! Est-ce qu'il rentrera seulement pour dormir?

Pierre s'assit à son tour. Perdue dans ses pensées, Anne mangeait silencieusement. Il n'avait garde de la distraire. En vérité, il ne pouvait croire qu'elle eût raison quand elle condamnait si sévèrement son escapade. Jamais il ne s'était écarté d'une parfaite correction avec Hélène. Pourtant, lorsqu'il se rappelait certains moments de leur visite à Versailles, il devait convenir que cette femme lui manifestait beaucoup d'intérêt. Vingt fois, cent fois, elle lui avait donné à comprendre par un mot, par un regard, qu'elle trouvait du plaisir à sa compagnie. Lui aurait-elle fait autant de charme s'il n'avait été un homme libre? Non, sans doute. Maintenant qu'il était veuf, les femmes le voyaient avec d'autres yeux. Toutes avaient envie de le capturer. Une gaieté juvénile lui vint à cette idée. Entouré de chasseresses, il se moquait de leurs entreprises. Quelle que fût leur pression, il saurait préserver sa solitude. « D'ailleurs, si je devais renoncer à mon indépendance, ce ne serait pas Hélène que je choisirais », décida-t-il. Oui, dans sa position, il pouvait trouver mieux. Il rêva à des coups de téléphone tendres, à des envois de fleurs... Yvonne Clardieu, par exemple, était infiniment plus séduisante qu'Hélène, bien que plus âgée. La dernière fois qu'il était allé jouer au bridge chez elle, elle lui avait dit : « Vous avez minci! Cela vous va tellement bien! » Elle avait un grain de beauté sur la joue gauche. Non, droite. Il y pensa intensément. L'abstinence lui pesait. Il y avait si longtemps qu'Emilienne et lui... Ses yeux s'emplirent de larmes. C'était Emilienne qu'il aimait, elle seule... Il renifla. Anne ne s'était aperçue de rien. Le dîner fini, elle desservit la table. Puis elle prit sa tapisserie et s'assit dans son fauteuil habituel. Pierre alluma le poste de télévision. Un gouffre le séparait de sa fille. Il la voyait de tout près et cependant elle courait à mille lieues de lui. Après quelle chimère?

A 10 heures et demie enfin, Laurent parut, l'air désinvolte, lança un « bonsoir » retentissant par la porte du salon et se dirigea vers la cuisine.

Anne le rejoignit alors qu'il se versait un verre d'eau, au robinet de l'évier.

— J'ai une de ces soifs! dit-il.

— Tu as dîné? demanda Anne.

Elle s'efforçait au calme, mais ses nerfs tremblaient sous sa peau.

— Non, dit-il.

— Je t'ai laissé un peu de viandre froide.

— Je n'ai pas faim.

— Tu ne vas pas manger, ce soir?

— Non!

Il vida son verre, en remplit un autre et le but aussitôt après, d'une seule lampée.

— Qu'as-tu fait, cet après-midi? reprit Anne.

— Je suis allé voir les copains, à Saint-Ouen. Fabrice est vraiment un chic type!

— C'est le petit moustachu?

— Oui.

— Comment va-t-il?

— Très bien. Regarde...

Il tira de sa poche trois billets de dix francs chiffonnés et les jeta sur la table.

— Qu'est-ce que c'est? dit Anne.

— J'ai gagné ça en donnant un coup de main à Fabrice. Il est livreur chez Olivia Simon. C'est une maison de couture. On m'a prêté un cyclomoteur. J'ai fait des courses dans Paris : c'était marrant!

Il ramassa l'argent et conclut :

— Demain, je t'invite au restaurant!

Son regard dominait le monde. Il avait fait un héritage. Elle s'émut de cette candeur généreuse.

— C'est tuant de rouler dans les rues pendant des heures! dit-il encore.

Mais il n'y avait pas trace de fatigue sur son visage. Quelques jours de convalescence à la maison avaient suffi à le requinquer. Elle se demanda si elle ne le préférait pas débilité, désarmé et exsangue. Il avala encore un verre d'eau.

— C'est fou ce que tu peux boire! dit-elle, légèrement agacée.

— C'est parce que j'ai mangé des crevettes avec les copains. La prochaine fois, tu viendras avec moi à Saint-Ouen. Tu verras, c'est très chouette! Et toi, qu'est-ce que tu as fait, au bureau?

— Rien d'extraordinaire...

Il lui posa un baiser sur le bout du nez, rentra dans le salon pour souhaiter une bonne nuit à Pierre et disparut au fond du couloir.

Restée seule, Anne éprouva le besoin physique, irraisonné, de ranger les placards de la cuisine.

— Tu devrais laisser ça à Louise, dit Pierre en se montrant sur le seuil.

— Non, elle n'a jamais su...

— Tu ne viens pas voir la télé? Il va y avoir un concert.

— Merci. Je préfère lire dans ma chambre.

Il retourna à son poste. Ayant fini ses rangements, Anne alla l'embrasser. Il paraissait hypnotisé par le petit écran. « Ce qui arrive à papa est insensé, songea Anne. Voici quatre mois à peine que maman est morte; il était prêt à se suicider de désespoir, à se jeter dans la fosse; et aujourd'hui, il se promène avec une inconnue, à Versailles. A soixante ans! Après avoir été fidèle toute sa vie! N'y a-t-il donc aucun sentiment qui survive à la destruction de la chair? » Pierre tourna la tête vers elle et lui rendit son baiser. Quelle douceur dans le regard de son père! On eût dit qu'il la remerciait pour quelque chose. Et elle était si dure avec lui!

Elle s'enferma dans la salle de bains pour faire sa toilette. Les chaussettes et le slip de Laurent séchaient sur le bord de la baignoire. Chaque soir, il les lavait avant de se mettre au lit. Elle se contempla dans la glace, au-dessus du lavabo. Des yeux de folle. « C'est moi, ça? » Elle se détesta. La musique du poste de télévision emplissait la maison. « Un de ces quatre matins, les voisins se plaindront! » pensa-t-elle. Et elle cria :

— Papa, baisse le son!

Il obéit. Elle entra dans sa chambre et alluma la lampe. Laurent était couché dans le lit. Elle eut conscience d'être nue sous sa chemise de nuit transparente. Un frisson la parcourut. Laurent la regardait commodément, le buste soulevé sur un coude.

16

Anne ouvrit les yeux. La lampe de chevet était allumée. Les aiguilles de la pendulette indiquaient 2 h 10 du matin. Encore mal éveillée, elle se demanda combien de temps avait duré son sommeil. Une fois de plus, Laurent n'avait pas dîné à la maison. N'était-il pas revenu pendant qu'elle dormait? Vite, elle sauta à bas du lit et se glissa dans le couloir. La petite chambre, au fond de l'appartement, était vide. Anne resta un instant hébétée devant cette absence. Puis soudain elle retourna dans sa chambre, enfila un pantalon, un pull-over et sortit par la porte de service. Il fallait absolument qu'elle montât au sixième étage. Pourquoi? Elle n'aurait su le dire. Ses jambes la portaient sans que sa tête participât au mouvement.

Une ampoule blafarde éclairait le long corridor. La porte marquée du numéro 11 était entrebâillée. Anne poussa le battant. Les filaments du radiateur parabolique rougeoyaient dans un coin. Une aurore artificielle colorait les murs. Le lit était occupé : Laurent! Sous le choc de la surprise, Anne se taisait. Tout à coup il se dressa à demi, un sourire joyeux aux lèvres. Elle le considérait avec un mélange de révolte et de bonheur.

— Je savais que tu monterais, dit-il. Tu vois, j'ai réparé le parabolique.

— Nous n'étions pas bien, en bas? demanda-t-elle.

— Non.

— C'est tout de même plus confortable qu'ici!

— Tu m'agaces avec ton confort! Je suis guéri. Je n'ai plus rien à faire dans ton appartement. D'ailleurs, dans ton appartement, tu n'es pas l'Anne que j'aime, mon Anne à moi, tu es celle de tout le monde. Une petite bonne femme coincée entre le réfrigérateur et la télévision. Pour que je te retrouve, il faut que tu viennes jusqu'à moi, que tu montes les étages...

Il se leva, s'avança dans la pénombre, les bras ouverts et s'arrêta devant Anne sans la toucher. Le faible espace qui les séparait était chargé d'un flux magnétique. Lentement, elle se laissa glisser devant ce corps nu, jusqu'à terre. Les deux mains appuyées sur la tête d'Anne, il lui caressait les cheveux.

Pelotonnée dans les bras de Laurent, Anne écoutait cette respiration lente et forte, pareille à la pulsation égale de la mer. Comme il ne parlait pas, elle pouvait supposer qu'il dormait. Mais, de temps à autre, une pression de main, un mouvement de hanche lui révélaient que, comme elle, il réfléchissait, l'esprit errant, les muscles en éveil. Le radiateur parabolique flamboyait. Il faisait presque trop chaud. Anne se dit que, tout compte fait, elle aussi préférait cette chambre pour leurs rencontres. Ici, Laurent, pensait-elle, avait un goût plus sauvage. Elle le retrouverait donc nuit après nuit, dans sa tanière. Elle lui céderait sur ce point. Sans calcul. Avec volupté. Avec gratitude. Eprouvait-elle, à sa manière, le besoin de la soumission? Peut-être! Elle n'était pas un bloc. Elle avait ses faiblesses, ses contradictions. Laurent l'avait envahie. Tout ce qui se passait loin de lui, dans l'appartement, dans le bureau, était ennuyeux et absurde. Que de temps perdu! Les horaires, les salaires, les besognes quotidiennes, les comptes rendus, les repas... Faire sauter la planète. Une explosion formidable. Et, la poussière retombée, un monde neuf surgirait au soleil, sans maisons, sans journaux, sans usines, sans vêtements, où des hommes et des femmes nus ne songeraient qu'à l'amour. Elle souleva péniblement les paupières pour refouler le rêve qui la submergeait. Le ciel pâlissait derrière la vitre de la lucarne. Il était temps de partir. Elle bougea. Laurent resserra son étreinte.

— Ne t'en va pas, dit-il.

— Il le faut.

— Pourquoi?

— Tu le sais bien.

— Oui, grommela-t-il, Louise sera là d'une minute à l'autre, ton père va se lever, tu risques d'arriver en retard au bureau, tu as des rendez-vous très importants, ce matin... Et moi, j'accepte tout! J'attends! Comme un idiot! J'attends que mon tour vienne! Tous ces gens, ton métier que tu aimes!... C'est affreux, Anne!... Je voudrais que nous marchions toute la journée, la main dans la main, au hasard des rues, que nous ne cessions de nous regarder, de nous respirer qu'au moment de dormir...

— Comme tu es excessif! dit-elle en lui touchant le front d'un baiser.

Il se souleva pour la placer sous lui.

— Laurent, non, dit-elle. Je dois partir.

Elle resta.

Quand elle redescendit, Louise s'affairait dans la cuisine. Anne referma la porte de service derrière elle, soutint le regard étonné de la femme de ménage et rejoignit son père dans la salle à manger. Il lisait le journal en l'attendant. Assis face à face, ils prirent leur petit déjeuner comme de coutume. S'était-il aperçu de l'absence de sa fille?

— Tu pourrais au moins prendre tes repas avec nous! dit Anne.

Laurent secoua la tête :

— Non, puisque j'arrive à me débrouiller autrement.

Il y eut un silence. Rentrée du bureau à 7 heures, Anne était montée tout droit le voir dans sa chambre. Mais elle n'osait encore aborder franchement l'objet de sa visite. Son cœur battait à coups sourds dans sa poitrine. Comme si elle n'eût pas fini de grimper l'escalier.

— Tu ne peux pas te débrouiller! murmura-t-elle. Tu n'as pas d'argent!

— Demain, je vais faire de nouveau des livraisons, avec Fabrice.

Elle prit sa respiration et lança :

— Justement, à ce sujet, j'ai parlé de toi à mon patron. Il serait prêt à te prendre comme manutentionnaire. J'ai donc contacté le chef du service d'expédition, M. Lassot. Il te recevra jeudi prochain, à 15 heures. Tu verras, c'est un homme charmant...

A mesure qu'elle parlait, elle comprenait davantage la fragilité de son espoir. Ce qui, loin de Laurent, paraissait possible, souhaitable, se transformait soudain, devant lui, en une monumentale absurdité. Et pourtant elle ne pouvait renoncer à le tirer du bourbier où il s'enlisait.

Laurent se leva de sa chaise, fit couler le robinet du lavabo, but deux verres d'eau coup sur coup, s'essuya la bouche avec le revers de la main et dit :

— C'est une plaisanterie, non?

— Non, Laurent.

Il la montra de l'index, puis retourna le doigt vers lui-même et prononça avec une sorte de lenteur incrédule :

— Alors, comme ça, toi, Anne, tu as pris rendez-vous pour moi!

— Oui.

— Si j'ai bien saisi, il faudra que je sois là-bas tous les jours de 8 heures à midi et de 2 heures à 6 heures?

— Oui.

— Tout ce travail pour gagner combien?

— Un peu plus de mille francs par mois, pour commencer.

— C'est insensé! Et toi qui m'aimes, Anne, tu voudrais que je mène cette vie-là?

Sa voix avait pris une douceur insinuante. Anne se troubla.

— Mais enfin, Laurent, dit-elle, tu acceptes bien de faire le livreur!

— Tu n'as rien compris! gronda-t-il, les traits soudain contractés. Il y a un rouage bloqué dans ta cervelle!

— C'est dans la tienne qu'il y a un rouage bloqué! s'écria-t-elle. Tu ne peux pas continuer à vivre sans travailler! Et puis, cette place aux éditions Gastel, ce ne serait qu'un début. Toi qui as fait un an d'Arts déco, tu pourrais te perfectionner, suivre des cours du soir, devenir maquettiste, toi aussi... ou autre chose... Il y a bien un métier que tu aimerais!

— Un métier qu'on aime, ça n'existe pas!

— Mais, Laurent, c'est faux ce que tu dis là! Moi, j'adore mon métier!

Il ricana :

— Allons donc! Tu es prise dans un engrenage, voilà tout! Quand je te vois courir à ton boulot, tu me fais pitié!

— Et toi, tu me fais pitié quand je te vois tourner en rond, les mains dans les poches, entre les quatre murs de ta chambre!

Elle se dirigea vers la porte. Il l'arrêta :

— Où vas-tu, Anne?

— Chez moi.

— Reste, je t'en prie!

— Il est 7 heures et demie. Comme tu le dis si bien, je suis prise dans un engrenage : je dois descendre dîner avec mon père. Si tu veux, je t'invite.

— Non, dit-il. Mais je t'attends cette nuit, n'est-ce pas?

— Je ne viendrai pas.

— Tu es fâchée?

Il voulut l'embrasser. Elle se dégagea et sortit dans un mouvement rapide.

La descente de l'escalier lui parut interminable. De marche en marche, la voix de Laurent la poursuivait comme un écho qui n'en finit pas de mourir. Elle continuait à discuter avec lui, la tête en désordre.

Dans la cuisine, elle ouvrit le réfrigérateur et se versa nerveusement un verre de vin blanc. Devant elle, sur la table, le triste dîner préparé par Louise. Elle tourna la salade, d'un geste machinal. Le téléphone sonna. Elle entendit son père qui décrochait :

— Allô! Oui, c'est moi... Ah! bonjour... Comment allez-vous?... Non, ce n'est pas possible... Je regrette... Je... je suis souffrant... Rien de grave... Un malaise... Je vous assure... Il ne faut pas...

Anne vida son verre, hésita, s'en versa un deuxième et rejoignit son père dans le salon. Il venait de reposer le récepteur et tournait vers elle une figure ahurie.

— Qui était-ce? demanda-t-elle.

— Mme Redan.

— Qui?

— Mme Redan, la libraire...

— Pourquoi lui as-tu dit que tu étais souffrant?

— Elle voulait m'apporter quelques livres que Mme Giraudet a trouvés pour moi.

— Et alors?

— J'ai préféré ne pas la recevoir, après ce que tu m'as dit!

— Mais, papa, c'est ridicule! Une chose est d'ouvrir la porte à une libraire qui t'apporte des livres à domicile, autre chose est d'aller te promener à Versailles avec elle!

— C'est vrai! D'ailleurs, elle va peut-être venir. Elle m'a dit qu'elle ferait un saut sans me déranger...

— Bon! alors elle vient ou elle ne vient pas?

Il ouvrit les bras dans un geste de fatalité :

— Je ne sais pas, Anne. Elle a raccroché si vite!...

Anne s'assit dans un fauteuil et ramassa le journal qui traînait par terre. Elle repensait à sa dispute avec Laurent. Un échange de balles sans résultat. Son père allait et venait, autour d'elle, désœuvré, fautif, inquiet.

— Je pense qu'il vaut mieux attendre encore un peu avant de passer à table! dit-il.

— Pourquoi?

— Si jamais elle venait...

On sonna à la porte. Il se précipita. Elle entendit des chuchotements dans l'entrée et sortit à son tour du salon. Son père, debout devant une petite femme au visage pâle, fin, défraîchi et à la chevelure mal décolorée.

— Ma fille, balbutia-t-il, Mme Hélène Redan.

La nouvelle venue s'excusa de se présenter à une heure si tardive :

— Mais je viens juste de quitter le magasin. Et, comme j'avais ces livres pour M. Prédaille... J'espère que cette indisposition ne sera rien...

— Non, non, rassurez-vous! dit Anne.

Pierre était cramoisi, avec un léger flottement dans les prunelles. Il souriait mécaniquement. Quand Mme Redan se fut retirée, il marmonna :

— Je suis désolé! C'est bête!...

— Pourquoi? dit Anne. Elle a l'air très bien, cette femme.

Et le visage de Pierre s'épanouit. Comme si, en prononçant cette phrase banale, Anne eût levé une interdiction.

— Tu trouves vraiment? dit-il.

Elle le regarda droit dans les yeux, sans répondre. Il n'insista pas. A table, il se montra plus loquace que d'habitude. Son acquisition l'enchantait : trois charmants petits volumes sur les modes du Second Empire.

17

Dagobert, Charlemagne, Saint Louis... Anne feuilletait lentement la maquette du livre : une Histoire de France à l'usage des enfants. L'emplacement de la dimension des illustrations était savamment calculé par rapport à la masse du texte. Carolus et Bruno avaient fait du bon travail. Pourtant Anne ne les avait guère aidés, ces derniers temps. Depuis trois jours qu'elle n'avait revu Laurent, elle se déplaçait dans une sorte de brouillard où les voix mêmes lui parvenaient déformées. Penchés sur son épaule, au-dessus de la table, les deux garçons commentaient leur projet avec passion.

— Les gosses aiment les précisions, disait Bruno, alors on a pensé qu'en isolant et en grossissant certains détails des documents... Par exemple, là, pour l'entrevue du Camp du Drap d'or...

Elle approuvait, elle entendait à peine. Le chapitre de la Saint-Barthélemy lui parut mal rythmé. Carolus proposa de changer l'ordre des illustrations. Anne jeta quelques traits de crayon sur une feuille de papier.

— Mettez donc là le portrait de Charles IX par Clouet, dit-elle. En face, celui de Coligny par le même. Cela fera un choc visuel.

Elle s'interrompit au bruit de la porte refermée. Laurent était devant elle. Dominant sa surprise, elle dit d'un ton naturel :

— Ah! Laurent, comment vas-tu?

— Très bien, dit-il. Et toi?

Elle inclina la tête, gorge serrée. Il regardait avec insistance Carolus et Bruno. Anne les présenta. Ils se saluèrent mollement. Elle ne savait plus que dire. Flanquée de ses deux collaborateurs, elle faisait face à Laurent, qui, planté sur ses jambes, les bras pendants, l'air misérable, se taisait, lui aussi. Enfin il grommela :

— Bon, à propos, je commence lundi prochain.

— Quoi? dit-elle.

— Mon boulot ici. J'ai vu le chef du service d'expédition, tout à l'heure.

— Mais, Laurent, j'avais décommandé ton rendez-vous!

— Il m'a reçu quand même.

Elle ressentit une telle joie, que son cœur lui fit mal.

— Ah! c'est une bonne nouvelle, murmura-t-elle au bout d'un moment. Tu es content, j'espère?

— Très content! dit-il avec un sourire amer. Qu'est-ce que vous faites de beau?

Elle lui montra la maquette du livre :

— Regarde! C'est Carolus et Bruno qui ont travaillé sur ce projet.

Il contourna la table, se pencha sur la maquette et hocha le menton en signe d'intérêt. Soudain il demanda :

— Tu es libre, ce soir?

— Non, dit-elle. Marc vient dîner à la maison. Il a téléphoné tout à l'heure. Veux-tu te joindre à nous?

Anne avait lancé cette phrase avec préméditation. En acceptant de travailler chez Gastel, Laurent venait de lui prouver qu'il entrait, de son plein gré, dans une voie logique. Il fallait profiter de ces bonnes dispositions pour l'inciter à devenir tout à fait normal dans ses rapports avec les êtres. Elle l'apprivoiserait. Elle lui limerait les ongles.

— Tu tiens vraiment à ce que je vienne? dit-il.

— Ça me ferait plaisir, Laurent. Et à Marc aussi. Depuis le temps que nous parlons de toi! Quant à papa, tu le sais, il serait ravi!

Elle marchait sur l'arête d'un toit, entre deux gouffres.

— Pourquoi pas? dit Laurent. Tu sors bientôt?

— Dans cinq minutes. Tu m'attends?

Il s'assit dans un coin du bureau. Anne retourna avec Carolus et Bruno à l'examen de la maquette. Elle se disait qu'en la voyant à l'ouvrage Laurent comprendrait mieux en quoi consistait un véritable travail de collaboration.

Ils sortirent tous ensemble, à 6 heures. Carolus et Bruno prirent congé sur le trottoir.

— Tu viens faire des courses avec moi? demanda Anne à Laurent. Je n'ai rien pour le dîner.

Elle l'entraîna dans un supermarché. Il prit un panier en plastique jaune sur une pile.

Elle le regardait, à la dérobée, naviguant avec sa corbeille, parmi toutes ces bonnes femmes à la démarche de canard et à l'œil fureteur. Avait-elle eu raison de l'inviter à dîner? Elle se plaça dans la file, devant le rayon de la charcuterie. En vérité, elle aurait pu se passer de panier pour ce qu'elle allait acheter. Laurent, devant elle, attendait son tour, d'un air vague et docile. Elle fut émue de le voir dans le rang. Un homme comme tant d'autres. Un employé des éditions Gastel. Manifestement il était prêt à accepter tout ce qu'il rejetait naguère. L'aimait-il donc plus qu'il n'aimait ses idées? Cette supposition la transporta, au point qu'elle ne sut que répondre au charcutier qui l'interrogeait. Prise au dépourvu, elle acheta huit tranches de rosbif. Et avec ça, que servirait-elle? Du riz, une salade?... Peu importe! Marc en ferait une tête, quand il se trouverait nez à nez avec Laurent! Curieuse soirée en perspective! Mais non, tout se passerait très bien. Elle chercha le regard de Laurent : il suivait avec intérêt les gestes du charcutier coupant le rosbif. Elle acheta encore une bouteille de Fleurie à l'intention de Marc. Puis ils passèrent chez le boulanger. Laurent portait les paquets. Tout était en ordre.

— Ça me fait drôle de penser que tu vas travailler dans la même maison que moi! dit-elle. Je pourrai t'imaginer à chaque instant. Je me sentirai près de toi sans te voir...

Il se pencha vers elle et lui piqua un baiser sur la joue. Mais il n'accompagna ce geste d'aucun commentaire. Avait-il peur de déchoir en se reconnaissant heureux d'avoir cédé? Arrivé devant le porche de la maison, il tendit les paquets à Anne.

— Tu ne montes pas avec moi? dit-elle.

— Non.

— Alors, à 8 heures, Laurent.

— Ecoute, Anne, marmonna-t-il, je n'irai pas.

— Tu te moques de moi? s'écria-t-elle.

— Je n'ai pas du tout envie de rencontrer ce Marc! Toi, tu ne peux pas te passer de lui. Moi, c'est différent. Je l'ai assez vu.

Elle s'emporta, la tête haute, ses paquets sur les bras, au milieu des passants :

— En voilà assez avec Marc! Tu es trop stupide! Viens! Tu vas m'aider à préparer le dîner!

Elle crut qu'il allait répliquer, mais il se contenta de sourire.

— Si je viens, tu monteras dans ma chambre, après? dit-il.

— Tu le sais bien, Laurent, répondit-elle tendrement.

Il lui reprit les paquets des mains.

En ouvrant la porte, elle tomba dans un appartement vide : Louise était déjà partie, Pierre avait dû sortir pour acheter son journal. Laurent posa les paquets. Comme poussée dans le dos par une vague, Anne se précipita dans ses bras. Il lui dévora la bouche avec une impatience réfléchie, une douceur insensée.

— Quand je pense que cela fait trois jours, Anne,

que tu n'es pas venue me voir! dit-il enfin. Comment as-tu pu...?

— Je ne sais pas, murmura-t-elle. J'étais si contrariée, Laurent! C'est absurde!

— Viens! Montons tout de suite! J'ai tellement envie de toi!

Il la pressait contre lui, comme pour s'imprimer en elle à jamais, des cuisses au menton.

— Ce n'est pas possible! dit-elle dans un souffle. Il est déjà 7 h 20!

Il continuait à l'embrasser. Elle perdait le sens de l'équilibre dans ce tournoiement. Des lèvres chaudes couraient de sa bouche à son cou, à ses oreilles, à sa nuque et revenaient à sa bouche. La porte claqua. Ils se séparèrent. Pierre surgit, tenant son journal à la main :

— Tiens, Laurent! Quelle joie de vous voir! Vous restez dîner avec nous?

— Oui.

— Papa, j'ai reçu un coup de téléphone de Marc, dit Anne. Il viendra aussi.

— Très bien! Très bien! dit Pierre. Et si on prenait un petit vin blanc, en attendant?

Il sortit la bouteille du réfrigérateur et emplit trois verres.

Anne haussa les épaules :

— Voyons, papa, Laurent ne prend pas de vin!

— C'est vrai! Qu'est-ce que je vous donne, alors?

— J'ai tout ce qu'il me faut, dit Laurent.

Il tourna le robinet et leva un verre plein d'eau pour le boire à la santé de Pierre et d'Anne.

— Pour commencer, vous aurez une salade de tomates avec des œufs durs, dit Anne. Tu sauras couper les tomates en tranches, Laurent?

— J'essaierai.

Elle le regarda faire, attendrie de son application. Pierre humait son vin blanc.

— Tu sais, papa, reprit-elle, il va entrer aux éditions Gastel.

— Comme manutentionnaire, précisa Laurent.
— Bravo! s'écria Pierre. Vous voilà le pied à l'étrier!
Cette exclamation amena sur le visage de Laurent un sourire en coin. Anne considéra son père avec irritation. Elle le supportait mal en présence d'un tiers. Une fois sur deux, ce qu'il disait était déplacé ou ridicule. Comment Emilienne avait-elle pu être amoureuse de lui? Peut-être, plus jeune, était-il charmant? Il y avait, dans l'appariement des couples, un mystère, une grâce, que nul ne pouvait sonder de l'extérieur. Ainsi entre Laurent et elle... La sonnette retentit. Anne courut à la porte d'entrée.
— Bonsoir, Anne, dit Marc. Tu es très en beauté!
Il se tenait devant elle, grand, rose, frais, solide et blond. Elle se raidit un peu sous le baiser qui lui effleurait la joue et l'embrassa à son tour, légèrement.
— Marc, chuchota-t-elle, Laurent dînera avec nous. Ça ne t'ennuie pas?
— Nullement, dit-il, pourquoi?
Cependant sa figure prit une expression compassée. Tout à coup Anne n'avait plus sous les yeux un ami, mais un invité. Elle le conduisit dans la cuisine :
— Je n'ai pas fini de préparer le dîner...
Pierre laissa éclater une allégresse de commande devant son ancien gendre. Laurent, lui, affichait un air attentif et distant.
— Bonjour, Laurent, dit Marc.
— Bonjour, dit Laurent.
— Tiens, prends ça! dit Pierre, en se tournant vers Marc.
Et il lui tendit le verre de vin blanc qu'il avait rempli par mégarde à l'intention de Laurent. Anne épluchait les œufs durs. Les hommes faisaient cercle autour d'elle. Laurent était le plus petit des trois. Elle ne l'aurait pas cru. Quand la salade fut prête, on se dirigea en procession vers la salle à manger. Chacun portait quelque chose : un plat, une bouteille...
A table, Marc parla de son récent voyage au Japon.

Sa maison l'envoyait de plus en plus souvent à l'étranger pour traiter des contrats d'importance internationale. Il en était, disait-il, à la fois ravi, car les responsabilités qui lui incombaient maintenant le destinaient à devenir, un jour ou l'autre, directeur commercial de la firme, et fatigué, car ces déplacements continuels l'empêchaient de former des projets deux semaines à l'avance. Comme d'habitude, il s'étendait volontiers sur lui-même, mais sans la moindre suffisance. Et, comme d'habitude, Pierre buvait ses paroles et se réjouissait de ses succès.

— Le Japon, voilà un pays que j'aurais aimé connaître! dit-il.

Marc l'assura qu'il eût été déçu, là-bas, par la disparition d'un certain pittoresque traditionnel, mais émerveillé, sans doute, par la préfiguration de la civilisation ultra-mécanique qui nous attendait tous, demain. Il évoqua les usines géantes, les villes inhumaines, l'astuce diabolique des techniciens, le grouillement prolifique d'une population laborieuse, frugale et disciplinée. Laurent aurait pu être captivé par ce tableau. Mais il paraissait plein de mépris pour les performances de cet homme qui avait parcouru le monde et savait en parler. Anne lui décocha, par-dessus la table, un regard d'amoureuse complicité. Marc surprit ce trait de lumière et sourit mélancoliquement au milieu de son discours. Laurent demeura de bois. Le front bas, le cou large, il ressemblait, pensait-elle, à un jeune taureau devant une palissade. N'était-ce pas déjà une victoire de la raison qu'il fût assis dans cette salle à manger, en face de Marc? Il mangeait à peine et buvait verre d'eau sur verre d'eau.

Elle servit le café dans le salon. Laurent refusa la tasse qu'elle lui tendait et annonça qu'il devait partir :

— J'ai rendez-vous avec des amis!

Il prit congé de Pierre et de Marc avec raideur. Anne le raccompagna jusqu'à la porte de service.

— Tu es bien pressé! dit-elle.

— Mais non... Pourquoi? grommela-t-il. J'ai dîné avec Marc. Ça ne te suffit pas? Tu voudrais en plus que je prenne le café avec lui?

Elle ne releva pas l'aigreur de ce propos :

— Alors, à tout à l'heure, Laurent!

— Si tu veux, dit-il, l'œil sombre.

Il sortit et rabattit la porte sur lui, violemment. Anne tressaillit, secouée jusqu'aux racines. Elle regardait, avec hébétude, ce vantail de bois, peint en gris clair, et sentait, derrière le panneau, la présence de Laurent, encore aux aguets, haletant, hésitant. Au bout d'un moment, elle entendit son pas qui gravissait les marches. Elle retourna au salon, où son père et Marc conversaient avec chaleur. Subitement cette soirée lui sembla fastidieuse. Malgré toute son amitié pour Marc, elle se demandait ce qu'il faisait là.

— Et quels sont les prochains voyages en perspective? demanda-t-elle distraitement.

— Rien dans l'immédiat, dit Marc. Mais il est probable que, dans un mois, je repartirai pour Tokyo.

— Encore!

— Je ne le regrette pas... J'ai l'impression que j'ai encore beaucoup à découvrir dans ce pays...

Elle feignit d'écouter avec attention, elle répondait du bout des lèvres, elle proposait une deuxième tasse de café à Marc, elle souriait à son père, elle se levait, elle se rasseyait, elle tremblait de hâte, et les deux hommes parlaient, parlaient toujours...

18

La pluie ruisselait sur les glaces de la devanture. De la rue de Seine embouteillée, montait un grondement de moteurs impatients. Des silhouettes de passants bossus glissaient d'un bord à l'autre de la vitre. Personne ne regardait l'étalage. Depuis que Pierre était là, pas un client ne s'était présenté. Hélène avait disparu dans l'arrière-boutique pour préparer du thé sur un réchaud. Mme Giraudet était toujours souffrante, c'était elle seule qui, depuis plus d'un mois, s'occupait du magasin. Pierre avait pris l'habitude de passer la voir, de temps en temps, l'après-midi. Evidemment il n'en disait rien à Anne. Et pourtant elle eût compris, sans doute, le plaisir qu'il goûtait à ces longs conciliabules, dans la librairie du Colombier. N'avait-elle pas dit, l'autre soir, parlant de Mme Redan : « Elle a l'air très bien, cette femme »? Cette petite phrase le confirmait dans son sentiment. Il avait une telle confiance en l'opinion de sa fille!... Le jour baissait. Il pouvait à peine déchiffrer le texte du livre dont il tournait les pages.

— Vous n'y voyez rien! dit Hélène en rentrant dans la boutique.

Elle allongea la main vers le commutateur. Toutes les lampes s'allumèrent à la fois. Deux tasses et une théière sur un plateau. Des gâteaux secs dans une boîte en fer. Hélène invita Pierre à s'asseoir avec elle, derrière le comptoir. Il but une gorgée de thé et le déclara excellent.

— Pierre, quand venez-vous dîner à la maison? demanda-t-elle soudain.

Ce n'était pas la première fois qu'elle lui posait la question. Jusque-là il l'avait lâchement éludée. Il ne pouvait continuer à se dérober ainsi.

— Ce n'est pas facile, Hélène, dit-il. A cause de ma fille...

— Je suis sûre qu'elle comprendrait très bien!

— Je n'en suis pas aussi sûr que vous. Elle a eu tellement de chagrin à la mort de sa mère! Elle ne supporterait pas l'idée que je me détache tant soit peu du souvenir de ce qui a été un grand bonheur! J'ai beaucoup de mal avec elle, vous savez... Son intransigeance, son exigence... Maintenant les habitudes sont prises... Par ma faute, je le reconnais.

— Vous n'allez pas me dire qu'elle vous terrorise!

— Non. Mais je n'aimerais pas lui faire de peine. C'est... c'est trop tôt dans notre deuil.

Il but encore une grande gorgée de thé, se brûla la langue, croqua un biscuit sec et ajouta :

— Si je dis à ma fille que je sors avec une femme...

Devant lui, Hélène souriait, ironique.

— Vous ne sortez pas avec une femme, dit-elle, mais avec une amie.

— Raison de plus! Elle m'en voudra d'avoir de... de l'affection pour vous... Elle se figurera...

Hélène l'interrompit :

— C'est curieux, ce que vous me dites là. Moi, elle m'a donné l'impression d'être très équilibrée!

— Elle l'est, d'une certaine façon. Cependant tout un côté de la vie lui échappe. Elle est d'un tempérament froid, renfermé, autoritaire. Elle n'a pas l'esprit moderne...

— Pourquoi ne s'est-elle pas mariée?

— Mais elle a été mariée! Puis elle a divorcé. Je n'ai jamais compris pourquoi. Mon gendre était un garçon charmant. Intelligent, sympathique, avec une bonne situation. D'ailleurs nous sommes restés en excellents termes. Je vous assure, elle est très bizarre...

— Et vous, cher Pierre, vous êtes très vulnérable! dit Hélène.

Machinalement il lui tendit sa tasse vide. Elle inclina la théière. L'infusion coula, sombre et parfumée. C'était tout ce qu'il voulait recevoir d'elle. Dans ce magasin bardé de livres, il savourait le double plaisir d'avoir rencontré une âme sœur et de ne causer de tort à personne en passant une heure ou deux clandestinement avec elle. Cependant, derrière la glace de la devanture, la circulation devenait plus intense, le nombre des piétons augmentait : la sortie des bureaux! Pierre songea avec plus d'insistance à la nécessité de rentrer chez lui. Mais cette obligation ne lui était pas désagréable. Il était à la fois malheureux d'avoir à rompre un si doux entretien et heureux d'échapper au danger d'un charme. Tout refuge, pensait-il, finit par se transformer en piège.

Il prit son parapluie et emporta, dans l'obscurité mouillée et froide, le souvenir d'Hélène debout, souriante, à la porte du magasin.

A la maison, Louise s'apprêtait à partir. Sans attendre Anne, Pierre se versa un verre de vin blanc. Il en boirait un autre avec elle, tout à l'heure. Le téléphone sonna :

— Allô, papa! Tu m'excuseras, mais je ne rentrerai pas dîner à la maison. Je sors avec des amis. Louise a tout préparé, je suppose...

— Oui, oui, ne t'inquiète pas, dit-il. Amuse-toi bien.

Il raccrocha, désabusé. Certes, il n'attendait rien de cette soirée avec sa fille. Une pâle conversation, interrompue par de longs silences, la répétition des gestes quotidiens... Mais, en le privant soudain de sa présence, Anne le rejetait dans un vide sidéral où son esprit tournoyait. Il passa dans la cuisine, considéra le saladier avec ses feuilles vertes, la bouteille de vin entamée, le pain coupé en morceaux, et cette nature morte lui parut tragique dans sa banalité. Il n'avait plus faim. La télévision ne l'attirait pas. Ses jambes le portaient d'une pièce à l'autre, dans une déambulation paresseuse et irrésignée. Il n'était pas fait pour vivre seul. Quels étaient ces amis avec qui Anne dînait, ce soir? Etait-elle sortie avec Laurent? Sans doute ce garçon ne lui était-il pas indifférent. Mais de là à imaginer... En tout cas il faisait pauvre figure auprès de Marc! Anne, qui avait le jugement sain, devait bien s'en rendre compte. Il se versa un deuxième verre de vin blanc, décrocha le téléphone et composa le numéro d'Hélène. Le besoin d'entendre une voix amicale. Mais elle ne devait pas être de retour chez elle. Si!

— C'est encore moi! dit-il. Que faites-vous, ce soir, Hélène?

— Rien de précis.

Il marqua un temps. Quelle oscillation dans sa tête! Soudain il se lança :

— Nous pourrions dîner ensemble dans un restaurant du quartier.

Elle hésita une seconde et dit :

— Je préfère que vous veniez chez moi.

— Cela ne vous dérange pas?

— Mais non... Au contraire... Venez vite! Je vous attends!

Il exultait, joie et angoisse mêlées. Comment avait-il osé? Vers quoi courait-il au juste? Tout cela, c'était à cause d'Anne. Si elle était restée à dîner avec lui, ce soir... Au fait, devait-il se changer? Son costume gris l'avantageait, mais paraissait léger pour la saison. Le costume bleu marine, qu'il avait sur lui, était défraîchi aux coudes et aux genoux. Le marron peut-être... Personne à qui demander conseil! Généralement Emilienne ou Anne tranchait la question. Par leur faute à toutes deux, il avait perdu peu à peu l'habitude du choix. Tant pis, il resterait habillé comme il l'était. Sa visite n'en semblerait que moins apprêtée. D'ailleurs il trouverait bien l'occasion de se montrer dans son costume gris à Hélène. Pour la cravate, pas de dilemme : noire. Jamais il ne reviendrait à la couleur. Il se repeigna devant la glace de la salle de bains. Par chance il ne perdait pas ses cheveux. Sa denture était saine. Il pouvait plaire, il plaisait... Un ressort se détendit dans sa tête à cette pensée et il se précipita dehors.

Une réussite parfaite. D'ailleurs, il n'en attendait pas moins d'Hélène. Dès qu'elle lui avait ouvert la porte, il avait senti qu'il entrait chez une femme de qualité. Tout, dans le petit appartement beige et rose, était simple, soigné, discret, élégant. Un dîner froid servi sur un guéridon et arrosé d'un chaleureux Château-Latour. Deux bûches brûlant dans une minuscule cheminée au chambranle de bois sculpté. Un fauteuil profond où Pierre s'était installé après le repas, son verre de fine à la main. Et elle, assise devant lui, plus bas que lui, sur un pouf, l'interrogeant du regard, le poussant à se raconter. Il avait beaucoup parlé pendant ces deux heures et demie passées avec elle. Trop peut-être. Mais non. Qu'il l'entretînt de lui-même ou de ses récentes lectures historiques, elle avait, sur le visage, le même air d'intérêt, d'intelligence et de gratitude. Il avait pu craindre, un moment, qu'elle ne profitât de leur tête-à-tête dans cet intérieur douillet pour l'inciter à plus d'audace. Mais pas une fois elle ne s'était départie de cette réserve qui la rendait si séduisante. En évitant de le provoquer, elle se l'attachait plus sûrement que par les gestes effrayants de la passion physique. Alors qu'il n'y avait eu entre eux aucun contact, aucun aveu, aucun serment, il la quittait aussi bouleversé que si elle s'était donnée à lui dans le désordre d'une fin de repas. Il est vrai que, sur le seuil de la porte, il lui avait baisé les deux mains avec ferveur. Dans le taxi qui le ramenait à la maison, il fermait les yeux pour mieux conserver en lui le souvenir de ce parfum. Son bonheur était si fort, que, pour la première fois, il ne craignait pas de rentrer après Anne. Une humeur combative l'animait, sur la banquette de la voiture. Que sa fille s'avisât de lui dire un mot contre Hélène, et il la rabrouerait! Ni elle ni personne n'avaient le droit de le juger, de la juger.

L'appartement était désert. Dans la cuisine, Pierre tomba sur le repas préparé par Louise. Il l'avait oublié! Si Anne, en arrivant, voyait le couvert mis, elle comprendrait qu'il avait dîné dehors. En hâte, il salit une assiette avec de la moutarde, versa un doigt de vin dans un verre, émietta du pain sur le plateau, vida la moitié du saladier dans la poubelle, rangea la viande froide dans le réfrigérateur. Puis, sa mise en scène terminée, il se coucha. Anne, pensait-il, allait revenir d'une minute à l'autre. Mais il s'endormit avant qu'elle ne fût rentrée.

19

En arrivant, le matin, aux éditions Gastel, Anne apprit, par la standardiste, que Marc venait juste de lui téléphoner. Elle le rappela à son bureau. Une secrétaire déclara qu'il était souffrant et ne viendrait pas de la journée. Inquiète, Anne l'appela chez lui. Ce fut une voix féminine, aux harmoniques graves, qui répondit :

— Un instant, je vous le passe.

Et, d'un ton plus aigu, la même voix annonça, à la cantonade :

— C'est pour toi, Marc!

Il vint à l'appareil :

— Je suis désolé pour demain, ma petite Anne. Je ne pourrai pas être chez « l'Ami Georges », à 6 heures et demie...

Elle s'étonna. Des pages d'agenda tournèrent dans sa tête. Elle avait oublié leur rendez-vous!

— Ça ne fait rien, dit-elle enfin. Mais que se passe-t-il? On m'a dit, au bureau, que tu étais malade!

— Oui. C'est stupide! Un lumbago! Je suis plié en deux!...

— Tu te soignes, au moins?

— Sois tranquille! J'ai vu le docteur. D'après lui, j'en ai encore pour quelques jours. Dès que j'irai mieux, je te retéléphonerai...

Elle raccrocha, songeuse. Qui était cette femme dont la voix ne lui était pas inconnue? Marc ne vivait-il pas seul, contrairement à ce qu'il avait dit? Cette idée la divertit, l'intrigua, l'attrista un peu, uniquement parce que Marc ne l'avait pas mise au courant... Mais peut-être était-ce une aventure toute récente et sans lendemain? Elle ne fut pas plus tôt retournée à son travail, qu'elle oublia Marc et ses problèmes sentimentaux. L'important, c'était de choisir quelques gravures pour illustrer une réédition des *Voyages aux Isles de l'Amérique* du Révérend Père Labat. Les estampes du XVIIIe siècle étaient de qualité très inégale. Pas plus de seize planches, avait dit M. Courtois. Anne hésitait. Il y avait aussi ce projet de couverture pour le même livre. Le croquis qu'elle avait fait la veille ne la satisfaisait pas. Elle le reprit, le rectifia tant bien que mal. Tout à l'heure, elle rejoindrait Laurent à la cantine du personnel. Elle déjeunait là, avec lui, tous les jours, depuis qu'il travaillait aux éditions Gastel. En vérité, il paraissait s'accommoder assez bien de sa nouvelle vie. A plusieurs reprises elle était descendue le voir au sous-sol où se trouvait la réserve. Un éclairage de morgue tombait des tubes au néon. De gros tuyaux de chauffage, peints en argent, serpentaient sous le plafond bas. La chaleur était étouffante. Laurent évoluait avec dix autres « metteurs à part » entre les casiers de métal chargés de livres. Le chef d'équipe disait de lui qu'il avait une excellente mémoire et se débrouillait déjà bien, après deux semaines d'apprentissage, parmi le millier de titres répertoriés. Les commandes étaient acheminées par un monte-charge vers le rez-de-chaussée, où des vérificateurs les remettaient au service de vente. De temps à autre, un haut-parleur criait des ordres. C'étaient les soutes du navire. Mais, pensa Anne, l'essentiel était d'avoir attelé Laurent à une tâche régulière. Par la suite, elle le hisserait graduellement jusqu'aux étages supérieurs. A midi, Carolus et Bruno quittèrent l'atelier. Elle jeta un regard aux projets qui traînaient sur leurs planches à dessin et descendit à son tour.

La cantine, vaste construction vitrée, dans la cour de l'immeuble voisin, était pleine de monde et de bruit. Une épaisse odeur de sauce filtrait des cuisines. On se groupait par services, par affinités. Laurent était assis avec deux autres « metteurs à part ». Anne prit place près de lui, au bout de la table. En la voyant, les compagnons de Laurent plongèrent le nez dans leur assiette. Pour eux, elle venait d'un autre univers : la direction. Sourds et aveugles, ils ignoraient sa présence. Tournée vers Laurent, elle dit à voix basse :

— Comment vas-tu?

— Très bien.

Trop pressé pour se raser, le matin, il avait décidé de se laisser pousser la barbe. Sa bouche, entourée de cette ombre soyeuse et brune, paraissait plus charnue, plus rose, plus sensuelle, ses yeux brillaient d'un éclat plus vif au-dessus de ses joues veloutées de poils. Un large cerne mauve creusait ses paupières. Il ressemblait à un gitan malchanceux. Une serveuse s'approcha. Aujourd'hui, il y avait le choix entre du civet de lapin aux carottes et une tranche de colin purée. Anne opta pour le civet de lapin. Laurent refusa avec horreur :

— Ni lapin ni colin.

— Tu n'as pas faim? dit-elle.

— Non. Je prendrai un café, c'est tout.

Autour d'eux, bourdonnaient des conversations professionnelles, des potins de bureau. Pendant qu'Anne mangeait, Laurent se mit à grignoter du pain. Il enduisait chaque morceau de moutarde.

— Ecoute, dit-elle, c'est ridicule!

— Je n'y peux rien, dit-il. J'ai l'estomac noué. Tout le reste m'écœure.

— Tu es fatigué?

— Non. Ce que j'ai à faire comme travail n'est pas tuant, mais on manque d'air, au sous-sol. Et puis cette impression d'être toujours surveillé, cette obsession du rendement, de l'horaire...

Il chuchotait, courbé sur sa tasse. D'un mouvement de tête, il désigna un homme grisonnant, assis à une autre table :

— Tu vois ce type, là-bas : Marcel. Eh bien! il est magasinier depuis vingt-cinq ans. Vingt-cinq ans à tirer des bouquins, à pointer des commandes. Est-ce qu'il en est malheureux? Même pas! Il en est fier! Fier d'être abruti! Après tout, il a peut-être raison. La sagesse, c'est de ne pas lever le nez de son boulot, c'est de ne pas regarder ailleurs... J'y arriverai!...

Laurent eut une moue sarcastique et demanda un autre café. Puis un troisième. Elle intervint :

— Tu bois trop de café.

— Qu'est-ce que ça peut te faire? dit-il entre ses dents. L'essentiel, c'est que je tienne le coup. Et le café, ça dope! Même cette lavasse!

Anne n'insista pas. Elle l'observait avec tendresse. Ils retournèrent ensemble au travail. Elle monta à son bureau par l'escalier principal, tandis qu'il descendait à la cave.

Pierre but son café en deux gorgées et passa dans la salle de bains. L'absence d'Anne au déjeuner, depuis quelques jours, l'arrangeait à bien des égards. Ainsi, du moins, pas de questions! Sur les instances d'Hélène, il avait accepté de dresser un catalogue des ouvrages rares et curieux de la librairie du Colombier, pour être envoyé aux meilleurs clients. Mme Giraudet espérait de la sorte promouvoir les ventes de la maison. Elle tenait absolument à rémunérer ce travail. Au vrai, la somme qu'elle proposait était infime. Sans rien dire à Anne, Pierre se rendait maintenant chaque après-midi à la librairie pour en inventorier le fonds. Bien que cette besogne fût assez salissante, il soignait sa mise. Costume gris et chemise blanche. Le matin même, Louise avait repassé le pli de son pantalon. Juste avant le déjeuner, il était allé chez le coiffeur. Une impression de fraîcheur et de légèreté couronnait sa tête. Rajeuni et confiant, il attendait avec impatience le moment de partir.

Il arriva au magasin en même temps qu Hélène. Elle avait installé pour lui une grande table, dans l'arrière-boutique. Des piles de livres s'élevaient dans cet espace restreint. Pierre les prenait un à un, les examinait, les feuilletait, et en notait les caractéristiques sur des fiches : « *Dictionnaire de la Noblesse*, par M. de La Chenaye Desbois. Paris 1774. 12 vol. in-4°.

Reliure ancienne... » Cette tâche méticuleuse l'enchantait d'autant plus, qu'il sentait la présence d'Hélène derrière ses épaules. Elle rôdait autour de lui, impondérable et gracieuse, lui adressait un mot en passant, le grondait s'il prétendait interrompre son travail pour bavarder avec elle.

A 4 heures et demie, ils prirent le thé ensemble, sur un coin de la table. Par la porte ouverte, Hélène surveillait le magasin. Un client entra. Elle s'éclipsa pour le servir. Puis elle regagna sa place, l'air délivré, comme si elle venait d'éconduire un intrus. Pierre comprit que tout ce qui n'était pas *lui* la dérangeait. Cette pensée était si nouvelle, dans son état, qu'il en avait le cœur malade de douceur et d'appréhension. Etait-il possible qu'il comptât encore pour quelqu'un au monde? A son âge, avec son passé, malgré son manque de situation? Il but une gorgée de thé et ses yeux s'emplirent de larmes.

— Pierre, dit Hélène, qu'avez-vous?

Il se leva pour cacher son trouble. Hélène se leva à son tour et se planta devant lui, toute droite. Elle-même paraissait bouleversée. Il la regarda fortement, désespérément, et chuchota :

— Je suis malheureux!

— Pourquoi?

— Je vous aime tant, Hélène!

— Moi aussi, Pierre, dit-elle en lui mettant les deux mains sur les épaules.

Elle avançait son visage vers lui, imperceptiblement. Ses yeux s'étoilaient. Elle ne parlait plus, elle n'était qu'attente et consentement. Que faire? Avec la conscience horrible de se fourvoyer, il se pencha vers elle. Un baiser rapide, réticent, maladroit. Irrésistiblement, Pierre pensa à Emilienne qui embrassait tellement mieux. La bouche d'Emilienne vivait, bougeait, active et douce, alors que cette bouche-ci était tristement inerte. Comment avait-il pu? Un tel sacrilège! Le remords éternel serait sa punition. Effrayé, il reprit ses distances.

— Non, Hélène, balbutia-t-il, ce n'est pas possible! C'est trop grave! Je n'ai pas le droit!

Elle le dévisageait, étonnée, éperdue :

— Mais, Pierre... Que se passe-t-il?

— Nous ne devons plus nous revoir! s'écria-t-il. Jamais! Jamais!...

Et, ramassant son manteau sur une chaise, il l'enfila avec des mouvements anguleux. Déjà il se dirigeait vers la porte. Hélène le devança :

— Vous n'allez pas me laisser ainsi, Pierre!... Ce qu'il y a eu entre nous est si important!... Et tout ce travail qui reste à faire, toutes ces fiches!... Je ne pourrai jamais, toute seule!...

— Pardonnez-moi! gémit-il. Pardonnez-moi, Hélène!

Et il se rua dehors.

Anne chercha Laurent du regard, dans la rue sombre. Il n'était pas là. D'habitude pourtant il l'attendait à la sortie du bureau. M. Courtois l'avait retardée. L'affaire était d'importance : Mlle Bouriez, chef du service de publicité, devait prendre sa retraite le 31 mars. Depuis longtemps, Anne travaillait en contact avec elle. M. Courtois envisageait de réunir, à l'avenir, les deux services — service artistique et service de publicité — sous la seule autorité d'Anne. Bien entendu le traitement de celle-ci serait augmenté en conséquence. Une telle promotion l'exaltait. Marchant dans la rue à grands pas, elle éprouvait le besoin de partager immédiatement sa joie avec quelqu'un. Mais à qui en parler? Pas à Laurent, en tout cas! Il était le dernier à pouvoir comprendre la satisfaction morale que procure la réussite. Aux premiers mots, il lui répliquerait par des sarcasmes. Comme toujours, elle était seule. Dans le bonheur, dans le malheur... Allons! l'essentiel était d'avoir en soi ce sentiment de victoire. L'estime d'elle-même devait lui tenir lieu de tout.

De retour à la maison, elle monta directement au

sixième étage. Laurent se trouvait dans sa chambre. Effondré, tout habillé, sur son lit, le nez contre le mur, il sanglotait à grandes secousses nerveuses.

— Qu'y a-t-il, Laurent? murmura Anne.

Il se tourna vers elle dans un grincement de sommier. Son visage apparut, baigné de larmes. La respiration entrecoupée, il ne pouvait prononcer un mot. Il hoquetait. Elle eut peur.

— Laurent, Laurent, explique-moi! reprit-elle.

Au bout d'un long moment, il balbutia :

— Qu'est-ce que j'ai, Anne?... Je sens un poids, là, sur ma poitrine... Je n'y arriverai pas!... Je t'aime trop!... J'ai trop mal!... C'est trop difficile!...

Un spasme le cassa en deux. Il jeta son front dans son coude replié. Ses épaules tressaillaient.

— Calme-toi, dit-elle. Depuis que tu travailles, tu ne manges presque rien. Tu bois du café à longueur de journée. C'est absurde! Pourquoi ne m'as-tu pas attendue à la sortie du bureau?

Il releva la tête :

— Mais, Anne, depuis que je te connais, je passe mon temps à t'attendre!

— Moi aussi, je t'attends, Laurent. Et plus que tu ne crois. Même si nous travaillons chacun de notre côté, nous vivons ensemble...

— Tu appelles ça vivre ensemble, toi?

Elle le considéra longuement, en silence, avec une déchirante sollicitude, puis soudain attaqua :

— Ecoute, Laurent, si tu m'aimes vraiment, tu vas faire ce que je te dis. C'est stupide, l'existence que nous menons, toi ici, moi en bas. Des allées et venues, des mensonges, des cachotteries. Tout ça à cause de mon père! Je suis comme toi : je n'en peux plus! Tu vas descendre avec moi dans l'appartement.

— Non, Anne, bredouilla-t-il.

— Laurent, je t'en supplie!

Penchée sur lui, elle couvrit de petits baisers papillonnants ses paupières mouillées, ses joues hirsutes, ses lèvres haletantes. Il gémit :

— Mais alors, Anne, tu m'aimes? C'est bien vrai? Oh! si tu savais!... Dès que tu n'es plus devant moi, j'ai une angoisse horrible qui me prend, qui me ronge... J'imagine que je t'ai perdue, que tu ne reviendras jamais...

— Lève-toi.

— Je suis foutu.

Laurent se mit debout, hébété et docile. Anne jeta quelques vêtements dans un sac. Ils sortirent de la chambre. Elle descendit l'escalier devant lui. De temps à autre, elle se retournait. Il la suivait, tête basse, vaincu. La cuisine était vide. Elle passa devant la porte du salon. Du fond de la pièce, la voix de son père demanda :

— C'est toi, Anne?

— Oui, dit-elle, j'arrive...

Et elle conduisit Laurent à la petite chambre du fond. Il se laissa tomber sur le lit, à la renverse. Ses yeux étaient fixés au plafond. Sa lèvre inférieure tremblait. Il se remit à pleurer. Elle s'assit à côté de lui, sur le bord du matelas.

— Tu seras mieux ici, dit-elle.

— Oui, oui, bafouilla-t-il d'une voix humide.

Cependant il ne tournait pas son regard vers elle. Un rêve de malheur le possédait. Elle réfléchissait en silence. Prévenir le docteur? Ce n'étaient pas des médicaments qui le guériraient. Elle seule avait ce pouvoir! N'était-elle pas déjà arrivée à le faire entrer chez Gastel? Evidemment, « metteur à part », ce n'était pas un métier. Laurent avait raison. Il se crevait physiquement et moralement à ces besognes minables. Elle l'obligerait à suivre des cours du soir, aux Arts déco. Il passerait ses examens. Il deviendrait maquettiste. Et, un jour, il travaillerait à ses côtés, comme Carolus et Bruno. Oui, oui, il en était capable! Surtout ne pas le brusquer dans ses idées. L'amener lentement, insensiblement là où elle voulait le conduire... Les paroles de M. Courtois lui revinrent en mémoire. Des attributions élargies, de nouvelles responsabilités.

N'était-ce pas une chance supplémentaire de prendre Laurent avec elle, au bureau? Une bouffée de joie traversa son inquiétude. Elle caressait les cheveux de Laurent d'une main souple. Il s'apaisait peu à peu. Son souffle s'égalisait, ses traits se détendaient. Elle se rendit dans la cuisine et revint avec un sandwich et un verre de lait. Laurent refusa de rien avaler. Elle posa le sandwich et le verre de lait sur la table de nuit. Comme elle eût apporté sa pitance à un renard captif. Il mangerait, il boirait quand elle ne serait plus là pour le voir.

— Laurent, Laurent! dit-elle. Si tu te mettais carrément au lit?

— Je n'ai pas sommeil, dit-il.

Mais ses paupières battaient. Tout à coup il sombra dans l'inconscience, la tête renversée, le cou offert. S'était-il endormi? Non. Ses yeux demeuraient ouverts sur un regard atone. Elle resta un long moment à contempler ce corps déjeté, dont un pied pendait dans le vide. Le pull-over épinard de Laurent, retroussé par en bas, découvrait la peau mince et tendue de son ventre. La fine rosace de son nombril bougeait au rythme de sa respiration. Le cœur d'Anne s'allégeait dans sa poitrine. Elle sortit sur la pointe des pieds et retrouva son père au salon.

Il abaissa le journal qu'il était en train de lire et dirigea sur Anne un regard interrogateur.

— J'ai décidé de redonner la chambre du fond à Laurent, dit-elle. Là-haut, il est vraiment trop mal. Il n'a pas de chauffage. Son lavabo est bouché...

Tout en parlant, elle se demandait pourquoi elle cherchait à se justifier devant son père, alors qu'elle ne devait de comptes à personne.

— Oui, oui, c'est très bien, marmonna-t-il évasivement.

Et il reprit son journal.

— Qu'est-ce qui est très bien? dit-elle.

Il y avait un défi dans sa voix. Pierre leva vers elle un visage de vieil enfant coupable.

— ... Mais que Laurent habite chez nous, dit-il.

— Ah! tu trouves? Est-ce que tu joues la comédie?

— Non, pourquoi?

— En ce qui concerne Laurent et moi, tu ne t'es jamais posé de questions?

Il s'affolait, les yeux ronds, comme plaqué contre un mur :

— Quelles questions veux-tu que je me pose?

Anne respira profondément. Elle éprouvait une fière satisfaction à se libérer des mensonges. Après des mois de pénombre, le grand jour la grisait. Elle planta son regard dans les prunelles de son père et dit :

— Tu es complètement en dehors du coup, papa! Tu n'as pas compris que je l'aime et qu'il m'aime!

Il tressaillit, leva les sourcils et balbutia :

— Tu ne peux pas refaire ta vie avec ce garçon!

— Refaire sa vie! Faire sa vie! On ne fait sa vie avec personne!

— Moi, j'ai fait ma vie avec une femme : ta mère, dit-il d'un ton théâtral.

— Toi et Mily, c'était il y a trente ans, trente-cinq ans! A notre époque...

Il acquiesça précipitamment :

— Oui, bien sûr... Tu as raison... Tout a changé...

L'ombre d'une réflexion passa sur son visage et il ajouta :

— Mais tout de même, vis-à-vis de Louise...

— Qu'a-t-elle à voir dans ma vie, Louise? s'écria Anne. Si elle n'est pas contente, nous la renverrons et nous prendrons quelqu'un d'autre!

— Oh! non, ne la renvoie pas! Nous avons nos habitudes avec elle!

— Justement! Les habitudes, il faut savoir en changer!

Pierre parut frappé par la justesse de cette remarque. Il scrutait sa fille avec frayeur et admiration. Comme si elle eût déplacé aisément, devant lui, un objet très lourd. Il se leva, rejeta son journal. Et soudain il se mit à parler avec une exaltation déraisonnable. Ses yeux scintillaient, les mots se pressaient dans sa bouche :

— C'est vrai... Il est bon parfois de vivre différemment... Se renouveler de fond en comble... Le passé ne doit pas empiéter sur le présent... On ne peut à la fois aller de l'avant et regarder en arrière...

Elle l'observait avec surprise dans cette excitation approbative et sénile. Une fois de plus, il comprenait tout de travers et partait dans l'emphase et le brouillamini. Accablée, attristée, elle murmura :

— Oui, oui, papa, bien sûr...

Enfin, il se tut, se rassit, ramassa son journal. Elle alla chercher la bouteille de vin blanc et deux verres, servit son père, se servit elle-même.

— Comme je suis navrée, papa, que tu ne trouves pas une occupation! dit-elle. N'importe quoi! Un travail qui te prendrait ne serait-ce que quelques heures par jour! Tu es là, tu traînes du matin au soir! Tu es trop jeune pour ça! Tu devrais au moins consulter les petites annonces!...

— Mais tu sais bien que je les consulte régulièrement, depuis plus d'un an! gémit-il. Nous en avons assez parlé!...

Il hocha la tête, but une gorgée de vin blanc et poursuivit :

— Si, bien sûr, il y aurait eu une possibilité, pour quelques mois... A la librairie du Colombier... Mme Giraudet cherchait quelqu'un qui aurait pu dresser un catalogue de son fonds... Ç'aurait été une façon pour moi de me recycler... La pauvre, avec ses rhumatismes articulaires, elle n'est plus guère en état de diriger son magasin!... Malheureusement je n'aurais pas gagné grand-chose!...

— De toute façon, ç'aurait été mieux que rien! dit-elle. Et tu as refusé?

— Je n'ai dit ni oui ni non.

— Pourquoi ne m'en as-tu par parlé? J'espère qu'il n'est pas trop tard! Ce serait si bien pour toi!

Il s'épanouissait, le verre à la main, l'œil bleu.

— Oui, oui, dit-il, c'est un travail qui est tout à fait dans mes cordes!

— Sans compter qu'après tu pourrais, peut-être, trouver le même emploi dans une autre librairie!

— Voilà! Eh bien! J'irai voir Mme Giraudet!

— Vas-y dès demain.

— C'est ça, dès demain...

Il vida son verre et le reposa sur le guéridon. Anne lui en offrit un autre. Il se laissa tenter.

Elle s'apprêtait à le quitter pour aller voir ce que faisait Laurent, quand il reprit d'une voix douce :

— Anne, ma petite Anne, c'est grave ce que tu viens de m'apprendre!

— Quoi?

— Toi et Laurent... Il est si jeune!... Et puis sans situation!...

— Justement, papa, il a besoin de nous, dit-elle.

Elle hésita une seconde et ajouta :

— Au fait, M. Courtois m'a annoncé qu'à partir du mois d'avril j'allais, en plus de mon travail habituel, prendre en main le service de publicité.

20

Hélène discutait avec un client indécis. Dans l'arrière-boutique, le thé refroidissait. Pierre trempa les lèvres dans sa tasse. D'après ses calculs, il pourrait avoir fini son travail dans un mois. Peut-être un peu plus, en traînant. Il ne regrettait pas d'être revenu à la librairie après l'incident de la semaine dernière. Comme tout était simple avec Hélène! Elle l'avait accueilli sans un mot de reproche. D'emblée il avait retrouvé auprès d'elle le ton amical et tendre de leurs précédentes conversations. Elle avait même demandé qu'il lui parlât d'Emilienne. Hier, il lui avait montré trois photos qu'il conservait dans son portefeuille. Penchée à côté de lui, elle regardait ces images intemporelles et l'écoutait avec passion : Emilienne à Sallanches, en 1938, Emilienne à Paris, sous l'Occupation, toute mince, Emilienne et lui, à Deauville, vers 1950, elle en maillot deux pièces, lui, en slip de bain, devant la mer. « Elle était très belle, avait dit Hélène rêveusement. Et vous êtes superbe! Un véritable athlète! Mais je vous préfère maintenant! » Ce compliment, jeté avec désinvolture, il semblait à Pierre qu'il ne l'oublierait de sa vie. Elle ne se rendait pas compte de la portée, sur lui, du moindre mot qu'elle prononçait. Enfin le client partit et elle revint dans l'arrière-boutique, comme ramenée par une vague de lumière. Elle se rassit près de Pierre et s'écria gaiement :

— Finalement il n'a rien acheté!... Où en étions-nous?

Ils reprirent leur travail. Une pile de livres attendait sur une chaise. Hélène en cueillait un, au hasard, l'ouvrait, annonçait le titre, passait le volume à Pierre. Il rédigeait la fiche, en s'appliquant. Un trait de plume pour souligner le nom de l'auteur. Parfois quelques mots d'appréciation : « 48 jolies figures de militaires en costume pour le maniement des armes... » « Reliure ancienne dont il ne reste que le dos. Toutefois les plats sont soigneusement découpés aux cadres. » Il avait mis ses lunettes. Sa plume courait sur le carton glacé, avec élégance. Il percevait, tout contre son oreille, la respiration d'Hélène, le tintement de ses bracelets.

— Ah! voilà un petit livre romantique que j'adore, dit-elle. *Les Reines de France*. C'est plein de gravures charmantes... Regardez!

Le téléphone sonna. Hélène courut prendre la communication dans le magasin. Au bout d'un moment, Pierre l'entendit s'exclamer :

— Mon Dieu!... Mais comment va-t-elle?... Oui, oui, tout de suite...

Elle reparut, décomposée :

— Ma tante vient d'avoir une syncope!

— Mme Giraudet?

— Oui. C'est Mme Favre, une de ses amies, qui m'a téléphoné. Le docteur doit venir d'une minute à l'autre. Il faut que j'aille là-bas!

— Je suis désolé, dit Pierre. Dans ce cas, je vais partir aussi.

— Mais non, restez.

— Si vous ne revenez pas...

— Je suis bien obligée de revenir pour fermer le magasin!

— Alors je continue sans vous?

— Bien sûr! Ne m'en veuillez pas de vous abandonner ainsi.

Pierre la regardait enfiler son manteau, empoigner son sac avec une vivacité fébrile. Soudain il se retrouva seul parmi les livres. Un désarroi le saisit. Impossible de travailler en l'absence d'Hélène. Il ne se sentait pas à sa place dans ce magasin. Comme s'il y fût entré par effraction. Il feuilleta un volume avec des mains de voleur. Puis, péniblement, il compléta quelques fiches. Un carillon léger retentit à la porte. Un client. Ce que Pierre craignait le plus. Il hésita à se montrer. Le client toussa. Pierre sortit de sa retraite. Devant lui, un homme d'une quarantaine d'années, le parapluie au bras.

— Auriez-vous quelque chose sur le château de Conflans?

Pierre réfléchit. Cette question l'excitait. Il appliqua l'échelle contre les rayons, grimpa, fouilla. Il ne s'était pas trompé.

— Vous trouverez des indications dans la Deuxième Série des *Environs de Paris*, de Georges Cain, dit-il. Dois-je vous descendre le livre?

Le client paraissait ravi. Il demanda encore ce qu'il fallait lire sur le château de Rambouillet, et Pierre lui recommanda l'ouvrage de Lenotre. Les prix étaient marqués à l'intérieur des volumes. Le client paya, remercia, partit. Pierre rangea l'argent dans le tiroir de la caisse et retourna à ses fiches. Il était fier de lui. Le vide du magasin ne l'inquiétait plus. A 6 heures, la sonnerie du téléphone l'arracha à son travail. C'était Hélène, la voix brisée :

— C'est affreux, Pierre! Elle est morte.

Il subit le choc et bredouilla :

— Hélène, ma chère Hélène... Mais comment est-ce arrivé?

— Un arrêt du cœur.

— Elle était si bien pour son âge!

— Oui... Quel malheur!... Quand je pense que je l'ai vue avant-hier!... Elle allait tellement mieux!...

— Que puis-je faire pour vous, Hélène?

Il entendit un soupir. Elle était tout près de lui.

— Merci, Pierre, dit-elle, rien pour l'instant... Allô! Allô!... Au fait, si... Je ne vais pas pouvoir retourner, ce soir, à la librairie. Alors, voilà, je voudrais vous demander de faire la fermeture du magasin...

Il s'inquiéta :

— Je ne saurai pas...

— C'est très simple. Le trousseau de clefs se trouve dans le tiroir de gauche de la caisse. Vous fermerez la porte de service avec la petite clef et les deux verrous, la porte principale avec la grande clef, et la grille, après l'avoir bien tirée, avec la clef moyenne. Vous ne pouvez pas vous tromper...

— Bon, et ces clefs, qu'est-ce que j'en fais?

— Vous les gardez.

— Je vous les rendrai demain.

— Demain, je ne pourrai pas vous voir. Il faut que je m'occupe de tout, ici!

— Vous êtes seule pour cela?

— Voulez-vous que je vous téléphone?

— Oui, Pierre. Appelez-moi demain matin, à la maison, vers 9 heures.

Il éprouva l'élan d'une vague dans sa poitrine et chuchota :

— Je pense à vous très fort, Hélène.

La vague se brisa. En raccrochant, Pierre avait les yeux embrumés. Machinalement il rangea les fiches par ordre alphabétique. Il n'avait plus envie de quitter le magasin. Entre ces quatre murs, il était plus proche d'Hélène que partout ailleurs. Enfin, peu avant 7 heures, il se décida à fermer la librairie. Les clefs étaient à l'endroit indiqué. Il suivit les instructions point par point. La grille grinçait, forçait en se dépliant. Il tirait sur la ferraille. Les passants devaient le prendre pour le propriétaire de la boutique, accomplissant un geste habituel pour lui depuis des années.

A la maison, il sentit, dès le premier pas, la présence d'Anne et de Laurent. La porte de la salle de bains était grande ouverte. Il franchit le seuil et s'arrêta, étonné. Debout, nu, dans la baignoire, Laurent se savonnait violemment.

— Excusez-moi! balbutia Pierre.

Il referma la porte et alla se laver les mains dans la cuisine. Il y trouva Anne qui réglait le thermostat du four. Une onctueuse odeur de pâte se répandait.

— Ça sent bon, dit Pierre. Qu'est-ce que tu prépares?

— J'ai acheté une pizza chez l'Italien.

Ils burent leur vin blanc. Laurent les rejoignit pieds nus et les cheveux mouillés. Il avait enfilé son pantalon et son pull-over. Ayant avalé un verre d'eau, il passa dans le salon. L'instant d'après, éclata une musique légère et victorieuse. Un disque tournait sur l'électrophone. Pierre reconnut un air de Brahms, mais ne sut pas l'identifier.

— Alors, papa, ton travail, ça marche? demanda Anne.

— Oui, dit-il, c'est très intéressant.

Il balança une seconde et ajouta :

— Malheureusement, depuis quelques jours, Mme Giraudet ne vient plus au magasin. Elle est très malade.

— Qu'a-t-elle?

— Le cœur... Tu sais, à son âge...

Il ne pouvait se résoudre à dire que Mme Giraudet était morte. Avant d'en parler à Anne, il devait, pensait-il, consulter Hélène. Qu'allait devenir le magasin après la disparition de sa propriétaire? Hélène pourrait-elle continuer à s'en occuper? Et lui-même? N'était-ce pas la fin de leur merveilleuse collaboration. Ces heures paisibles de travail en tête à tête, la compréhension à demi-mot, le langage délicieux des regards, cette sagesse enfin qui valait toutes les voluptés... Sa gorge se contractait. La musique de Brahms enrubannait sa tristesse.

— Si Mme Giraudet est malade, c'est Mme Redan qui tient le magasin maintenant? demanda Anne en prenant un torchon pour ouvrir la porte du four.

— Pratiquement, oui, dit-il d'une voix fuyante.

— Et toi, tu travailles avec elle?

— Non, moi, je suis dans l'arrière-boutique, je fais mon petit boulot tout seul...

Il eut peur qu'elle ne l'attaquât de plus près. Mais elle s'écria :

— Zut! Je me brûle!

Puis elle sortit la pizza sur sa plaque : elle avait oublié Mme Redan. Pierre se détendit. On se mit à table. Sans doute était-ce en songeant à Laurent qu'Anne était passée chez l'Italien. Pendant qu'elle découpait la pizza, Laurent tira de sa poche une liasse de billets de cent francs et les posa devant l'assiette d'Anne.

— Qu'est-ce que c'est? dit-elle.

— Mon salaire, dit Laurent.

— Que veux-tu que j'en fasse?

— Ben et moi?

Elle haussa les épaules :

— Cet argent est à toi, Laurent.

— Je n'en ai pas besoin.

— Tu travailles et tu n'as pas de plaisir à toucher ce qui te revient?

— Non.

— Je ne te comprendrai jamais, dit-elle.

Laurent lui décocha un regard de méchanceté amoureuse.

— Je sais, Anne, murmura-t-il, tu me l'as déjà dit cent fois!

Ils se servirent à tour de rôle. La pizza avait un goût de brûlé. Pierre en avala deux bouchées et se sentit incapable d'aller plus loin. L'angoisse lui comprimait l'estomac. Laurent, lui aussi, grignotait. Anne l'observait avec découragement. Devant elle, il y avait ces billets de banque froissés.

— Laurent, dit-elle, ne fais pas l'enfant. Reprends ça!

— Je n'ai pas de portefeuille, dit-il. Je les perdrais!

D'une pichenette, il poussait l'argent vers l'assiette d'Anne. Rageusement elle le ramassa et le glissa en rouleau dans la poche de son chemisier. Ils continuèrent à manger en silence. Pierre se demanda quel sentiment unissait sa fille à ce garçon aux manières étranges. Que Laurent fût attaché à elle, c'était normal. Il goûtait, en sa compagnie, la sécurité, la tendresse, le confort. Il s'abandonnait au plaisir d'être dorloté et de faire le capricieux. Mais elle, que trouvait-elle en lui? Elle n'avait pas su être une femme avec Marc, et elle devenait une mère avec Laurent. Au fond, elle avait moins besoin d'un homme, dans sa vie, que d'un enfant. Pierre but un grand verre de vin. Le repas à peine terminé, Anne se leva :

— Bonne nuit, papa.

Il la considéra avec étonnement :

— On ne regarde pas la télévision, ce soir?

— Je ne t'empêche pas de la regarder. Moi, je suis fatiguée.

Elle l'embrassa et partit, sans un regard pour Laurent. Celui-ci, renversé sur le dossier de sa chaise, tapotait la table, devant lui, du bout des doigts. Enfin il se dressa à son tour :

— Bonne nuit, Pierre.

— Vous avez bien cinq minutes, dit-il.
— Non, je suis fatigué, moi aussi.
— Alors, bonne nuit, Laurent.
Resté seul, Pierre écouta le pas de Laurent qui s'éloignait. Une porte s'ouvrit, se referma. Celle de la chambre d'Anne. Il tenta de les imaginer ensemble, dans le lit, et sa pensée se déchira. Inconcevable! Le sang lui montait aux joues. Il alluma, distraitement, le poste de télévision. Pas le son, uniquement l'image. Tourné vers l'écran fantomatique, il se disait : « Je devrais téléphoner à Hélène. » Mais il craignait qu'Anne ne l'entendît. Alors il faudrait donner des explications, mentir, mentir encore... Ligoté, il songea avec désespoir à la distance qui le séparait de cette amie vulnérable et malheureuse. Le contact avec la mort était une telle épreuve pour une femme de sa sensibilité! Ce face à face avec le néant. Ces formalités lugubres. Et elle, toute seule, sans un bras pour la soutenir. Il tourna le bouton du son. Des voix explosèrent. Deux hommes politiques, l'un de la majorité, l'autre de l'opposition, s'empoignaient à propos du problème de la fiscalité.

Le bavardage lointain de la télévision traversait la porte de la chambre. A demi allongée dans son lit, Anne parcourait le manuscrit d'un livre sur la chasse à travers les âges. Il était question d'en faire un ouvrage de luxe, avec une abondante iconographie. Elle devait donner son avis au comité, le lendemain. Mais, plus elle lisait, moins son esprit collait au texte. Entre elle et son métier, il y avait Laurent. Il s'était affalé dans un fauteuil, près de la fenêtre, la tête renversée, les mains derrière la nuque.
— Anne, qu'as-tu? marmonna-t-il.
— Rien, je travaille.
— Quelque chose ne va pas entre toi et moi, je le sens.
— Il y a de quoi, non? dit-elle abruptement.

— Parce que je ne veux pas suivre ces cours du soir, aux Arts déco?

— Pour ça et pour le reste, Laurent. Nous n'allons pas recommencer cette discussion. Tu détestes ton travail! Rien ne t'intéresse dans la vie! Même pas l'argent que tu gagnes! Eh bien! moi, de mon côté, je m'intéresse de moins en moins à toi, voilà tout!

— Qu'est-ce que tu veux dire? s'écria-t-il en se levant.

Elle ne répondit pas et feignit de se replonger dans sa lecture.

Il s'avança vers le lit. Son ombre se coucha sur la page dactylographiée.

— Enfin, Anne, dit-il, tu n'es jamais contente. Tu as voulu que je travaille avec toi et j'ai accepté de le faire, tu as voulu que j'habite avec toi et je suis dans ta chambre! Maintenant tu demandes en plus que je prenne des cours du soir. Je rentre crevé de mon boulot, et il faudrait encore que j'aille là-bas apprendre à manier le compas et le tire-ligne jusqu'à 11 heures! Pendant trois ans, quatre ans! Tout ça pour mieux m'intégrer dans cette société pourrie par le fric! Nous finirons par nous détruire, toi et moi, parce que tu t'es mis dans la tête qu'il fallait gagner toujours plus d'argent pour être plus heureux! D'ailleurs, tu le sens comme moi, depuis que je travaille, tout est faussé entre nous! Tu n'es plus la même, et moi, je deviens dingue!

— En voilà assez, Laurent! dit-elle. Mes exigences! Ton amour! Tes théories! Mon confort! L'argent! La société!... Tu n'es qu'un paresseux et un phraseur!

— Anne!

Il voulut lui prendre la main. Elle le repoussa :

— Non!

Nerveusement, elle saisit un crayon et cocha un paragraphe. Mais, par-dessus la page, elle voyait encore Laurent, malgré elle. Frappé à mort, il se taisait. Puis il lui tourna le dos et se déshabilla avec une brusquerie garçonnière. Ses vêtements volèrent aux quatre coins. Une fois nu, il se jeta sur le lit, à plat ventre, la face enfouie dans le creux du coude. Anne ne broncha pas. Il respirait à peine. De ce corps, gisant à côté d'elle, émanait une lumière mate qui la troublait. Elle ne pouvait plus travailler. Que faire? Oublier? Dormir? Elle avait l'impression de passer son temps à tourner une manivelle pour tirer Laurent hors d'un puits. Dès qu'elle relâchait son effort, la corde se déroulait et il retombait dans le trou. Elle posa le manuscrit sur la table de chevet, éteignit la lampe et laissa aller sa tête sur l'oreiller. Dans l'obscurité, la voix de Laurent reprit, plaintive et douce :

— Tu ne m'aimes plus, Anne? C'est ça?

Un blessé geignait contre son flanc. La tiédeur de cette peau virile la baignait tout entière. Elle murmura :

— Je t'en prie, tais-toi! Tu ne peux pas ouvrir la bouche sans dire une bêtise!

Au bout d'un moment, elle le devina, dans l'ombre, qui tournait la tête vers elle. En silence, elle enleva sa chemise et s'allongea de biais sur le dos de Laurent. Il tressaillit à son contact. Elle lui prit les cheveux à pleines mains, elle lui caressa la nuque, elle l'embrassa dans le creux de l'oreille, elle lui couvrit la joue de baisers. Un goût de larmes mouilla ses lèvres. Il avait pleuré. Elle s'attendrit. La pitié brouillait ses idées et attisait son impatience. Elle ne savait plus ce qu'elle voulait, où elle allait. Les yeux écarquillés sur les ténèbres, elle croyait distinguer la vague luminescence d'autres yeux qui cherchaient les siens. Brisée, elle balbutia :

— Tu m'agaces! Tu me rends folle! Je ne sais comment te prendre! Plus j'essaie, plus j'échoue!... Je n'en peux plus!...

Il s'étendit sur le dos. Leurs membres se frôlaient. Anne se dégagea avec précaution et se coucha sur lui. Du haut en bas, elle sentait le relief, la chaleur d'une peau nécessaire à la sienne. Elle lui écarta les bras, le maintint crucifié et enfouit son visage dans cette aisselle d'homme largement découverte. La bouche collée à la nuque d'Anne, il chuchota :

— Anne, mon amour, ma vie, si tu le veux, j'irai à ces cours du soir. Mais je t'en supplie, sois douce avec moi...

Elle se souleva imperceptiblement au-dessus de lui comme pour donner de l'air à ses seins, à son ventre, puis de nouveau, avec une extraordinaire lenteur, avec un terrible plaisir, elle descendit sur ce corps qui l'attendait, qui la réclamait, dur et aveugle, dans la nuit.

21

Depuis le début de la conversation, Anne retenait la question qui lui montait aux lèvres. Si elle avait accepté de rejoindre Marc, à 6 heures et demie, chez « l'Ami Georges », n'était-ce pas, au fond, parce qu'elle subodorait un mystère? Complètement guéri, le teint frais et la parole facile, il racontait plaisamment sa maladie :

— Moi qui suis d'un tempérament plutôt dynamique, j'ai eu l'impression tout à coup de passer dans le clan des vieillards. Impossible de me dénouer! Un déplacement de vertèbres. Et ça peut revenir, paraît-il! On me conseille la culture physique. Tu me vois gigotant, chaque matin, devant ma glace?

Elle but une gorgée de vin blanc et dit :

— Encore assez! Tu as toujours eu grand soin de ta personne!

— C'est un reproche?

— Plutôt un compliment! A propos, tu as oublié de me dire que tu ne vivais pas seul!

Il ne broncha pas, mais elle le devina touché.

— Je ne pensais pas que ma vie personnelle t'intéressait à ce point, marmonna-t-il.

— Je te dis bien tout, moi, Marc, tout ce qui me concerne!

— Ce n'est pas la même chose.

— Si, exactement. N'es-tu pas mon ami?

— Je ne l'ai jamais été et ne le serai jamais, proféra-t-il avec force.

Il se penchait pour la regarder de plus près. Elle songea à Laurent. Il avait montré de l'humeur quand elle lui avait parlé de ce rendez-vous avec Marc : « Encore! Pourquoi? Où? A quelle heure?... »

— Bon, bon, dit-elle, je ne te poserai plus de questions. Cette femme restera toujours pour moi une passionnante énigme!

Le bruit du bistrot s'amplifia. Deux jeunes gens discutaient avec le patron qui refusait d'accepter un briquet en paiement de leurs consommations. Marc, le visage grave, paraissait réfléchir. Manifestement il hésitait entre le pas en arrière et le saut en avant. Soudain il dit :

— Anne, je vais me marier.

Elle ressentit un trébuchement intérieur. Ni joie ni peine. Tout au plus une surprise mélancolique.

— Ça ne m'étonne pas, dit-elle. Tu es fait pour le mariage plus que moi, en tout cas!

— Je le crois, Anne! Tu me juges stupide, démodé!...

— Pas du tout!

— Tu sais, j'ai longtemps hésité... Et puis, la semaine dernière, j'ai pris ma décision... Enfin nous avons pris notre décision, Corinne et moi... Oui, tu la connais : c'est Corinne Béranger...

Dans le souvenir d'Anne se leva une grande femme blonde, aux épaules larges et au sourire triomphal. Mondaine, sportive, exubérante, championne de golf ou quelque chose d'approchant...

— Mais... elle est mariée, dit-elle.

— Corinne a divorcé l'année dernière.

Anne approuva vigoureusement :

— Elle a bien fait. C'était un ménage si mal assorti! D'ailleurs elle a toujours eu un faible pour toi. Rappelle-toi, déjà au temps de notre mariage elle te faisait un charme agressif. Nous en avons assez ri ensemble!

Et elle reconnut à part soi que, sans doute, la très superficielle Corinne était mieux faite qu'elle pour rendre Marc heureux. Il souriait, un peu gourd, comme un collégien dans un costume neuf.

— Tu es très amoureux d'elle? demanda Anne.

— Je le deviendrais, peut-être, si je pouvais t'oublier, dit-il dans un soupir.

Cette déclaration la révolta. Elle y vit comme une flatterie compensatoire, comme une fausse excuse. Dommage! Hier encore Marc lui appartenait, il avait un rôle auprès d'elle, il était *son* ami, comme Pierre était *son* père et Laurent *son* amant. Aujourd'hui il n'était plus rien. Transparent, décoloré, d'une pâleur de lune, il s'éloignait d'elle. Il pouvait se marier ou ne pas se marier, partir pour l'étranger ou rester à Paris, prospérer dans ses affaires ou mourir d'un infarctus, elle demeurerait indifférente aux aléas de son destin. Inconscient de la distance qui se creusait entre eux, Marc murmura :

— Corinne aimerait beaucoup te revoir.

Anne savait que c'était faux. Cependant, à son tour, elle mentit :

— Moi aussi, j'aimerais la revoir. Il faudra qu'on se téléphone, un de ces jours...

Elle souriait, tandis que tout son corps se raidissait dans une insensibilité métallique. Des tresses de fer sous la peau. Une bille d'acier dans la tête.

— Je dois repartir pour le Japon, la semaine prochaine, dit-il. Alors à mon retour...

— C'est ça.

Il tenta de lui prendre le coude. Elle se recula. Ah! comme Laurent lui manquait soudain. Le revoir, vite, se jeter contre sa poitrine. Un être de nerfs, de foucades, d'enthousiasme et de rébellion. Brun et clos comme une châtaigne. Et il était jaloux de Marc!

C'était à mourir de rire. Elle se contraignit à parler encore de choses et d'autres avec le sentiment de piétiner dans la brume. Puis elle prit congé de Marc. Il voulut la raccompagner jusqu'à la maison. Elle refusa. Ils se séparèrent au carrefour de l'Odéon. De l'autre côté de la place, à l'entrée de la rue de l'Ancienne-Comédie, Laurent attendait Anne, les mains dans les poches, le front bas.

— Alors, dit-il, tu as passé un bon moment?

— Merveilleux! répondit Anne en riant. Je ne le reverrai plus.

22

Le taxi roulait lentement à travers une pluie fine et poudreuse. Les vitres embuées ne révélaient de la ville qu'une morne architecture de falaises grises et de trottoirs luisants, des fumées d'arbres, des décalcomanies d'affiches humides. Le ciel brumeux et bas s'était liquéfié soudain après la cérémonie. Pas grand monde à l'église, encore moins au cimetière. Pierre n'aurait pas cru que Mme Giraudet eût si peu de parents, si peu d'amis. Il le dit à Hélène. Assise à côté de lui, sur la banquette, elle soupira :

— J'étais pratiquement sa seule famille. Elle était très sauvage. Ses meilleurs amis, c'étaient, je crois, ceux qu'elle se choisissait dans les livres.

Hélène parlait à voix basse. Son fin visage était marqué par la fatigue et le chagrin. Pierre l'observait à la dérobée avec une infinie compassion. Pendant les obsèques, il n'avait cessé de penser à d'autres obsèques si proches : celles d'Emilienne. Tout recommençait, l'office religieux, les fleurs, le drap noir, le lourd cercueil luisant, le visage rougeaud des porteurs, le trou dans la glaise, les planches, les cordes. Mais le désespoir n'était plus là. Il avait enterré sa femme et il revenait du cimetière avec elle. Cette idée le glaça. Il se détourna d'Hélène et regarda par la portière. Le monde des vivants n'avait guère plus de réalité que celui des morts. Le passé se confondait avec le présent, le deuil avec l'espoir.

Ils arrivèrent ainsi devant la maison d'Hélène. Il était 11 heures et demie du matin. Elle l'invita à monter chez elle. Ce fut avec bonheur qu'il retrouva le petit salon couleur de coquillage. Tassée devant lui, au creux d'un fauteuil, dans sa robe noire, Hélène était une orpheline. Elle parla encore de Mme Giraudet, évoquant sa bonté, son érudition. Pierre l'approuvait et souffrait de la voir si abattue. Cette complaisance dans le chagrin était, pensait-il, malsaine. Si seulement il avait pu rester auprès d'elle toute la journée! Il lui demanda la permission de téléphoner. Elle le conduisit à l'appareil. Louise répondit. Il demanda :

— Ma fille vous a-t-elle dit si elle rentrait déjeuner aujourd'hui?

— Elle m'a dit qu'elle déjeunait dehors, monsieur, avec M. Laurent.

— Alors ne préparez rien pour moi, Louise. Moi aussi, je déjeunerai dehors!

Victorieux, il annonça à Hélène :

— Je ne vous quitte pas. Nous allons déjeuner ensemble, au restaurant. Vous le voulez bien, n'est-ce pas?

Elle le remercia d'un regard qui venait du fond de l'âme et murmura :

— Avec joie, Pierre. Mais je préférerais ne pas sortir. J'ai tout ce qu'il faut, ici!

Il l'aida à mettre le couvert. Au centre de la nappe, elle disposa un bouquet d'anémones. Ils mangèrent frugalement, face à face, les regards fondus, dans la pénombre d'un jour pluvieux.

— C'est si gentil d'être resté! dit Hélène. Votre présence me fait un bien inouï!

Il lui baisa la main par-dessus la table :

— Je voudrais faire plus, Hélène. Il m'est insupportable de vous savoir triste. Qu'allez-vous devenir maintenant? Que va devenir cette librairie?

Hélène se tamponna la bouche avec sa serviette.

— Justement, j'ai bien du souci à ce sujet, dit-elle. Peu de temps avant de mourir, ma tante avait fait un testament, par lequel elle m'instituait sa légataire universelle...

— Mais c'est très bien, ça! s'écria-t-il. Vous allez pouvoir garder le magasin!

— Seule je serais incapable de m'en occuper!

— Je vous aiderai.

— Je le sais bien, Pierre. Mais tout cela est encore si confus dans mon esprit. Je suis dépassée par les événements. D'abord il faut que j'aille voir le notaire...

— Oui, oui, il le faut absolument, dit-il.

— J'aimerais que vous veniez avec moi.

Interloqué, il balbutia :

— Ne serait-ce pas un peu gênant, Hélène?

— Au contraire. Vous m'expliquerez, vous me conseillerez... Si j'y vais seule, je ne comprendrai pas la moitié des choses qu'il me dira!

Il lui sut gré de cette faiblesse, de cette ignorance avouées. Un flot d'orgueil le souleva. Il voguait, il planait, il était nécessaire.

— Ma petite Hélène, dit-il, comptez sur moi.

— Le testament de Mme Giraudet est parfaitement en règle, dit Me Vitry, mais je dois vous signaler qu'entre tante et nièce les droits de succession sont très élevés.

— Combien au juste, maître? demanda Hélène.

— Cinquante-cinq pour cent.

— Mon Dieu! C'est énorme! murmura-t-elle.

Et elle décocha à Pierre un regard de détresse. Il hocha la tête, d'un air à la fois compétent et soucieux. Elle l'avait présenté au notaire comme un ami de la famille et son conseiller. Assis à côté d'elle, dans un grand fauteuil de cuir vert bouteille, il se pénétrait gravement de ce double rôle.

— Vous pourrez toujours réaliser une partie de l'actif pour payer les droits, dit Me Vitry. Mme Giraudet possédait, outre sa librairie, un appartement à Auteuil, une résidence secondaire à l'Isle-Adam et un portefeuille de valeurs en Bourse.

— A mon avis, il faudrait, à tout prix, garder la librairie, dit Pierre.

— En effet, acquiesça le notaire, c'est un élément essentiel de la succession.

— Alors quoi? Vendre la maison de l'Isle-Adam, l'appartement? soupira Hélène.

Pierre eût voulu pouvoir lui prendre la main. Le notaire ouvrit les bras dans un geste d'impuissance. Il avait une tête pointue et triste d'oiseau déplumé. Derrière lui, s'étalait une grande tapisserie verdâtre, représentant des échassiers parmi des arbres fleuris.

— De toute façon, vous avez le temps de réfléchir, dit-il. La loi vous accorde un délai de six mois, à dater du décès, pour souscrire la déclaration détaillée des biens et payer les droits de mutation au Trésor.

— Avant toute chose, il faut faire estimer ce portefeuille, dit Pierre. Peut-être suffira-t-il à couvrir les cinquante-cinq pour cent?

— J'en doute, dit le notaire.

Ils discutèrent encore d'homme à homme. Hélène n'intervenait plus dans la conversation. A mesure que les minutes passaient, Pierre gagnait de l'assurance. Il ressortit de l'étude avec la sensation d'avoir donné sa mesure dans une juste cause. Sur le trottoir, Hélène lui prit le bras.

— Tout m'a paru si clair, grâce à vous! dit-elle.

— Il est très bien, ce Me Vitry, dit Pierre avec condescendance.

Elle demanda gaiement :

— Et maintenant où allons-nous?

Ce fut lui qui décida :

— A la librairie.

Quand Anne revint, tout habillée, dans sa chambre, Laurent se prélassait encore dans le lit.

— Dépêche-toi, dit-elle. Tu vas être en retard. Et moi, j'ai des rendez-vous très tôt, ce matin!

— Pars sans moi, grommela-t-il sans bouger.

— Si je pars sans toi, tu vas te rendormir.

— Bon, bon, je me lève...

Elle rejoignit son père devant la table du petit déjeuner. Après le baiser rituel du matin, il lui demanda négligemment si elle comptait rentrer à la maison, à midi.

— Non, dit-elle en se servant. J'ai une journée très chargée. Nous irons à la cantine.

Il ne fit aucun commentaire, bien que, pensa-t-elle, il souffrît de prendre si souvent ses repas tout seul. Elle remplit un bol de café au lait, beurra deux tartines et porta le tout à Laurent. Dans le couloir, elle se heurta à Louise qui maniait l'aspirateur avec acharnement.

— Ce n'est pas possible, Louise! dit-elle. Je vous ai répété cent fois d'attendre que nous soyons partis pour passer l'aspirateur!

— Ah! oui, c'est vrai, Mademoiselle, marmonna Louise. Je peux faire la salle de bains, alors?

— Non, M. Laurent n'est pas encore prêt.

Anne enjamba l'aspirateur et rentra dans sa chambre. Laurent s'était rendormi. Elle le secoua par l'épaule :

— Laurent, vite!

Il but son café, mangea ses tartines avec un visage gonflé de sommeil.

— Il faut absolument que tu te rases, reprit-elle. Tu ne vas pas te laisser repousser la barbe!

— Pourquoi pas?

— Parce que ça ne te va pas du tout! Mais, alors, pas du tout!

Il sortit du lit, une jambe après l'autre, nu et engourdi, s'étira, enfila un pantalon, jeta une serviette sur ses épaules, ouvrit la porte et passa devant Louise médusée. L'instant d'après, l'eau gliclait à grand bruit dans la salle de bains. Anne tournait, impatiente, dans l'appartement. Enfin Laurent reparut dans une bouffée de vapeur. Il s'était rasé.

Dans la rue, elle accéléra le pas. Laurent la plaisantait sur sa hâte. Des deux, on eût dit que c'était elle qui devait craindre les remontrances et lui que sa situation élevée dispensait d'arriver à l'heure. Ils se séparèrent dans le hall des éditions Gastel, où déjà se pressaient les coursiers des libraires.

Elle eut une matinée laborieuse. Carolus, de nouveau malade, avait laissé en friche le livre sur la chasse à travers les âges. Bruno, qui avait repris le projet, se perdait dans la mise en pages des illustrations. Anne dut travailler avec lui, devant la planche à dessin, lui expliquant, point par point, ce qu'elle avait déjà expliqué, la semaine précédente, à Carolus. A midi, Laurent vint la chercher au bureau pour le déjeuner. Mais il ne voulait pas aller à la cantine.

— Pourquoi? dit-elle.

— Je t'expliquerai.

— Bon. Attends-moi cinq minutes. J'ai quelques petites choses à finir...

— Non. Je vais directement à *la Saucière*. Tu me rejoindras là.

Elle lui trouva l'air buté et morose. Il s'en alla, les mains dans les poches. Bruno partit à son tour. Restée seule, elle rangea ses papiers. Comme elle quittait son bureau, elle croisa dans l'escalier M. Lassot qui montait à la direction littéraire. Il l'arrêta :

— Dites-moi, votre protégé, le jeune Vercier, je ne sais pas ce qu'il a, depuis quelque temps, mais il devient de plus en plus difficile à remuer!

— Que se passe-t-il?

— Il se plaint de tout. Il étouffe. Il a chaud. Il a froid. Il est encore arrivé en retard, ce matin. Ça fait la quatrième fois en quinze jours. S'il continue, je serai obligé d'avertir le chef du personnel. Avec ça, il ne supporte pas la moindre remarque. Tout à l'heure, le magasinier, Marcel, lui a fait une réflexion sur son travail. Vercier a vu rouge. Il lui a sauté à la gorge. On a dû les séparer. Pourtant Marcel a quarante-cinq ans, il connaît le métier comme personne. Et l'autre le traitait de gâteux! C'est lamentable!

— Je lui parlerai, dit Anne. C'est un impulsif. Je suis sûre qu'il regrette déjà!

— Excusez-moi de vous mêler à cette affaire...

— Mais non, c'est bien naturel.

— J'ai préféré vous avertir, vous comprenez, avant qu'il ne perde sa place!

Elle le remercia. En vérité, elle n'était pas étonnée.

Au restaurant *la Saucière*, rue Mabillon, se retrouvaient souvent ceux que lassait l'ordinaire de la cantine. Les prix y étaient modiques et la cuisine robuste. En entrant dans la salle, Anne avisa Bruno qui déjeunait seul, dans un coin, et, un peu plus loin, Laurent, assis à une table, devant un verre de lait. Elle prit place en face de lui, sur une chaise. Ils commandèrent le menu. Elle attendait qu'il lui parlât de l'incident avec Marcel. Mais il paraissait l'avoir oublié. Son œil était vide. Il mangeait sa salade de tomates en silence. La serveuse apporta deux steaks.

— Tu as dû arriver très en retard, ce matin, dit Anne.

— De dix minutes.

— On ne t'a rien dit?

— Si, comme d'habitude.

— Tu finiras par perdre ta place!

Il mastiqua la viande longuement, fit la moue et repoussa son assiette. Anne comprit qu'il ne parlerait pas davantage, du moins sur ce sujet. Aussitôt elle l'attaqua sous un autre angle :

— Pourquoi n'as-tu pas voulu aller à la cantine?

— Pour ne pas me retrouver en face de ce pauvre type.

— Quel pauvre type?

— Marcel, le magasinier.

— Qu'est-ce qu'il a, Marcel?

— C'est un vieux gâteux! Il est con! Con comme un balai! Parce que je suis jeune, il ne me supporte pas! Il faut toujours qu'il fasse des réflexions à la gomme! Je l'ai remis à sa place, tout à l'heure! Quant à Lassot, je me demande à quoi il emploie ses samedis et ses dimanches, lorsqu'il n'a pas une dizaine de bonshommes à faire suer! Une mentalité de garde-chiourme! C'est insensé! Et il faut s'incliner devant ces mecs-là!

— Tu t'es renseigné pour tes cours du soir, aux Arts déco? demanda-t-elle.

— Pas encore! Mais pourquoi es-tu si pressée? Tu n'as pas besoin d'un nouveau maquettiste. Evidemment Carolus est malade. Mais Bruno le remplace avantageusement. Il travaille comme un ange, Bruno. Chaque fois que j'entre dans ton bureau, tu es penchée sur son épaule. Ou alors, c'est lui qui est penché sur la tienne. Tu vois, il a tellement besoin de ta présence, qu'il est venu déjeuner à *la Saucière* parce qu'il a entendu que je t'y invitais. Le pauvre, il est seul à sa table! Il me fait pitié!... Pas toi?...

Tout en parlant, il s'était levé. Anne le vit s'avancer vers Bruno.

— Venez donc prendre le café avec nous, dit-il. Ce sera plus gentil.

Bruno accepta et s'assit à leur table. A peine la serveuse eut-elle apporté les trois cafés, que Laurent avala sa tasse.

— Excusez-moi! s'écria-t-il. Il faut que je parte! Vous comprenez, je ne peux pas me permettre d'être en retard à mon travail!

Et il se précipita en courant vers la porte. Anne ne trouvait même plus la force de réagir. Il y avait un vide blanc dans sa tête. Restée seule avec Bruno, elle commanda un deuxième café. Ils parlèrent du livre sur la chasse.

Elle crut que Laurent s'était assoupi à côté d'elle et allongea la main pour éteindre la lampe de chevet. Il murmura, sans relever les paupières :

— Non, laisse...

— Tu ne dors pas? dit-elle.

— Je n'en ai pas envie.

— Eh bien! moi, Laurent, j'ai sommeil!

Il rouvrit les yeux et fixa sur elle un regard de méchanceté noire :

— Ça ne m'étonne pas! Tu travailles tant, dans la journée, aux éditions Gastel! Il paraît d'ailleurs que bientôt tu vas travailler davantage! Le patron, dans sa générosité, te destine à un nouveau poste!

— Qui t'a dit ça? demanda-t-elle.

— Ça se chuchote dans les couloirs de la boîte! Ce n'est pas vrai?

— Si.

— Pourquoi ne m'en as-tu pas parlé?

— Parce que c'est le genre de nouvelles qui te laissent indifférent.

— Et toi, ça t'enchante?

— Il m'est agréable de constater que mon travail est apprécié.

— Par qui?

Elle ne répondit pas. Il se dressa sur un coude et rejeta les couvertures. Nu et revendicateur, il la dominait de la tête.

— Tu n'as pas osé me le dire, reprit-il, parce que tu n'as pas la conscience tranquille! Tu sens très bien que tu me trahis quand tu entres dans le jeu des Courtois, des Lassot et de toute leur clique! Chaque pas que tu fais de leur côté t'éloigne un peu plus de moi! Plus tu leur appartiens, plus tu m'échappes! Déjà, tout à l'heure, dans mes bras, tu n'étais plus une femme, mais un grand personnage des éditions Gastel, un chef de service, un cadre! J'ai fait l'amour avec un cadre!

Il cracha ces mots à la face d'Anne, de tout près.

Elle ne broncha pas, muette, méprisante. Les yeux de Laurent s'injectèrent d'une fureur imbécile. Soudain il hurla :

— Pourquoi souris-tu?

— Parce que tu es comique, dit-elle.

Il sauta à bas du lit :

— Ah! oui? Ah! oui?

Il jetait les regards autour de lui comme à la recherche d'une arme. Puis, avisant la chemise de nuit d'Anne, sur une chaise, il la saisit et la tira en tous sens, à deux mains, pour la déchirer. Le voile léger cédait en craquant. Plus Laurent s'acharnait sur ce chiffon transparent, plus Anne se sentait devenir calme, attentive et distante. Elle dit :

— Que veux-tu prouver par là? Ta force? Ta bêtise? Laisse ça immédiatement! Retourne dans ta chambre!

— Je n'ai pas d'ordres à recevoir de toi! cria-t-il en jetant la chemise lacérée dans un coin. Je peux tout casser si je veux, ici! Tout! Tout!

Il renversa une chaise d'un coup de pied. Anne tressaillit au bruit et ramena instinctivement le drap sur ses épaules nues. Il allait réveiller son père. Elle s'en moquait. Dans le silence qui suivit, Laurent fit deux pas en avant. Il haletait, les poings fermés. Subitement, il s'agenouilla devant le lit. Une voix à peine perceptible monta de son visage incliné :

— Anne, je ne veux plus que tu travailles. Jamais! Je ne veux plus que tu voies personne à part moi. Jamais! Je ne veux plus que tu sortes de cette chambre. Jamais!

— Et moi, je ne veux plus que tu me parles ainsi. Jamais! proféra-t-elle durement. Tu as entendu ce que je t'ai dit tout à l'heure? Va-t'en!

Il se releva lentement. Il prit ses vêtements sur la chaise. Il se dirigea vers la porte. Elle le voyait de dos, nu et mince, les fesses pommées. Sur le seuil, il se retourna : il avait l'air d'un misérable qui sort d'une cabine, dans les bains publics, ses hardes sous le bras. Elle mesura l'étendue presque surnaturelle de son pouvoir sur lui. Elle était, pour lui, le boire et le manger. Elle pouvait le sauver, le tuer.

— Reviens, dit-elle d'une voix légèrement étranglée.

Il obéit.

23

Anne marchait au rythme de sa colère. Tant pis si Laurent arrivait en retard, ce matin, tant pis si on le mettait à la porte. Trois fois, elle l'avait secoué par l'épaule. Il refusait de se lever. Elle était partie sans l'attendre. Sa patience était à bout. Il prétextait un mal de tête. Elle ne le croyait pas. C'était un comédien, une loque, un parasite! Dès qu'il ouvrait la bouche, elle avait envie de le contredire. Même son regard parfois, l'irritait. Et pourtant, il l'obsédait jusque dans le travail. Ses mains, ses lèvres, sa peau, son odeur... Ils étaient rivés l'un à l'autre. Ennemis par l'esprit, complices par la chair. Elle s'embourbait. Elle se méprisait. Elle pensait à la nuit prochaine. Son pas résonnait dans sa tête. Un ciel gris pesait sur les toits. Les visages des passants dansaient tels des bouchons sur une eau moutonnante.

A l'entrée de la rue Servandoni, elle se heurta à un barrage d'agents. Deux voitures de pompiers stationnaient au bord du trottoir. De larges flaques d'eau brillaient sur la chaussée. Anne leva les yeux sur la façade de l'immeuble des éditions Gastel et faillit crier de saisissement. Les murs étaient calcinés par plaques. Toutes les vitres avaient sauté. L'incendie semblait éteint, mais des fumerolles s'échappaient encore par la porte et les croisées béantes. Sur le trottoir, s'amoncelaient des pièces de bois carbonisé, des débris de meubles, des paquets de paperasses noircies. Une poussière de suie voltigeait. L'air sentait le torchon roussi. Anne se faufila entre deux policiers débonnaires et rejoignit un groupe d'employés en contemplation devant le désastre. Il n'était pas question de pénétrer à l'intérieur où les pompiers opéraient encore. Anne demanda :

— Que s'est-il passé?

Dix personnes lui répondirent. Selon les premières constatations, le feu avait pris, après la fermeture des bureaux, dans la réserve du sous-sol, au milieu d'un amas de vieux papiers, et s'était propagé très vite dans les étages supérieurs. Le concierge, réveillé en pleine nuit, avait alerté les pompiers qui étaient arrivés aussitôt sur les lieux mais n'avaient pu maîtriser le sinistre qu'à l'aube. Heureusement il n'y avait pas de victimes. En revanche, les dégâts matériels étaient considérables. Ce que les flammes avaient épargné, les pompiers l'avaient noyé sous des trombes d'eau. M. Lassot parlait de « catastrophe sans nom ». Bruno se lamentait sur ses projets perdus. Le magasinier Marcel grognait :

— C'est sûrement quelqu'un de la maison qui a fait le coup!

— C'est absurde, ce que vous dites là! s'écriait Mlle Moïse, à qui ses rapports étroits avec la direction donnaient de l'autorité. Qui aurait eu intérêt?... Il s'agit probablement d'un court-circuit! Rappelez-vous, l'année dernière...

— Ils ont bon dos, les courts-circuits! rétorquait Marcel. Moi, je vous dis...

M. Courtois, blême et calme, discutait avec un capitaine des pompiers. Anne chercha Laurent dans la foule. Pourquoi n'était-il pas encore là? Il avait dû se rendormir.

Un peu plus tard, M. Courtois proposa aux employés de se réunir dans les locaux de la cantine, qui n'avaient pas été touchés par l'incendie. Anne suivit le mouvement. En quelques minutes, la salle fut pleine. On se tassait, coude à coude, parmi les tables. Une odeur de graillon persistait entre les murs. Le chef du personnel et le directeur littéraire flanquaient M. Courtois, toujours très maître de lui. En peu de mots, celui-ci rassura son monde. Le gros du stock des livres se trouvant au dépôt des éditions Gastel, à Pantin, l'activité de la maison ne serait, disait-il, que momentanément suspendue. Il ferait aménager des bureaux provisoires dans les grands hangars dont il disposait en banlieue. Les services s'y transporteraient aussitôt que possible. En tout état de cause, le personnel continuerait à être payé normalement pendant cette période transitoire. D'ailleurs chaque employé recevrait à son domicile une note l'informant des mesures prises. A proportion qu'il parlait, les figures se détendaient. Après son allocution, Anne lui demanda s'il avait une idée des causes de l'incendie.

— Je n'en sais pas plus que vous, dit-il. Un expert de la compagnie d'assurances est déjà sur les lieux.

Il ressortit parce que le commissaire de police du quartier le réclamait. Les employés se dispersèrent. Leurs visages quotidiens étaient devenus des visages de fait divers. Anne rentra à la maison.

Louise régnait, le torchon à la main, dans un salon aux meubles déplacés.

— Oh! Mademoiselle! s'écria-t-elle. Vous m'aviez dit que vous ne reviendriez pas déjeuner! Comme votre père m'a téléphoné qu'il ne reviendrait pas non plus, j'en ai profité pour faire le salon à fond!

— Et M. Laurent?

— Ben, il doit être à son travail : il est parti peu de temps après vous. Si vous voulez déjeuner ici, il faut que j'aille acheter quelque chose...

— Non, ce n'est pas la peine, murmura Anne.

Elle devait avoir l'air préoccupé, car Louise demanda :

— Vous n'êtes pas souffrante, au moins?

— Non, non...

— Ce n'est guère votre heure pour rentrer du bureau, Mademoiselle.

A contrecœur, Anne raconta l'incendie. Les yeux de Louise s'arrondissaient d'horreur. Elle jeta les hauts cris. Anne la laissa se lamenter et alla boire un petit vin blanc à la cuisine. Où était Laurent? Pourquoi son père ne déjeunait-il pas à la maison? Elle souffrait d'être seule en un pareil moment. Tout lui échappait. Elle redescendit dans la rue et se rendit droit à la librairie.

Le seuil franchi, elle s'arrêta, étonnée. Son père, juché au sommet d'une échelle, et Mme Redan en robe bleu canard, à manches courtes, lui passant des livres. Anne savait certes qu'il travaillait au magasin. Mais pas une seconde elle ne l'avait imaginé aux côtés de cette femme. Le groupe qu'il formait avec une étrangère, elle en bas, lui en haut, la choquait soudain. Dans son souvenir, Mme Redan était plus blonde et plus maigre. Plus jeune aussi. Tout était différent... Elle chercha des yeux Mme Giraudet. Sur son perchoir, Pierre, la bouche ouverte, paraissait pris en flagrant délit. Il descendit les barreaux maladroitement. Mme Redan s'avança vers Anne avec un sourire de bienvenue.

— Bonjour, madame, dit-elle. Vous nous surprenez en plein travail. Heureusement que votre père est là pour m'aider. Cette réorganisation est d'un compliqué!...

— Mme Giraudet est toujours souffrante? demanda Anne.

Le regard de Mme Redan hésita une seconde avant de se fixer sur Anne avec tristesse.

— Vous ne savez pas? dit-elle enfin. Ma tante est morte, il y a deux semaines.

Anne dompta sa surprise et dit :

— Excusez-moi! C'est vrai! Où avais-je la tête?

Elle reporta les yeux sur son père. Il avait un visage en mie de pain. Tous trois restèrent un moment immobiles et muets. Dans le silence qui se prolongeait, Anne sentait son indignation mûrir jusqu'à l'éclatement. Enfin elle murmura :

— Tu as téléphoné à Louise que tu ne rentrerais pas déjeuner?

Pierre acquiesça de la tête et glissa à Mme Redan un regard éperdu.

— Nous avons tellement à faire, que j'ai proposé à votre père de rester déjeuner avec moi, au magasin, dit Mme Redan.

— J'espère que tu pourras te rendre libre aussitôt après, papa, dit Anne. Je voudrais te voir.

— Mais... pourquoi? balbutia-t-il.

— J'ai des choses importantes à te dire.

— Ah! bien... Dans ce cas...

Anne sortit sans même prendre congé de Mme Redan. Elle n'était pas à la maison depuis cinq minutes, que son père arriva, tout essoufflé.

— Qu'y a-t-il, Anne? bredouilla-t-il.

— Les éditions Gastel ont brûlé entièrement cette nuit, dit-elle.

— Quoi? Mais... c'est abominable!... Tout?

— Tout.

— Et ta situation, alors?

— Je pense que, pour moi, rien ne sera changé.

— Pourquoi ne me l'as-tu pas dit à la librairie?

— Tu étais si occupé!

Il s'affala sur le canapé du salon et balança la tête :

— Mon Dieu! Mon Dieu!... Comment est-ce arrivé?

Au lieu de répondre, elle demanda brutalement :

— Papa, je voudrais que tu m'expliques pourquoi, depuis des semaines, tu t'ingénies à me mentir.

Il ne redressa pas le front. Debout au-dessus de lui, elle distinguait la pâleur de son crâne entre les mèches de cheveux gris, coiffés en arrière.

— Moi? dit-il enfin. Mais Anne...

— Mme Giraudet est morte, et cependant...

Il l'interrompit :

— Ah! oui... Je croyais t'avoir dit...

— Tu ne croyais rien du tout!

— Mais si! Je t'assure!...

Elle le voyait se tortiller devant elle et en éprouvait un mélange de pitié et de dégoût.

— Depuis la mort de Mme Giraudet, que devient la librairie? reprit-elle.

— C'est Mme Redan qui en a hérité.

— Tu es donc maintenant l'employé de cette femme?

— Oui, en quelque sorte...

— Pour quel salaire?

— Nous n'avons pas discuté de cela.

— Pourquoi?

— C'est... c'est gênant, Anne.

— Alors, tu travailles pour ses beaux yeux?

Elle ne savait plus maîtriser le tremblement de ses nerfs. Tout n'était que sursaut, en elle, devant la platitude et la duplicité de son père. Le dos voûté, il n'osait lever les yeux sur sa fille. Un énorme lapin terrorisé. Grotesque et méprisable. Il serrait ses mains l'une contre l'autre. Soudain elle donna un coup de poing sur une table ovale, chargée de petites boîtes.

— Maintenant, s'écria-t-elle, tu vas me dire la vérité : cette femme est ta maîtresse, n'est-ce pas?

Le menton de Pierre s'arrondit, s'alourdit. Il chuchota :

— Oui, Anne.

Elle s'attendait si peu à cette réponse, que l'aveu de son père la stupéfia.

— Depuis quand? dit-elle.

— Depuis hier.

Trahie, humiliée, elle s'assit dans un fauteuil et cacha son visage dans ses doigts. Ce n'était pas elle qui pleurait, c'était Mily.

— Anne, ma petite Anne! gémit Pierre.

Il s'était laissé glisser à genoux devant elle et luttait pour lui écarter les mains de la figure. A travers ses larmes, elle voyait cette face démolie de quémandeur, qui bougeait en contrebas, dans le monde de la laideur et du mensonge.

— Comment as-tu pu faire une chose pareille?

bégaya-t-elle. Il n'y a pas six mois que maman est morte! Quand je repense à ton chagrin, à ce que tu m'as dit alors?... Et aujourd'hui... la première venue... C'est ignoble!... Ignoble, à ton âge!...

Elle en perdait la respiration.

— Tu as raison, dit-il. Mais j'étais si désemparé, si seul! Toi, Anne, tu avais ta vie... J'ai rencontré Mme Redan... Sa gentillesse, sa compréhension...

— Ne me parle pas de cette stupide bonne femme!

— Ça n'a rien à voir avec Mily, tu le sais bien... Mily reste tout pour moi... Je n'ai aimé, n'aime et n'aimerai qu'elle...

— Tu mens encore! siffla Anne.

— Je te jure que non!

Il lui baisait les mains. Elle le repoussa, écœurée de ses lécheries.

— Tu me fais horreur! dit-elle. Va-t'en! Puisque tu as un lit ailleurs, tu n'as qu'à aller dormir là-bas!

— Quoi? Qu'est-ce que tu dis? cria-t-il d'une voix écorchée, aiguë, presque féminine. Mais c'est impossible, Anne! Je ne peux pas te quitter! Tu es ma fille! Ce que j'ai de plus cher au monde! Comment vivrais-je sans toi? Je ferai ce que tu voudras, Anne, mais pas ça, pas ça!...

Il se leva sur ses jambes vacillantes et alla se rasseoir au bord du canapé. Des larmes barbouillaient son visage aux traits douceâtres. Un sanglot le secoua. Anne sortit du salon et claqua la porte.

Louise l'arrêta dans le couloir :

— Alors, pour le déjeuner, Mademoiselle?...

— Déjeunez de votre côté et ne vous occupez pas de nous, dit-elle.

Elle rentra dans sa chambre et se laissa tomber sur une chaise, les tempes bourdonnantes. Un peu plus tard, on frappa à la porte. C'était Pierre, l'épaule basse, le regard humble, coulé à ras de sourcil.

— Ecoute, dit-il, j'ai réfléchi. Je vais lui écrire une lettre pour lui dire que nous ne devons plus jamais nous revoir. Cette lettre, je te la montrerai...

— Fais ce que tu veux, ça m'est égal, dit-elle. Laisse-moi maintenant.

— Oui, oui, Anne, je te laisse...

Pierre se retira et ferma la porte. Anne cependant ne pouvait se calmer. Il lui semblait qu'elle portait du linge sale sur sa peau.

Pierre déchira la page raturée et en jeta les morceaux dans la corbeille. C'était la septième fois qu'il recommençait sa lettre. Les mots qu'il trouvait n'étaient pas à la mesure de son désarroi. Comment expliquer à Hélène qu'il n'avait jamais eu autant de tendresse, autant de respect pour elle, mais qu'il ne pouvait aller contre la volonté de sa fille? Comment justifier devant elle ce renoncement à l'avenir par fidélité au passé? Soudain il repoussa le bloc de papier sur la table, se leva et se mit à marcher en rond. Chambre ou prison? Il allait d'un mur à l'autre sans découvrir d'issue ni à ses pas ni à ses idées. Le pour et le contre se renvoyaient sa tête comme une balle. Il n'en pouvait plus de se cogner à ce double malheur : perdre Hélène ou mériter la colère d'Anne. Tout le jour il avait souffert dans cette atmosphère de condamnation. Ce soir, à table, entre Laurent et Anne, il avait dû se retenir pour ne pas fondre en larmes. Laurent ne savait rien du drame qui couvait à la maison. Anne affectait, devant lui, de n'être préoccupée que de l'incendie des éditions Gastel. Drôle de garçon! Après avoir fait un tour, en curieux, rue Servandoni, il était revenu, l'air indifférent. « L'essentiel, avait-il dit, c'est qu'il n'y ait pas eu de victimes! » Anne avait paru irritée qu'il acceptât avec philosophie ce qui, pour elle, était un désastre. Une légère dispute entre eux avait permis à Pierre de rester en dehors de la conversation. Aussitôt après le dîner, il s'était enfermé dans sa chambre. Depuis, il souhaitait mourir. Choisir était trop difficile. Que Dieu lui donnât le coup de grâce, sur la nuque, et il plierait les genoux en disant : merci. Mais la mort ne venait jamais quand on avait besoin d'elle. Comme le regard d'Anne était terrible, lorsqu'elle fixait les yeux sur lui! Dans cette lumière noire, il perdait toute contenance, il fondait, il se liquéfiait, il était au tribunal. Juge femelle. Ou plutôt procureur. Elle était la certitude incarnée, le droit infaillible, la règle de fer, le carcan, la parole de vérité, le couperet tranchant... Eternel accusé, il avait peur d'elle et il ne pouvait se passer d'elle. L'approbation d'Anne était le moteur de sa vie. Il avait ressenti la même sujétion autrefois devant Mily. Mais Mily, c'était aussi l'amour, la coquetterie, la légèreté, le rire, le parfum, la nudité entre les draps, une robe neuve, un voyage... Avec elle il trouvait doux d'être le réceptacle d'une volonté étrangère. Il la revit soudain, si présente, si vivante, que son cœur flancha. Nul ne la remplacerait jamais auprès de lui. Mais qui parlait de la remplacer? L'existence avec Hélène, ç'aurait été tout autre chose. Une alliance amicale et paisible. Une raisonnable communion dans le crépuscule. Voilà ce qu'Anne n'avait pas compris. Peut-être n'avait-il pas su le lui expliquer? Peut-être, s'il reprenait cette conversation avec elle, à tête reposée, se montrerait-elle plus conciliante? Trois pas à droite, quatre pas à gauche, toute la chambre tournait... Dehors, il faisait nuit. Des autos roulaient sous la pluie. Et Hélène qui ne se doutait de rien, Hélène qu'il allait frapper si durement! Il n'avait pas le droit. Ah! qu'il était seul, faible, désemparé...

Il sortit dans le couloir et s'arrêta, irrésolu, devant la chambre de sa fille. Derrière la porte close, un silence de refus. Il regarda sa montre. Minuit 20. Elle devait dormir dans les bras de Laurent. Il revint sur ses pas, découragé, se rassit devant sa table et recommença à écrire.

24

Louise posa la cafetière fumante et le pot à lait sur la table. Anne remplit sa tasse avidement. Elle n'avait pas dormi de la nuit. Sa tête était douloureuse, pesante. Levée avant les deux hommes, elle comptait sur son petit déjeuner pour la remettre d'aplomb. Elle avala une gorgée de café, mais son malaise ne la quittait pas. Toute sa vie, lui semblait-il, tenait à ce mélange de fatigue, de dégoût, de compression cérébrale. Elle en avait assez de réfléchir toujours aux mêmes choses. Son esprit tournait en rond comme le bourricot d'une noria. La porte s'ouvrit, son père parut, en robe de chambre, une ombre de barbe sur les joues et le regard désespéré. C'était son uniforme de souffrance. Il avait eu le même air, exactement, après la mort d'Emilienne. Comédie! Il bredouilla un triste bonjour. Anne ne fit aucun mouvement vers lui. N'osant l'embrasser, il s'assit à table, en pénitence, le dos bombé. Louise lui apporta le journal qu'elle avait acheté en venant. Il le déposa, sans l'ouvrir, à côté de son assiette. Anne le servit. Il la remercia avec effusion :

— Merci, Anne, ma chérie.

Du regard, il mendiait son pardon. Elle en eut le cœur soulevé. Maintenant elle en voulait à son père d'avoir tari en elle toutes les sources de tendresse. Il l'avait durcie, insensibilisée, desséchée à jamais. L'avenir, entre eux, ne serait plus qu'un long silence. Il buvait, il mangeait, et elle se demandait comment il pouvait encore songer à se nourrir. Lorsqu'il eut vidé sa tasse, elle le resservit avec une hargne tranquille. Et Laurent qui dormait toujours! Il avait une telle dose d'inconscience, celui-là!... Devait-elle aller le réveiller? Mais pour quoi faire? Il se montra enfin sur le seuil de la porte, attiré sans doute par l'odeur du café chaud. Ses cheveux longs pendaient sur ses joues. Lui non plus n'était pas rasé.

— Bonjour, Anne. Bonjour, Pierre.

Il s'assit pendant qu'elle lui remplissait sa tasse. Le silence reprit, compact, étouffant. Laurent s'empara du journal.

— Il y a quelque chose sur l'incendie? dit-il.

— Je ne sais pas, dit Pierre d'un ton feutré.

Laurent déplia la feuille, parcourut les colonnes de haut en bas et s'écria :

— Ah! Voilà! « Incendie aux éditions Gastel. Hier, vers 1 heure du matin, le feu s'est déclaré brusquement dans les locaux... »

Il lisait d'une voix monocorde. Des expressions toutes faites défilaient : « Grâce à l'intervention rapide des pompiers... Les causes du sinistre n'ont pu encore être déterminées... Selon certaines constatations, il pourrait s'agir d'un court-circuit... Toutefois l'hypothèse d'un acte de malveillance n'est pas totalement exclue... »

Anne se rappela l'exclamation de Marcel : « C'est sûrement quelqu'un de la maison qui a fait le coup! » Son irritation, entre ces deux hommes oisifs, augmentait de minute en minute. Elle les laissa face à face et se rendit dans la cuisine.

— Je vais faire les courses, dit Louise.

— Non, dit Anne, je les ferai moi-même.

Elle se plongea dans la rue avec soulagement.

Quand elle revint, le cabas à la main, son père et Laurent discutaient dans le salon. Toujours pas rasés. La mine grave. Une atmosphère de faux dimanche.

— Il faut tout de même laisser le salon à Louise, dit-elle.

Les deux hommes se levèrent. Ils avaient des semelles de plomb. Le téléphone sonna. Anne prit l'appareil : Mlle Moïse. Elle téléphonait de la part de M. Courtois. Rendez-vous à trois heures et demie, à Pantin, pour étudier sur place la possibilité d'un relogement des services.

— J'y serai, dit Anne.

Elle passa dans sa chambre. Laurent la rejoignit.

— Qu'est-ce qu'il a, ton père? Il fait une tête sinistre!

Elle hésita.

— Il a perdu sa situation, murmura-t-elle enfin.

— Quoi? A la librairie?

— Oui.

Il fit la grimace :

— Dommage! J'ai bien peur qu'à son âge il ne trouve rien d'autre!

Elle ne put supporter cet apitoiement de commande.

— Encore des phrases toutes faites! lança-t-elle. Tu plains mon père de n'avoir plus de travail! Est-ce que tu n'es pas ravi, toi, d'avoir perdu le tien? Tu vas enfin pouvoir te lever tard et flemmarder toute la journée! Ton idéal! En somme, cet incendie, c'est une bonne chose pour toi!

Il haussa les épaules :

— Qu'est-ce que tu racontes? Je vais reprendre le boulot comme les autres, dès que les services seront réinstallés!

— Evidemment il aurait mieux valu pour toi que le dépôt de Pantin brûlât aussi, dit-elle avec un éclair dans les yeux.

Il rit :

— Ne parle pas de miracle! En tout cas, ce ne sera pas drôle de se traîner là-bas, tous les matins. Trois quarts d'heure de métro, au moins. Va falloir se lever à l'aube!

— Personne ne t'oblige à y aller!

— Si. Toi, Anne.

— Oh! moi!... Tu es libre! Quitte ta place! Reprends ta vraie vie!

— Non, puisque je t'aime. J'irai avec toi à Pantin ou au bout du monde, tu le sais bien!

Il voulut la saisir dans ses bras. Elle se dégagea rudement et sortit de la chambre. Dans le salon, elle prit sa tapisserie. Son père vint à elle, un papier à la main. Il s'était habillé, rasé.

— Tiens, dit-il, voilà ce que je lui ai écrit.

— A qui?

— A Mme Redan... Tu sais, la lettre... Je ne veux pas l'envoyer avant que tu ne l'aies lue...

— Enfin, papa, s'écria-t-elle, te rends-tu compte de ce que tu me demandes? Tu es assez grand pour savoir ce que tu as à lui dire!

— Oui, oui, balbutia-t-il, le visage défait.

Elle se remit à sa tapisserie. Au bout d'un moment, il murmura :

— Bon, alors je l'envoie comme ça?

Elle ne répondit pas. Il interrogea encore :

— Je vais la poster tout de suite?

De nouveau, le silence. Pierre s'éloigna en traînant les pieds. Il allait à l'échafaud. Anne tirait l'aiguille, enfilée d'un brin de laine jaune, et pensait à l'incendie. Laurent entra et lui mit les deux mains sur les épaules. Son souffle caressait la joue d'Anne. Elle réprima un mouvement agacé.

— On pourrait aller au cinéma, cet après-midi, proposa Laurent.

— Non, dit-elle. J'ai rendez-vous à Pantin avec la direction.

— Et moi, il faut que j'y aille aussi?

— Absolument pas.

— Tu rentreras vers quelle heure?

— Je n'en sais rien.

Les deux mains quittèrent le épaules d'Anne. Laurent s'écarta d'elle avec une lenteur désenchantée et alla s'asseoir dans un fauteuil. Il avait pris un fil de laine verte dans la corbeille à ouvrage et l'entortillait machinalement autour de son doigt. Son regard était triste.

— Que se passe-t-il, Anne? dit-il enfin.

Elle tressaillit, comme retournée par un crochet de fer. Combien de fois avait-elle entendu cette phrase! Combien de fois l'entendrait-elle encore!

— Il y a quelque chose de bizarre dans cet incendie, commença-t-elle, quelque chose que je m'explique mal...

— Que veux-tu dire?
— Rien, rien...
— Mais si! Parle!

Elle posa sa tapisserie et planta ses yeux dans les yeux de Laurent. L'envie la prit de le piquer, de le provoquer. C'était plus fort qu'elle. Sans réfléchir, elle dit d'une voix fortement timbrée :

— Il s'agit sûrement d'un acte de malveillance, comme disent les journaux.

— Mais qui aurait fait le coup? demanda Laurent.

— Tu n'as pas une petite idée là-dessus?

Elle discerna, sur le visage de Laurent, une expression que jamais encore elle ne lui avait vue. Une sorte d'effroi. Non devant le crime dont elle le chargeait, mais devant elle-même. Il la regardait comme si elle eût été un monstre rejeté par la vague, à ses pieds, sur la plage. Ses yeux saillaient. Ses lèvres tremblaient. Cependant aucun son ne sortait de sa bouche. Soudain il marcha sur Anne et leva ses deux mains recourbées en crochets comme pour l'étrangler. Elle vit les dix doigts se tendre vers son cou. Elle ne bougea pas. Terrifiée et heureuse. Incapable de crier, de se défendre. A quel jeu jouait-il? Et elle? Des secondes passèrent. Les mains de Laurent s'abaissèrent lentement. Lentement, il pivota sur ses talons. Puis il sortit et rabattit la porte avec tant de violence que le mur vibra.

Restée seule, elle se demanda pourquoi elle avait lancé cette accusation absurde. Elle ne croyait pas un mot de ce qu'elle avait dit. Toujours, dans la colère, un mécanisme oratoire se déclenchait dans sa tête. Des phrases toutes faites lui montaient aux lèvres, s'enchaînaient, se développaient, de plus en plus meurtrières. Avec ivresse, elle passait la mesure et piétinait celui qu'elle aurait voulu simplement rappeler à l'ordre. C'était comme la gifle en pleine rue. Elle sourit de son inconséquence. Le flot rouge se retirait. Elle était lasse. Une dispute après tant d'autres. Ce soir, ni elle ni lui n'y penseraient plus.

A l'heure du déjeuner, Laurent refusa de se mettre à table. Allongé sur le lit, dans la chambre d'Anne, il rêvassait, il boudait. Elle mangea du bout des dents, tête à tête avec son père qui paraissait de plus en plus absent. L'œil vitreux, il ouvrait et refermait la bouche, à intervalles réguliers, comme si ses mâchoires eussent été mues par un ressort.

Au milieu du repas, la sonnerie du téléphone retentit. Anne décrocha. Une erreur. Elle se rassit, accablée. Elle se sentait très seule. Soudain elle pensa à Marc. Où en était-il avec Corinne? L'avait-il déjà épousée? Aucune importance. Marc n'existait pas. Il n'avait d'ailleurs jamais existé. Elle se leva de table. Son père l'imita. Une ombre. Il vivait son deuxième veuvage. Elle le cingla du regard et se dépêcha de partir.

A 3 heures et demie, elle était dans les hangars de Pantin. Les deux tiers de cette immense bâtisse, froide et inhospitalière, étaient occupés par les services d'expédition sur la province. Mais, dans le tiers restant, il était facile de reloger les bureaux de la direction en les isolant les uns des autres par des cloisons de contre-plaqué. M. Courtois sollicita l'avis de ses principaux collaborateurs sur l'utilisation des surfaces disponibles. Anne se réserva un coin très clair pour le studio. L'architecte jetait des croquis sur de grandes feuilles et notait au vol les suggestions de chacun. D'après lui, l'aménagement pouvait être terminé en trois semaines. C'était encore trop au gré de M. Courtois. L'architecte promit de réduire le délai au minimum. Entre-temps il faudrait s'occuper de remplacer le matériel de bureau. Pas une machine à écrire n'avait pu être récupérée après l'incendie.

Il était 6 heures du soir, lorsque Anne reprit le métro pour rentrer chez elle. Dans le wagon bondé, elle subissait la pression d'une humanité molle et chaude dont l'odeur l'écœurait. Laurent avait raison : il serait très pénible d'aller chaque jour travailler à Pantin, alors qu'elle avait, depuis tant d'années, l'habitude de se rendre à pied, en dix minutes, rue Servandoni. Et comment ne pas reconnaître en lui l'effet avilissant des besognes quotidiennes? Dans la lumière électrique, tous ces visages d'hommes et de femmes étaient marqués par la même fatigue et le même ennui. Chairs flasques, regards éteints et, dans la cervelle, cent misérables histoires de santé, de complications familiales et de fins de mois. Le wagon roulait vite, de station en station, avec sa cargaison de viande sur pied. Portes ouvertes, des voyageurs sortaient, d'autres entraient. Anonymes, furtifs, interchangeables. Et elle était une parcelle de cet agglomérat vivant. Elle qui se croyait unique avec ses problèmes. Il fallait changer à la gare du Nord. Des affiches gigantesques dominaient le grouillement des homoncules soumis à leur pouvoir. Anne se précipita sous la pancarte des correspondances. Des couloirs, un quai, un autre wagon, les mêmes visages. Enfin, la maison!

Anne était épuisée avec, dans la tête, un sourd roulement de train. Après le tohu-bohu de la ville, quel calme, soudain, dans l'appartement. Pierre, assis dans le salon, semblait dormir, les yeux ouverts, la nuque raide. Empaillé! Anne se rendit dans sa chambre et y trouva Laurent, dans la pose où elle l'avait laissé, cinq heures plus tôt, étendu, tout habillé, sur le lit, les genoux remontés, le regard perdu au plafond.

— Pourquoi es-tu encore couché? demanda-t-elle. Tu es malade?

— Non, grommela-t-il. Je t'attendais.

— Sans rien faire?

— Que veux-tu que je fasse?

— Je ne sais pas, moi! Lis!

— Je préfère réfléchir.

— Les comprimés que tu prends pour dormir t'abrutissent complètement!

— Pas du tout! Ils me réussissent très bien. Avec eux, pas de problème! Dès que je m'ennuie, j'en avale un, et c'est le noir, le calme, le repos...

Il y avait une assiette et un verre vides sur la commode, des miettes par terre. Sans doute, entre deux sommes, était-il allé chercher de quoi se nourrir dans le réfrigérateur. Et tout à l'heure, à table, il refuserait de manger.

— Lève-toi, dit-elle.

— Pourquoi? Il est tard?

— Bientôt 8 heures.

— Je n'aurais pas cru. Comme le temps file! Et à Pantin, qu'est-ce qui se passe?

— Je crois que tous les services pourront y être recasés.

— Même les metteurs à part?

Il l'interrogeait, goguenard, à demi dressé sur les coudes. Elle pensa qu'elle le préférait dans la colère, comme ce matin, quand il avait voulu l'étrangler.

— Dès que ce sera possible, M. Lassot te convoquera avec les autres, dit-elle.

— Il n'a pas peur que je mette le feu à la baraque?

— Idiot!

— Rassure-toi : même ça, j'en suis incapable!... Que veux-tu? Je ne suis violent qu'en paroles. Dès qu'il faut agir, je me dégonfle! Un raté intégral!

— Allons, viens dîner.

— Ça ne me dit rien.

Anne sortit de la chambre. Elle-même n'avait aucune envie de se mettre à table. Mais il le fallait. A cause de son père. Pour que la vie de la maison continuât selon le même rythme et sous la même loi.

25

Pierre, le dos rond, reniflait au-dessus de son café au lait refroidi. Laurent, encore hébété de sommeil, mordait nonchalamment dans une tartine. Anne se dépêcha d'avaler son petit déjeuner et annonça qu'elle devait retourner à Pantin pour la journée. Ni l'un ni l'autre des deux hommes ne réagirent. Une même mouche les avait piqués et engourdis. Au bout d'un moment, Pierre se retira, en traînant les savates, dans sa chambre. Laurent prit possession de la salle de bains en laissant la porte ouverte, selon son habitude. Il se savonnait, nu, dans la baignoire, tandis que Louise allait et venait dans le couloir en évitant de le regarder. Anne enfilait son manteau quand le téléphone sonna. Elle décrocha l'appareil. Une voix de femme :

— Allô! Madame Anne Prédaille?

— Oui.

— Ici, Hélène Redan. Pourrais-je parler à votre père?

Sans dire un mot, Anne posa le récepteur et alla chercher Pierre dans sa chambre :

— Mme Redan te demande au téléphone.

Il tressaillit, comme débusqué d'un buisson.

— Surtout pas! balbutia-t-il. Je ne veux pas lui parler...

— Eh bien! dis-le-lui une fois pour toutes!

— Non, dis-le-lui, toi, Anne, je t'en supplie! souffla-t-il.

Les yeux lui sortaient de la tête. Les coins de ses lèvres tremblaient. Elle retourna dans le salon et reprit le combiné en main.

— Mon père refuse de venir à l'appareil, dit-elle.

— Mais pourquoi?

— Vous ne vous en doutez pas un peu? Vous avez pourtant dû recevoir une lettre de lui.

— Justement!... Cette lettre est tellement insensée!... J'ai besoin de le voir, de lui demander...

— Il vous a dit tout ce qu'il avait à vous dire, Madame. Restez donc à votre place.

Elle raccrocha d'un coup sec, comme elle eût écrasé une mouche bourdonnante. En se retournant, elle aperçut son père dans l'encadrement de la porte. Il s'était rapproché, à pas de loup, pour entendre tomber la sentence. Maintenant que tout était fini, il la considérait en silence, l'air égaré. Une fois de plus, il lui faisait le coup des grandes souffrances muettes. Quel besoin avaient-ils tous de forcer leurs sentiments, comme au spectacle? Cette enflure dramatique, elle la retrouvait même chez Laurent. Une fois qu'elle serait partie, son père, privé de son meilleur public, se tranquilliserait. Elle le baisa au front et sortit. A peine dans la rue, elle l'oublia.

A Pantin, les travaux d'aménagement avaient déjà commencé. Anne retrouva tous les chefs de service autour de M. Courtois. Une réunion du comité littéraire se tint dans un bureau improvisé. Les représentants vinrent donner leur avis sur les dernières ventes. La vie reprenait. Anne déjeuna dans un bistrot, avec Bruno et Carolus. A 4 heures, M. Courtois la convoqua pour la prévenir qu'il avait l'intention de l'emmener à la Foire internationale du Livre pour la Jeunesse, à Bologne. A vrai dire, elle s'y attendait un peu : c'était une conséquence normale de ses nouvelles fonctions. On s'envolerait lundi prochain. L'absence ne durerait pas plus de quatre ou cinq jours. Avant de partir, il faudrait étudier de près les propositions de quelques éditeurs étrangers avec lesquels M. Courtois songeait à nouer une collaboration plus étroite. De toute façon, après l'incendie qui avait ravagé les éditions Gastel, il estimait que sa présence à Bologne était indispensable pour démontrer la pérennité de la firme. Le chef du service commercial ferait, lui aussi, le déplacement. Anne se réjouit de ce voyage, qui, tout en concrétisant sa promotion, lui offrait la chance d'échapper au cercle des habitudes. Entre Laurent et Pierre, également désorientés et vacants, l'atmosphère de la maison était devenue irrespirable. A 6 heures, Carolus la ramena chez elle dans une 2 CV bringuebalante.

Pierre était dans sa chambre, Laurent, affalé sur le canapé du salon, lisait un roman policier. Il salua Anne d'un grognement et se replongea dans sa lecture. Pendant qu'Anne se lavait les mains dans la salle de bains, on sonna à la porte. Louise alla ouvrir et revint, embarrassée :

— Il y a là une dame qui demande à voir votre père. J'ai frappé à la porte de sa chambre. Il ne répond pas. Il doit dormir...

— Qu'avez-vous dit à cette personne?

— Je l'ai fait entrer au salon.

Anne s'essuya les mains et marcha résolument sur l'obstacle. Hélène Redan se tenait debout, dans un manteau de tweed très strict, au col relevé, entre la fenêtre et la bibliothèque vitrée. Ses mains disparaissaient dans les deux grandes poches plaquées du vêtement. Son visage avait une expression de détermination fragile et douloureuse.

— Veux-tu nous laisser, Laurent? dit Anne.

Il sortit en se tapotant la cuisse avec son livre. Anne referma la porte derrière lui, se tourna vers Hélène Redan et proféra d'un ton sec :

— Je croyais vous avoir dit au téléphone que mon père ne tenait plus à vous voir!

— C'est impossible! s'écria Hélène Redan. Ce n'est pas lui qui a eu l'idée de cette lettre! Je le connais trop bien!...

— Je sais que vous le connaissez bien, Madame. Je suis au courant de votre petite aventure.

Les joues d'Hélène Redan s'empourprèrent. Son regard étincela de fierté outragée.

— Il ne s'agit pas d'une petite aventure, dit-elle. Votre père et moi allions nous marier.

Stupide, Anne observait cette femme en gris, aux cheveux blonds et au regard de défi malheureux, qui se tenait plantée au milieu de son territoire. « Il a fait ça... Il a osé... Derrière mon dos... Après avoir roucoulé pendant trente-cinq ans contre l'épaule de Mily... » Elle suffoquait. Ses idées partaient en flocons. Elle s'éclaircit la voix :

— Mon père ne m'avait pas parlé de vos projets. Nous allons en discuter tous les trois, si vous voulez bien.

Elle fit quatre pas et ouvrit brusquement la porte de la chambre. Assis tout au fond, près de la cheminée, son père tendait vers elle une face d'animal piégé. Pas un poil de sec et l'œil fou d'inquiétude.

— Papa, dit-elle avec un calme cruel, Mme Redan insiste pour te voir.

De la main, il lui fit signe qu'il ne voulait pas bouger. Elle haussa le ton, pour être entendue dans la pièce voisine :

— Allons, papa! Un peu de courage! Pour une fois!

Pierre se leva. Il portait son vieux gilet marron à boutons de nacre, son pantalon de tous les jours qui pochait sous les genoux et des pantoufles aux pieds. D'une main tremblante, il rectifia son nœud de cravate devant la glace de la cheminée.

— Ça va comme ça, papa! dit Anne durement. Tu es très beau!

Il la suivit dans le salon. En apercevant Hélène Redan, il rentra imperceptiblement la tête dans les épaules et marmonna :

— Bonjour, Madame.

Hélène Redan eut un haut-le-corps.

— Oh! Pierre! s'exclama-t-elle. Vous m'appelez Madame?

Anne éprouvait un contentement amer, un délicieux dégoût. Elle s'assit dans un fauteuil et les regarda, debout l'un devant l'autre, empêtrés, englués, ridicules. Elle était au théâtre. Elle attendait la suite. Hélène Redan tira de la poche de son manteau un papier plié en quatre :

— Pierre, cette lettre!... Je ne peux pas croire!... On vous l'a dictée!...

Il glissa un regard à sa fille comme pour reprendre courage, toussota et dit :

— Pas du tout. C'est comme ça...

Dans les yeux d'Hélène Redan passa une lueur misérable de commandement et de prière. Elle sommait Pierre de se souvenir, de se réveiller, de s'affirmer.

— Ainsi vous voulez rompre, dit-elle d'une voix entrecoupée. Après ce qu'il y a eu entre nous! Après ce que vous m'avez dit!

— Un peu de pudeur, Madame! dit Anne avec un sourire méprisant.

— Taisez-vous, Madame, vous ne pouvez pas comprendre!

— Eh bien! réponds, toi, papa, ordonna Anne. Va, va...

— Oui, balbutia Pierre, je n'étais pas dans mon état normal, vous comprenez... J'ai agi par faiblesse, par sottise... Je regrette... C'est fini... Je vous prie d'oublier...

Il avait l'air de réciter une leçon. L'examinateur, c'était sa fille. Du coin de l'œil, il mendiait son approbation. Hélène Redan contourna un guéridon et vint se camper devant Anne, toujours assise.

— C'est affreux, ce que vous faites là, Madame, dit-elle. Il n'y avait rien de laid, rien de vil entre votre père et moi. L'un et l'autre, nous respections la mémoire de votre mère. Les circonstances de notre rencontre nous préparaient à une grande affection tranquille. Outre la tendresse que j'éprouvais pour votre père, j'avais besoin de lui pour m'aider dans mon travail. Lui, il avait retrouvé, à la librairie, une occupation, un intérêt, le goût de vivre. Vous avez détruit tout cela. Qu'allez-vous faire de lui, maintenant? Une épave! Je le regarde et, depuis quelques jours que je ne l'ai vu, je le reconnais à peine! Il n'ose même plus ouvrir la bouche! Vous êtes une méchante femme!...

Rien dans ces propos haletants n'affectait Anne. Sûre de sa force et de son droit, elle laissait l'adversaire s'épuiser à frapper dans le vide. Elle était hors de portée. Mais Pierre, lui, accusait chaque coup d'un frémissement de visage. Soûl de chagrin il ravalait ses larmes, il tremblait du menton, il gémit :

— Partez, Hélène, partez, je vous en supplie...

— Oui, Pierre, dit Hélène Redan d'une voix soudain apaisée. Je pars. Je ne veux pas aggraver vos souffrances.

Anne reconnut, à part soi, qu'Hélène Redan ne manquait pas de noblesse dans la défaite. « Une forte femme. Il aurait été une loque entre ses mains. »

Déjà l'intruse marchait vers la sortie. Anne l'accompagna. Au moment de franchir le seuil, Hélène Redan hésita, ses traits se crispèrent. Puis elle se précipita dans l'escalier.

Anne rabattit la porte et s'adossa au mur du vestibule. Cette entrevue l'avait ébranlée plus qu'elle ne l'aurait cru. Elle émergeait du combat, victorieuse et les genoux faibles. Le silence de la maison l'impressionna. Son père était retourné dans sa chambre. Elle se rendit à la cuisine et y trouva Louise qui faisait ses comptes sur le carnet de ménage :

— Si Mademoiselle veut vérifier...

— Je verrai ça demain, Louise, dit Anne. Vous pouvez partir.

Elle remplit deux verres de vin blanc et se dirigea vers la chambre de son père. Il était assis dans un fauteuil, la tête penchée en avant. Le tour de ses yeux était humide. Son regard avait l'opacité du plomb. Il respirait par saccades, comme attentif à la pulsation d'une blessure.

— Ça suffit, papa, dit-elle. Viens!

— Où ça?

— Au salon. Nous allons boire ensemble.

— Non, laisse-moi, Anne.

— Il faut que tu viennes!

Il se leva; il la suivit; il prit le verre qu'elle lui tendait.

— Allons, bois! dit-elle.

Ils trinquèrent. Debout devant elle, Pierre buvait et pleurait. Un sanglot entre deux rasades. Quand il eut fini son verre, elle alla chercher la bouteille et le resservit.

Après le dîner, Pierre, silencieux et funèbre, battit en retraite dans sa chambre et Anne s'installa au salon, derrière le petit bureau Louis XVI, parmi les dossiers que M. Courtois lui avait donnés à étudier. Couché en chien de fusil, sur le canapé, Laurent jouait avec les franges d'un abat-jour. Chaque fois qu'Anne levait les yeux, elle surprenait son geste maniaque. Au bout d'un moment, absorbée par son travail, elle cessa de s'intéresser à lui. Elle tournait les pages d'un classeur, prenait des notes pour le rapport qu'elle dicterait demain... Il demanda :

— Tu en as encore pour longtemps?

— Oui, dit-elle. Que fais-tu, toi?

— Je te regarde. Je t'attends.

— Tu n'as pas fini de m'attendre. Lundi prochain, je pars pour Bologne.

Il sursauta et s'assit au bord du canapé :

— Quoi?

— Oui, Laurent.

— Qu'est-ce que tu vas foutre là-bas?

— C'est la Foire internationale du Livre pour la Jeunesse. Les éditions Gastel y ont un stand. Comme je prends la succession de Mlle Bouriez, le patron m'a demandé...

Il lui coupa la parole :

— Et tu as accepté?

— Bien sûr! Je n'ai pas le choix.

— Tu pars pour combien de temps?

— Quatre ou cinq jours.

— C'est impossible!

— Pourquoi?

— Tu ne vas pas me laisser!

— Mais si, Laurent.

Il bondit sur ses pieds. Ses yeux étaient deux éclats d'agate.

— Tu y vas avec Marc! glapit-il.

— Que tu es bête! murmura-t-elle dans un sourire. Je pars avec M. Courtois.

Il ricana :

— Eh bien! Tout compte fait, je préférerais encore savoir que tu pars avec Marc! Ça aurait plus d'allure!

Au moins, je penserais que tu me quittes pour ton plaisir! Mais là, c'est pour ton boulot, pour ton sale boulot!... Il te bouffe! Il t'empoisonne! Ton patron te siffle et tu accours! Et tu trottes derrière lui! Et tu me plaques!...

Il reprit son souffle, réfléchit et son visage changea, touché par un espoir enfantin.

— Si j'allais avec toi, là-bas? s'écria-t-il.

— Il n'en est pas question! dit Anne.

— Ça te gênerait?

— Enormément.

Les sourcils de Laurent se nouèrent. Il dit en appuyant sur les mots avec une sorte d'emphase railleuse et haineuse :

— Le patron ne serait pas content? Ma présence te déconsidérerait à ses yeux et compromettrait ton avenir?

— Non, Laurent, répliqua-t-elle. Mais il faut que tu comprennes. Je ne peux pas te traîner partout comme un boulet!

— Quoi? Quoi? Répète!...

Elle porta les mains à ses oreilles. Ces criailleries la fatiguaient. Un roquet aboyait à ses chevilles. Soudain il se tut. Son regard s'éteignit. Comme s'il venait de comprendre que toute protestation était inutile. Debout devant elle, il se balançait d'un pied sur l'autre, la figure lisse et inexpressive comme un galet. Après un long silence, il marmonna :

— Si tu y vas, Anne, tu ne me reverras plus!

Elle haussa les épaules. Il pivota sur ses talons et quitta la pièce.

Anne travailla encore une heure avec un acharnement agréable, mettant de l'ordre dans ses papiers à défaut de pouvoir en mettre dans sa vie. Puis un tendre remords l'agita et elle regagna sa chambre. Laurent n'y était pas. Pour manifester son humeur, il s'était acagnardé dans la petite chambre du fond. Elle le découvrit là, dans son lit, dormant, la tête dévissée. A portée de sa main, les comprimés. Il en prenait trop souvent. Elle subtilisa la boîte. Pourquoi était-ce toujours elle qui devait s'occuper des autres, les soigner, les conseiller, les guider, alors que personne jamais, ne se penchait sur son cas? Pourquoi ne pouvait-elle, à son tour, déposer les armes? Ah! si quelqu'un avait pu la prendre par la main! Avec quelle joie elle eût renoncé à sa prétendue force de caractère! C'était son entourage qui l'obligeait à être constamment sur la brèche.

Elle demeura longtemps à regarder ce corps à demi nu, assoupi devant elle, et dont la respiration profonde répondait à sa propre respiration. Ensuite, ayant arrangé les couvertures, elle sortit sur la pointe des pieds, retourna dans sa chambre et se coucha, heureuse soudain d'être seule.

26

Un nuage opaque noya le hublot. La nuque appuyée au dossier de son fauteuil, Anne avait l'impression qu'en perdant contact avec la terre elle avait perdu contact avec la vie réelle. Tout ici était faux, depuis l'air qu'elle respirait jusqu'à son propre personnage. Extraite de la suite des jours, propulsée dans l'abstraction de l'espace, elle tournait le dos à ce qui, jusque-là, avait été sa raison d'être. Assis à côté d'elle, M. Courtois feuilletait un illustré. Elle ressentit brusquement l'absurdité de ce coude à coude, à des milliers de mètres d'altitude, avec un homme qui ne lui était rien, alors que Laurent bâillait d'ennui et de colère dans la chambre qu'elle avait désertée. Il ne lui pardonnait pas son départ. La nuit dernière, il avait fait l'amour avec elle brutalement, dans la hargne et la rancune. Comme s'il se fût vengé sur elle du désir qu'elle lui inspirait. Au fond, la seule chose qui intéressât Laurent, c'était le plaisir physique. Il était incapable d'aucun effort autre que ceux de la jalousie et de la possession. Toute son existence tournait autour du besoin d'adorer et de toucher. Ce matin encore, il avait supplié Anne de lui téléphoner dès son arrivée à Bologne. Un enfantillage. Elle ne céderait pas. Il fallait l'habituer à se passer d'elle, de temps à autre. Sinon la vie deviendrait impossible par l'étroitesse même des liens qui les unissaient. M. Courtois posa l'illustré qu'il était en train de lire, ouvrit sa serviette et en tira un paquet de pages dactylographiées.

— Vous ai-je dit que j'avais reçu le rapport des experts? grommela-t-il. D'après eux, il s'agit bien d'un court-circuit...

L'avion vibra, s'enfonça dans un trou d'air. Un haut-parleur annonça qu'on survolait les premiers contreforts des Alpes.

Louise repassa le plat. Pierre secoua négativement la tête. Laurent fit de même. Assis face à face, devant leur assiette, ils n'avaient pas le goût de manger, encore moins celui de parler. Englouti dans ses idées, Pierre regardait, comme à travers une buée déformante, cet autre naufragé, flottant à deux brasses de lui. Il ne plaignait ni ne détestait ce silencieux compagnon d'infortune. Tout ce qui n'était pas sa propre peine lui était indifférent. Le téléphone sonna. Ils sursautèrent ensemble. Immédiatement Pierre pensa : c'est Hélène Redan. Et une terreur en fer de lance lui piqua le cœur. Depuis la scène atroce de la rupture, il craignait que cette femme ne le relançât. Comment répondre en l'absence d'Anne? Faire le mort. C'était sa seule défense. De l'autre côté de la table, cependant, Laurent se dressait d'une vive détente. Pour lui, cette sonnerie n'était pas une menace, mais un espoir. Le départ d'Anne, deux jours auparavant, l'avait anéanti. Il ne bougeait plus de l'appartement dans l'attente d'un appel. La main rapide, il décrocha l'appareil. Son visage, qui s'était d'abord animé, se figea. Il dit :

— Je vous le passe.

Affolé, Pierre chuchota :

— Qui est-ce?

— Je ne sais pas, grogna Laurent.

Pierre se leva à son tour. Ses jambes étaient deux colonnes de coton. Il prit le combiné et l'approcha peureusement de son oreille. Il manipulait une bombe. Tout allait sauter. Sa tête et la maison avec. Mais n'était-ce pas ce qu'il espérait? Entendre la voix d'Hélène et mourir ensuite.

— Allô! C'est toi, Pierre?

Il défaillit presque en reconnaissant Clardieu. On l'invitait pour un bridge. Ecœuré de faiblesse, il marmonna qu'il était pris, puis qu'il était souffrant, et s'empêtra dans les excuses. En reposant l'appareil sur sa fourche, il se sentit délivré d'une grande angoisse. La vie reprenait comme par le passé, sans signification et sans promesse. De nouveau il pouvait se laisser couler, de tout son poids, à travers la grise épaisseur des jours. Il se rassit. Louise apporta le dessert. Laurent dit :

— Ce soir, je remonterai coucher dans ma chambre, au sixième. Ne m'attendez pas pour le dîner.

— Et... et si Anne téléphone? dit Pierre.

— Elle ne téléphonera pas.

27

— Depuis quand est-il parti? demanda Anne.

— Depuis trois jours, dit Pierre. Il m'a dit qu'il préférait habiter là-haut.

— Est-ce qu'il descend pour les repas?

— Non.

Anne avait posé sa valise sur son lit. Pierre lui tendit quelques lettres arrivées en son absence. Sur l'une des enveloppes, elle reconnut l'écriture de Marc. Elle décacheta le pli. Un faire-part de mariage. L'événement avait eu lieu huit jours auparavant « dans la plus stricte intimité ». Anne déchira le carton et en jeta les morceaux dans la corbeille. Son père la considérait d'un œil éteint. Elle se reprocha de ne l'avoir pas embrassé en rentrant de voyage. Mais, depuis l'explication avec Hélène Redan, elle ne pouvait se résoudre à poser les lèvres sur ce visage qu'elle avait vu défait par l'amour sénile. Elle interrogea encore :

— Pourquoi Louise n'est-elle pas là?

— Elle m'a demandé de partir une heure plus tôt. Sa nièce est malade...

Anne raidit les épaules : toujours la faiblesse de son père. Il suffisait qu'elle tournât les talons pour que la discipline se relâchât. Son voyage l'avait épuisée. L'absence de Laurent l'irritait. Elle espérait tant le trouver, là, fidèle au poste!

— Alors, cette Foire du Livre, c'était bien? demanda Pierre.

Sa voix sortait d'un gouffre de carton. La bouche seule remuait dans un visage inerte.

— Très bien, dit-elle.

— Il a fait beau?

— Oui.

— Tu as pu te promener un peu?

— Comment veux-tu? Avec tout ce qu'il y avait à faire!...

Elle piaffait. Il était 6 heures et demie. Monter voir Laurent dans sa chambre. Tout de suite. Oui, oui, elle devait se montrer plus intelligente que lui et ne pas s'obstiner, de son côté, dans une bouderie stérile. Tout compte fait, elle aurait peut-être dû lui téléphoner de Bologne...

Elle se précipita dans l'escalier, gravit trois étages et se heurta à une porte close. Indécise, frustrée, elle allait et venait dans le couloir. Où pouvait-il être? A Saint-Ouen, sans doute, chez ses copains. Elle redescendit dans l'appartement, demanda à son père de ne pas l'attendre pour le dîner et partit en flèche.

Un taxi la déposa devant la petite maison délabrée. Le temps, pour elle, coulait à l'envers. Elle revivait dans un vertige, les images d'un passé récent. Mais, cette fois-ci, personne ne l'attendait sur le perron.

Dans la grande salle du rez-de-chaussée, elle retrouva les mêmes garçons, les mêmes filles. Laurent n'était pas parmi eux. Ni Fabrice. Anne s'approcha d'une épave asexuée, aux longs cheveux ternes et à l'œil liquide.

— Vous n'avez pas vu Laurent? demanda-t-elle.

Une voix d'homme sortit d'un visage de femme :

— Non.

— Il n'est pas venu ici, ces derniers temps?

— J'ai pas fait attention. T'as vu Laurent, toi, Régis?

— Pas depuis qu'il travaille!

Une fille intervint :

— Mais si, il était là avant-hier! Il avait oublié quelque chose dans la chambre. Il est allé le chercher et il est reparti...

— Vous êtes sûre qu'il est reparti? dit Anne.

— Ça, oui...

— Où est-il allé?

— Je ne sais pas, moi!... Vous n'auriez pas dix francs?

Machinalement Anne ouvrit son sac à main. Elle luttait contre sa déception comme contre un filet aux mailles lourdes qui l'eût enveloppée de toutes parts. Sans doute, dans quelques jours, recevrait-elle une lettre de Laurent, postée à Aix-en-Provence, et pleine de reproches injustes et de protestations d'amour. Elle lui répondrait en s'accusant de brusquerie et en le suppliant de revenir. Et il reviendrait... La fille prit l'argent sans remercier et alla se rasseoir sur une caisse.

Il n'y avait pas de taxi dans les parages. Anne marcha longtemps jusqu'à une station de métro. Elle n'était plus du tout pressée.

Pierre s'était retiré dans sa chambre sans attendre

le retour de sa fille. Elle se coucha, essaya de lire et, cédant à la fatigue, allongea la main, éteignit la lampe de chevet, tomba à la renverse dans un puits.

Elle se dressa sur son séant, comme frappée par un cri. Mais la chambre était vide, le silence, absolu. Une aube de grisaille filtrait entre les rideaux mal joints. La pendulette, sur la table de nuit, marquait 5 h 10. Comment avait-elle pu dormir si longtemps? Des deux mains, elle se frotta le visage. Sa bouche était amère, ses membres, endoloris. Avec effort, elle sortit du lit, enfila sa robe de chambre et passa dans la cuisine. Des oiseaux matinaux pépiaient dans la cour. Anne tourna le robinet, se versa un verre d'eau et le but. Sa soif persistait. Elle en but un autre. D'un trait. Comme Laurent.

Laurent! Soudain tout bascula. Elle se jeta dans l'escalier de service. Les marches bondissaient sous ses pieds. Hors d'haleine, elle longea un couloir gris. Porte numéro 11. Elle frappa. Silence. Pourtant il était là. Elle le savait, elle le sentait. Pourquoi n'avait-elle pas un double de la clef? Elle appela :

— Laurent! Laurent! Ouvre-moi!

Elle tourna la poignée en tous sens. Peine perdue. Le vantail était une planche mince, qui joignait mal tout au long de la feuillure. Anne appuya de l'épaule contre le battant. Une pression violente. La serrure craqua, des lamelles de bois se détachèrent. La porte s'ouvrit. Emportée par son élan, Anne pénétra, en trébuchant, dans la chambre.

Laurent était allongé, tout habillé, sur le lit, les bras collés au corps, la face levée vers le plafond. Ses yeux étaient clos, sa bouche desserrée. Il paraissait dormir. Anne s'avança, avec une angoisse incrédule, se pencha sur lui, le toucha, l'empoigna aux épaules. Ses mains se refermèrent sur une statue. Elle en sentit, contre ses paumes, à travers le pull-over de laine, toute la rigidité. Instantanément une horreur blanche noya ses idées. L'air fuyait ses poumons. Un hurlement de bête lui arracha la gorge :

— Non, Laurent, non!

Cependant ses doigts irrésignés remontaient vers le visage si calme, si beau, saisissaient la tête par les mâchoires, en éprouvaient la glaciale indifférence. Un bloc de marbre. Un arbre taillé. Un mannequin vêtu par dérision des habits de Laurent, coiffé de ses cheveux, souillé de sa barbe. C'était une farce! Pourquoi?

Blessée au ventre, elle s'affaissa sur le plancher, contre le lit. Puis elle voulut prendre la main de Laurent. Impossible de la bouger. Articulations soudées, il était prêt pour le cercueil, pour la terre. Le cerveau d'Anne se vida. Les yeux secs, la joue plaquée contre le bord rugueux du matelas, elle ne savait plus où elle se trouvait, qui elle était, ce qu'elle attendait encore. Soudain il lui sembla que la lumière avait changé autour d'elle. Etait-elle restée là, prostrée pendant quelques minutes ou quelques heures? Sur le plancher raboteux, traînaient deux tubes de barbituriques vides, un verre renversé, un papier couvert de l'écriture de Laurent. Machinalement elle ramassa le papier et l'approcha de son visage. Des phrases absurdes dansèrent devant ses yeux :

« Anne, ma vie, je t'ai aimée comme un fou... J'ai souhaité anéantir le monde pour me retrouver seul avec toi, et c'est le monde qui m'a anéanti... Je ne veux pas être un boulet pour toi, comme tu dis... Je ne suis pas fait pour cet univers où tu es si à l'aise... Pardon, Anne... Adieu... »

Les yeux d'Anne se brouillèrent. Elle laissa retomber la lettre sur le plancher. Un rayon de soleil embrasait la poussière de la lucarne. Et Laurent était mort. Mort depuis trois jours. Non, depuis le jour où elle l'avait rencontré. De tout temps, elle avait su que leur amour finirait ainsi. Cent fois il l'avait prévenue. Elle ne l'avait pas cru. Assise sur les talons, elle respirait dans l'air une odeur doucement fétide. Le cadavre la prenait dans son cercle de froid et de silence. Elle entrait avec lui dans l'éternité.

Des pas retentirent dans le couloir. Elle se traîna à quatre pattes, étendit le bras et repoussa la porte qui était restée entrouverte.

28

— Mange, papa!

Il balança la main, dans un geste de refus, au-dessus de son assiette pleine. Anne lui avait préparé des gnocchi, parce que, d'habitude, il en était friand. Elle ne savait plus qu'inventer pour exciter son appétit et le tirer de sa somnolence. En trois mois, il avait veilli de quinze ans. L'échine maigre, les cheveux blanchis, il ne se rasait plus qu'à contrecœur; elle devait se fâcher pour qu'il prît un bain; c'était à peine s'il disait trois mots dans la journée; et, quand il ouvrait le journal, elle avait l'impression que c'était plus pour se cacher derrière les feuillets que pour les lire. Inquiète elle avait convoqué le Dr Maurin. Il avait promis de passer vers 7 heures du soir. Mais, comme à 8 heures et demie il n'était pas encore venu, elle avait décidé qu'on se mettrait à table sans l'attendre. Pierre porta un verre de vin à sa bouche. Un filet rosâtre coula sur son menton. Il bavait. Elle voulut le réprimander, mais se retint.

— Papa, dit-elle simplement, attention!

Il reposa son verre et se tamponna la bouche avec sa serviette. Un coup de sonnette retentit. Anne se précipita. C'était le Dr Maurin. Elle lui expliqua rapidement, à voix basse, dans le vestibule, qu'elle était alarmée par l'abattement et l'inappétence de son père. Le médecin l'écouta avec attention et prit un air enjoué pour aborder son malade, qui était resté à table, indifférent, devant son assiette. Anne les conduisit tous deux dans la chambre et alla s'asseoir au salon, le dos raide, sur une chaise. Sa journée, à Pantin, avait été très fatigante. Elle devait se forcer pour exécuter les tâches les plus simples. Même ses nouvelles attributions, au service de la publicité, l'ennuyaient. Elle était mécontente de sa secrétaire, qui était une créature de Mlle Bouriez. Tout cela avait si peu d'importance! Quel calme soudain après le passage du cyclone. Elle avait franchi un seuil d'abandon. Sa perception diminuait. Il ne lui arrivait plus rien. Elle était la spectatrice de sa propre vie. Les parents de Laurent étaient venus à Paris, avertis par télégramme, et étaient repartis avec le cercueil, dans un énorme fourgon mortuaire, à destination d'Aix-en-Provence. Puis tout était rentré dans l'ordre. Subitement Anne pensa à sa mère. Avait-elle eu raison de lui faire cette piqûre? Combien de temps Mily aurait-elle vécu encore sans son intervention? Le dossier de la chaise s'imprimait dans ses épaules. Elle regardait le vide avec force, jusqu'à sentir une petite douleur circulaire au creux des orbites.

Le Dr Maurin ressortit de la chambre. Anne se leva et marcha à sa rencontre :

— Alors, votre impression, docteur?

Perdue dans ses pensées, elle l'entendit confusément parler de syndrome dépressif, d'anorexie mentale. Il recommandait des anabolisants et des euphorisants. Une surveillance constante. Peut-être un changement d'air.

— N'a-t-il pas eu un choc affectif, ces derniers temps? demanda-t-il.

— Non, dit Anne. Rien depuis la mort de ma mère.

MARKANDAYA Kamala
Le riz et la mousson (117★★)
Une mère hindoue devant le spectre de la famine.

MOUSSEAU Renée
Mon enfant mon amour (1196★)
Le drame d'une mère dont l'enfant est atteint d'une leucémie aiguë.

RENAUDOT Françoise
Moi j'irai à Dreux (1351★★)
Une femme de notre temps mène une longue lutte pour sauver son enfant.

ROUBÉ-JANSKY Alexandra
Rose Noire (1255★★)
La Révolution russe a condamné Natacha à vivre en courtisane.

VAUTRIN Denyse
Le tourbillon des jours
(3 t. 1009★★★★, 1010★★★★ et 1011★★★★)
De la comtesse de Vallas à Charlotte, le château est témoin de bien des amours et d'autant de drames.
La moisson saccagée (1417★★★)
La Belle Epoque était aussi, hélas, celle des avortements clandestins.

VILLAMONT Viviane
Le Guêpiot (1013★★★★)
Entre un père merveilleux et une mère odieuse, une petite fille lutte pour sa liberté.

WALDO Anna Lee
Sacajawa (2 t. 1270★★★ et 1271★★★)
L'épopée d'une Indienne qui guida les premiers pionniers américains jusqu'à l'océan Pacifique.
La dernière piste de Sacajawa (1413★★★★)
Devenue un symbole, Sacajawa vit sa vie de femme.

Barbara Cartland

Sa réputation n'est plus à faire. Les Editions J'ai Lu ont publiés une centaine de ses romans, dont voici une sélection.

Demandez à votre libraire le catalogue semestriel gratuit.

Mon beau capitaine (1167**)
Renoncera-t-elle au couvent par amour ?

Seras-tu lady, Gardénia ? (1177***)
L'homme qu'elle aime veut l'entretenir, non l'épouser.

La première étreinte (1189**)
Saura-t-elle rester pure dans le demi-monde ?

Printemps à Rome (1203**)
Il n'est pas facile d'être l'infirmière de sir Marcus.

Que notre bonheur dure (1204**)
Elle doit se marier à la place de sa demi-sœur.

L'épouse apprivoisée (1214**)
Le soir de ses noces, elle tente de se noyer.

La belle et le léopard (1215**)
Pour Wivina, « l'abominable léopard » sera-t-il un sauveur ou un bourreau ?

Pour l'amour de Lucinda (1227**)
Elle épouse par supercherie le fiancé de sa sœur.

Les larmes de l'amour (1228**)
Canuela aime celui qui a ruiné son père.

Le cavalier masqué (1238**)
Lorsqu'elle rencontre l'amour, elle a épousé un autre homme.

La nymphe de Montmartre (1239**)
L'ingénue est prise pour une courtisane.

Le prince et le pékinois (1263**)
Le prince Xenos adore Angelina, mais il doit épouser une princesse.

Les amours au paradis (1297**)
A Bali, un amour exotique et irréel se mêle aux intrigues du gouverneur.

Le maître de Singapour (1309**)
Défigurée, que peut attendre Dorinda de ce voyage à Singapour ?

La course aux maris (1310**)
Laissée sans fortune, Adrina doit sauver ses jeunes sœurs de la misère.

La revanche de lord Ravenscar (1321**)
Par dépit, il épouse la fille la plus laide de Londres.

Un baiser de Paris (1322***)
Qu'arrivera-t-il si l'homme qu'elle aime découvre sa double vie ?

L'imprévisible destin de Christine (1334***)
Actrice déjà oubliée, Christine croit sa vie finie ; elle ne fait que commencer.

Il ne nous reste que l'amour (1347**)
Pandora a cru trouver refuge auprès de son cousin, libertin entouré de cocottes et d'actrices.

L'amour fou de Zivana (1348**)
Dans la Chine de 1900, au cours de la révolte des boxers, l'aventure inouïe de la jolie Zivana.

L'amour joue et gagne (1360**)
Au bord de la ruine, il ne lui reste qu'une chance : trouver un riche mari pour sa pupille Christina.

La fleur de Cornouailles (1361**)
Pour élever ses neveux, Tamara doit demander l'aide de celui qu'elle hait.

Une couronne pour un cœur (1372***)
Comment refuser d'épouser un prince, même s'il n'a rien d'un prince charmant ?

Renaître à l'amour (1373***)
Anne a épousé le timide lord Melton

mais elle n'a rien appris de l'amour.
Les deux cousines (1384★★★)
L'homme qu'elle aime est aussi celui qu'elle hait le plus au monde.
Vanessa retrouvée (1385★★)
Une nuit, dans une auberge, une inconnue se réfugie dans la chambre d'un jeune homme.
Rencontre à Lahore (1401★★)
Ensemble, ils connaîtront le froid, la faim et la peur.
Brelan de dames (1402★★★)
Comment choisir entre trois femmes, également ravissantes ?
L'amour démasqué (1414★★)
Elle affronte un homme cynique et misogyne.
Evelyne et la panthère noire (1415★★★)
Pour elle, cet homme ressemble à une panthère noire.
Un baiser pour le roi (1426★★)
Le roi a passé la nuit auprès d'elle en tout bien tout honneur.
La maison des colombes (1427★★★)
Un homme pourchassé surgit dans sa chambre.
Lune de miel au Rajasthan (1440★★)
Pour de l'argent il épouse une inconnue.
La duchesse a disparu (1441★★)
Et si l'homme qu'elle aime avait tué son épouse ?
Fortuna et son démon (1454★★)
Elle est l'enjeu d'une impitoyable machination.
Pirate d'amour (1455★★)
Bertilla devient missionnaire au cœur de la jungle malaise.
Un amour qui ne meurt jamais (1468★★)
Latonia passe pour frivole. L'est-elle vraiment ?
L'énigmatique marquis (1469★★)
Couvert de dettes, il peut encore vendre sa sœur.

Les romans préférés de Barbara Cartland

Le Cheik (1135★★)
par E.M. Hull
Prisonnière dans le désert, Diana doit céder à son ravisseur.
Candide Evangéline (1157★★)
par E. Glyn
Naïve et pure, elle se rêve femme fatale.
La lune au trésor (1179★★)
par J. Farnol
Il est des nuits magiques où tout devient possible.
Mystérieuse Alathéa (1205★★)
par E. Glyn
Qui se cache derrière le masque figé d'Alathéa ?
Le fils du Cheik (1216★★)
par E.M. Hull
Il est brutal, mais si beau !
Ardente Amaryllis (1240★★)
par E. Glyn
Peut-on trouver le bonheur auprès d'un homme diminué ?
L'apprenti gentleman (1311★★)
par J. Farnol
Comment réunir les gens qui s'aiment, sauver les jeunes filles en détresse et découvrir l'amour ?
Ramazan le rajah (1336★★)
par Vere Lockwood
Une jeune Anglaise est enlevée par un séduisant prince hindou.
Le valet de carreau (1362★★)
par E.M. Dell
L'affrontement passionné de deux êtres que la vie avait séparés.
Sauvage Kamala (1386★★)
par E. Glyn
Après une grave maladie, Kamala oublie tout de l'homme qu'elle vient d'épouser.
Le pont des amours (1456★★)
par Berta Ruck
Elle cherche une fiancée pour celui qu'elle aime.

Romans d'aventure

Des aventures pour la plupart « vécues » vous emporteront avec leurs auteurs aux quatre coins du monde.

Demandez à votre libraire le catalogue semestriel gratuit.

AUEL Jean M.

Ayla, l'enfant de la terre (1383****)
A l'époque préhistorique, une petite fille douée d'intelligence est élevée au sein d'une tribu moins évoluée.

BRISKIN Jacqueline

Paloverde
(2 t. 1259**** et 1260****)
En Californie, dans l'aventure du pétrole et les débuts d'Hollywood, deux femmes inoubliables.

Les sentiers de l'aube
(2 t. 1399**** et 1400****)
Où l'on retrouve les descendants des héros de Paloverde.

COTTE Jean-Louis

La vallée des justes (907****)
Au Transvaal, un grand amour pris dans la tourmente de la guerre des Boers.

FRISON-ROCHE

La peau de bison (715**)
La passion des grands espaces pourra-t-elle sauver de la drogue cet adolescent ?

Premier de cordée (936***)
Cet appel envoûtant des cimes inviolées est devenu un classique.

La grande crevasse (951***)
La montagne apporte la paix du cœur à un homme déchiré.

Retour à la montagne (960***)
Pour son fils, Brigitte doit vaincre l'hostilité des hommes et des cimes.

La piste oubliée (1054***)
Dans les cimes bleues du Hoggar, Beaufort, l'officier, et Lignac, le savant, cherchent à retrouver une piste secrète.

Le rendez-vous d'Essendilène
(1078***)
Perdue, seule au cœur du désert...

Le rapt (1181****)
Perdue dans le Grand Nord, Kristina sera-t-elle sauvée ?

Djebel Amour (1225****)
Devenue la princesse Tidjania, elle fut la première Française à régner au Sahara.

La dernière migration (1243****)
La civilisation moderne va-t-elle faire disparaître les derniers Lapons ?

Peuples chasseurs de l'Arctique
(1327****)
La rue vie des Eskimos, chasseurs d'ours et de caribous, et pêcheurs de phoques. Illustré.

Les montagnards de la nuit
(1442****)
Une grande épopée de la Résistance.

GEDGE Pauline

Les seigneurs de la lande
(2 t. 1345**** et 1346****)
Chez les Celtes, au 1er siècle après J.-C. deux hommes et deux femmes aiment et se déchirent tout en essayant de repousser l'envahisseur romain.

La dame du Nil
(2 t. 1223*** et 1224***)
Elle fut pharaon et partagea un impossible amour avec l'architecte qui construisait son tombeau.

HALEY Alex

Racines (2 t. 968★★★★ et 969★★★★)
Ce triomphe mondial de la littérature et de la TV fait revivre le drame des esclaves noirs en Amérique.

LARTÉGUY Jean

Les naufragés du soleil (1050★★★★)
Trois hommes, rejetés d'Asie, se souviendront de leurs amours exotiques.
Le cheval de feu (1095★★★★)
Yves Lortais, sorcier de la guerre, est pris entre Nane, son épouse, et la princesse Tiane.
Le baron céleste (1370★★★★)
Florent va tout faire pour arracher aux autorités d'Hanoï le fils qu'il a eu avec Kien, la femme qu'il aimait et haïssait.

PARETTI Sandra

Les tambours de l'hiver (1338★★★★)
En 1775, une femme abandonne tout, son pays, sa fortune, pour retrouver l'homme qu'elle n'a jamais cessé d'aimer.

RACHET Guy

Les vergers d'Osiris (2 t. 1423★★★ et 1424★★★)
A l'époque de la guerre de Troie, l'histoire d'un amour fou.

URIS Leon

Trinité
(3 t. 863★★★★, 864★★★★ et 865★★★★)
Dans une Irlande en flammes, le jeu de l'amour et de la mort.

VEZINET Gérard

Le général Leclerc (1391★★★★)
Toute l'épopée Leclerc retracée par un de ses compagnons d'armes. Illustré.

WALDO Anna Lee

Sacajawa (2 t. 1270★★★ et 1271★★★)
L'épopée d'une Indienne qui guida les premiers pionniers américains jusqu'à l'océan Pacifique.
La dernière piste de Sacajawa
(1413★★★★)
Devenue un symbole, Sacajawa vit sa vie de femme.

Séries romanesques

Aventures, amour, rebondissements…
les plus célèbres fresques par des auteurs renommés.
Demandez à votre libraire le catalogue semestriel gratuit.

ANDREWS Virginia C.

Fleurs captives (1165★★★★)
Quatre enfants sont séquestrés dans un grenier par leur mère. Inédit.

Pétales au vent (1237★★★★)
Libres enfin, ils doivent apprendre le monde des adultes. Inédit.

Bouquet d'épines (1350★★★★)
Mais les fantômes du passé les menacent encore. Inédit.

ARLEN Leslie

Les Borodine (inédits)

1 - Amour et honneur (1226★★★★)
Au siège de Port-Arthur, un journaliste américain tombe amoureux d'Ilona, jeune princesse russe.

2 - Guerre et passion (1314★★★★)
Dans ce monde en flammes, les héros s'aiment et se déchirent.

3 - Rêves et destin (1364★★★★)
La vengeance des nouveaux maîtres de la Russie va poursuivre les Borodine au delà des frontières de leur pays natal.

4 - Espoir et gloire (1425★★★★)
Dans l'Allemagne nazie, la guerre surprend certains des Borodine.

DESMAREST Marie-Anne

Le cycle de Torrents :

— **Jan Yvarsen** (1024★★)
Sigrid, la meurtrière, revient, prête à tout pour reprendre Jan. Mais sa victime est-elle réellement morte ?

— **Jan et Thérèse** (1122★★)
L'ultime combat de Sigrid pour la conquête de Jan.

— **Le fils de Jan** (1148★★)
Héritière de Sigrid, Flavie fera-t-elle le malheur du fils de Jan ?

— **Le destin des Yvarsen** (1230★★)
Hugo, le pianiste virtuose, fera-t-il oublier à Flavie ses devoirs d'épouse ?

— **L'ennemi de Jan** (1389★★)
Qui s'acharne à dresser les uns contre les autres les membres de la famille Yvarsen ?

— **La maison de tante Brita** (1470★★)
Les Yvarsen vont-ils enfin trouver le bonheur ?

GOLON Anne et Serge

Angélique, marquise des Anges
(667★★★ et suivants)
Son mari condamné au bûcher, Angélique devient la marquise des Anges à la Cour des Miracles. Puis elle retrouve grâce auprès de Louis XIV et dispute son amour à Mme de Montespan. Bien d'autres aventures l'attendent encore…

Angélique à Québec
(3 t. 1410★★★★, 1411★★★★ et 1412★★★★)
Angélique et son mari tentent de refaire leur vie dans le Nouveau Monde.

URIS Leon

Trinité (3 t. 863★★★★, 864★★★★ et 865★★★★)
Dans une Irlande en flammes, le jeu de l'amour et de la mort.

VAUTRIN Denyse

Le tourbillon des jours
(3 t. 1009★★★★, 1010★★★★ et 1011★★★★)
De la comtesse de Vallas à Charlotte, le château est témoin de bien des amours et d'autant de drames.

Documents et témoignages

Demandez à votre libraire le catalogue semestriel gratuit.

CARS Jean des

Sleeping Story (832★★★★)

Orient-Express, Transsibérien, Train bleu : grande et petite histoire des wagons-lits.

Haussmann, la gloire du Second Empire (1055★★★★)

La prodigieuse aventure de l'homme qui a transformé Paris.

CHOW CHING LIE

Le palanquin des larmes (859★★★)

La révolution chinoise vécue par une jeune fille de l'ancienne bourgeoisie.

Concerto du fleuve Jaune (1202★★★)

Un autoportrait où le pittoresque alterne avec le pathétique.

DÉCURÉ Danielle

Vous avez vu le pilote ? C'est une femme ! (1466★★★)

Un récit truculent par la première femme pilote de long courrier.

FOURASTIÉ Fr. et J.

Les écrivains témoins du peuple (1090★★★★)

De Chrétien de Troyes à Zola, la vie quotidienne des générations qui ont fait la France d'aujourd'hui.

FRISON-ROCHE

Le versant du soleil (2 t. 1451★★★★ et 1452★★★★)

La vie de l'auteur : une aventure passionnante.

GÉRARD Nicole

Sept ans de pénitence (872★★★★)

Son crime l'a fait passer de la vie bourgeoise à l'enfer des prisons.

GRAY Martin

Le livre de la vie (839★★)

Cet homme qui a connu le plus grand des malheurs ne parle que d'espoir.

Les forces de la vie (840★★)

Pour ceux qui cherchent comment exprimer leur besoin d'amour.

Le nouveau livres (1295★★★)

Chaque jour de l'année, une question, un espoir, une joie.

LANGE Monique

Histoire de Piaf (1091★★★)

La vie bouleversante de la plus grande chanteuse française. Illustré.

MORRIS Edita

Les fleurs d'Hiroshima (141★)

Les souvenirs et les secrets des survivants de la bombe.

MOUSSEAU Renée

Mon enfant mon amour (1196★)

Le drame d'une mère dont l'enfant est atteint d'une leucémie aiguë.

PEYREFITTE Alain

Quand la Chine s'éveillera (2 t. 937★★★ et 938★★★)

Dans cette nouvelle édition d'un best-seller mondial, le point sur les soubresauts qui ont suivi la mort de Mao.

RENAUDOT Françoise

Moi j'irai à Dreux (1351★★)

Une femme de notre temps mène une longue lutte pour sauver son enfant.

ROY Claude

Victor Hugo, témoin de son siècle (1171★★★★)

Le XIXe siècle décrit par le grand visionnaire.

Achevé d'imprimer sur les presses de l'imprimerie Brodard et Taupin
7, Bd Romain-Rolland, Montrouge. Usine de La Flèche,
le 18 juillet 1983
1171-5 Dépôt Légal juillet 1983. ISBN : 2 - 277 - 12619 - 5
Imprimé en France

619
★★

Editions J'ai Lu
31, rue de Tournon, 75006 Paris
diffusion France et étranger : Flammarion